GENTOSHA OUTLAW BUNKO

# 耳の端まで赤くして

館 淳一

# 耳の端まで赤くして

目次

# 第一章　絵梨子は十四歳《バージン》、圭介兄さんの〝勃起〟がこわいの

## 1

親友の絵梨子《えりこ》に思いつめた口調で、

「お願い。私の処女膜を調べて！」

そう頼まれたとき、さすがのユカもあせってしまった。

「しょ、処女膜ぅ……⁉　ちょ、ちょっと待ってよ、絵梨子。いったいなんのことなの？」

おちゃめなユカとちがって、絵梨子はいかにもおっとりとして育ちのよさを感じさせるお嬢さまタイプ。嘘をついて人をからかうような性格ではない。

「だって、私……。処女でなくなっちゃったかもしれないんだもの……」

しばらく口ごもってから、ようやくそれだけのことを言うと、絵梨子は真っ赤になりうつむいた。切れ長の目からすきとおった涙があふれ、ポロポロと頬をつたう。

「えー……⁉　処女でなくなったぁ？　どうしてぇ？　いつのことよ？」

「それが……、たしかなことは私にもわかんないの……。だからユカに調べてほしいの」

絵梨子は涙に濡れた瞳で、哀願するようにジッとユカを見た。ユカは背筋がゾクッとする。そんなときの絵梨子は迷い犬みたいに頼りなさそうで、腕のなかに抱きしめて髪を撫で、頬ずりして慰めてやりたくなる。

ユカはそのとおりにした。二人はいま、ユカの部屋にいる。家には誰もいない。

たしかに今日の絵梨子はおかしかった。顔色が悪く、ぼうっとしていて、授業中もクヨクヨとなにごとかを思い悩む様子だった。

（なにを悩んでいるんだろう……？）

親友の悩みを見すごすわけにはいかない。学校が終わってから自宅に連れてきて問いつめたら、突然泣きだし、「処女膜を調べて」と訴えたというわけだ。

白萩《しらはぎ》女学園中等部のセーラー服に包まれた柔らかな体をひき寄せ、しっかり抱きしめ、ぶるぶる震えている背中をさすってやる。

「いい子、いい子。泣かないで。さあ、ユカに最初っから話してみて……」

性格のシャッキリしたユカに、おっとりした絵梨子はいつも甘え頼るところがある。グスグス泣きじゃくってから、やがて、言いにくそうに告白しだした。

「じつは ね……、兄貴が毎晩、眠ってる私にいたずらするの……」

「えーっ、うっそォ⁉」

思わず大きな声を出して、ただでさえ丸い大きい目をさらに広げてしまったユカだ。

絵梨子の兄の草薙圭介《くさなぎけいすけ》は、今春、T——大医学部の入試に失敗、来年の合格をめざしている。難関中の難関をめざすだけに頭はよいのだが、神経が細かすぎるのが欠点だと妹は言う。

しかし、ユカには、背が高く、痩せていて、しかも、ちょっと気むずかし気に眉をひそめたような目もとが、なんとも言えずカッコよく、自分のタイプにぴったりだと思っている。

絵梨子の家で彼と顔を合わせたりすると、胸がドキドキして顔がポッと火照《ほて》ってしまうのだ。

(絵梨子はいいなあ、あんなすてきな兄貴がいて……)

男のきょうだいがいないユカは、いつも羨ましく思っているのに……。

＊

——水原《みずはら》ユカと草薙絵梨子は、白萩女学園中等部二年生。春のクラス替えで同じE組になってから親しくなり、いまは大親友だ。いや、もっと仲がよい。抱きあったり、キスしたり、おっぱいやヒップを撫であったり——するくらいに。

白萩女学園といえば、城西地区では有名なミッションスクールの名門で、いわゆるお嬢さま学校として知られている。赤煉瓦《れんが》積みで屋根の上に塔のある、蔦《つた》のからまった古風な建物がいまも残っていて、キャンパスの雰囲気は落ち着いたものだ。中等部から高等部へ、高等部から短大へと、よほど問題がないかぎりエスカレーター式に進学できる。受験勉強でキリキリ絞られないから、おっとりのんびりしたタイプの生徒が多い。

中等部と高等部の生徒はどちらも三百人。高等部で募集はしないから、萩の校章を胸のスカーフ留めに刺繡したセーラー服は希少価値もので、近頃多いセーラー服ウォッチャーのあいだでも、垂涎《すいぜん》の的になっている。

ユカと絵梨子の家は、歩いて十分ぐらいしか離れていないから、一緒に通学し、帰りもどっちかの家に遊びに寄ることが多い。

二人がこの春、急激に親しくなったキッカケは、あまりロマンチックなものではなかった。ユカはいつも「私たち、くさい仲なのよ」と冗談めかして言う。それは、こういうことだ——。

＊

白萩女学園は富士山麓に寮を持っている。

毎春、一学期が始まった直後に、そこで二泊三日の外泊学習が行なわれる。新しいクラス全員が寝食を共にして、親睦を深めようというねらいだ。

四月の富士山麓は、天気が良くてもまだまだ空気は冷たかった。最初の日、野外でフォークダンスを楽しんでいるとき、ユカは急におしっこをしたくなった。

(ブルマだから冷えるのかなあ……)

担任に断って寮のトイレに走った。

(ああ、洩れちゃいそう……)

あわてて女子用のトイレに駆けこみ、一番手近のドアを開けて飛びこもうとした瞬間、

「きゃっ！」

盛大な悲鳴がトイレのなかからほとばしった。

「わっ！」

ドアを開けたユカは、びっくりして立ちすくんでしまう。

まっ白い、まるい、むき玉子みたいに輝くお尻がユカの目に飛びこんできたからだ。

絵梨子のお尻だった。

彼女はユカより先にそのトイレに入って、ブルマと下着を脱ぎおろして、やおらおしっこしようとしたところだった。

後々まで、ユカは「絵梨子がちゃんとドアを閉めなかったからよ」と言いはり、絵梨子は「鍵がこわれてしまうほど、ユカが引っぱったからよ」と譲らず、たがいに相手が悪いと主張しているが、果たしてどっちだったのだろうか。

それはともかく――

ユカがドアを開けたその瞬間、

ジャーッ！

勢いよく絵梨子の股間から淡黄色の水流がほとばしり、便器の底を叩いた。

「いやあッ！　水原さん、見ないで！　あ、あーっ！」

真っ赤になった絵梨子は叫び、必死になってドアを閉めようとするが、便器にしゃがみこんだ姿勢ではドアを閉めることができない。もちろん、いったん噴出させたおしっこを途中で止めるなんてことも、できっこない。

「……！」

美少女のクラスメートが、つきたてのお餅みたいにふっくらとやわらかそうで、白くてまるいお尻をむきだしにして、ジョージョーとおしっこをしぶかせる光景を、ユカは棒立ちになったまま、魅せられたように眺めていた。

「水原さん、ひどい。ひどいわ……」

ドアを開けた級友が、それを閉めようともせずに、失礼にも自分の放尿する姿を眺めているので、絵梨子は両手で顔を覆うと、とうとう大きな声で泣きだしてしまった。

「あ、ごめん……」

ようやく我に返ったユカは、大あわてでドアを閉めた。そのときはもう、絵梨子のほうはほとんど尿を出しきったあとだったのだが……。

（わあ、とんでもないところを見ちゃったわ……）

半分ぼうっとなって、自分の尿意のことさえ忘れたユカが立ちすくんでいると、ブルマをひきあげた絵梨子が、ドアを開けて出てきた。髪が長く、切れ長の目と涼しい目もとが印象的な美少女だ。背丈はユカよりわずかに高い。

「ひどいわ……、許せないわ！」

涙で頬を濡らした美少女が、ユカのまん前に立って睨《にら》みつけてきた。不思議なことに、ユカには、その少女の怒った顔がとてもかわいく思え、胸がキュンとなった。

「草薙さん、ごめんなさい……。悪気があってやったわけじゃないのよ。私も急いでたから……」

「ノックするのが礼儀じゃないの？」

——そう言われればそのとおりだ。

「それに、すぐ閉めないで、開けたまま私のおしっこするところ、ずっと見てたじゃない。あんまりよ！」

怒りはおさまりそうもない。当然といえば当然だが。

（弱ったなあ。「おしっこしている姿が魅力的だったから」なんて言えないし……）

ユカは言い訳をあきらめ、いさぎよく頭を下げることにした。

「わかったわ。私がいけなかったのよ。許して」

「許せないわ。私のあんな恥ずかしい恰好を見て……」

「じゃ、どうすればいいの？」

ユカはそのときになって、自分も我慢できないほどおしっこがしたかったのだと、あらためて気がついた。思わず足踏みして腰をモジモジさせてしまう。絵梨子はその仕草を見逃さなかった。キラリと目が輝いた。

「おあいこにしてくれたら、許すわ」

「おあいこ？」

「そう。あなたもおしっこしたいんでしょう？　私の見てる前で、してみせるのよ」

「……」

ユカは驚いたが、

「わかったわ」

あっさり覚悟をきめた。おっちょこちょいというか思いきりがいいというか、あまりクヨクヨ考えないでなんでもやってしまう性格なのだ。

ユカは絵梨子が使っていたトイレのドアを開けてなかに入った。仕切りのなかにはまだ美少女が放出した新鮮な尿の、甘いような香りがこもっていた。

級友の視線をヒップに感じながら、ユカはブルマをパンティごとひきおろし、一気にくりんとしたお尻をむきだしにしてしゃがみこんだ。

「さあ、見て……」

そう言い、筋肉をゆるめた。

ジョ、ジョーッ！

勢いよく、ジェット噴流が放射された。

「はあっ」

思わず安堵の吐息が出る。同時に、まる出しのお尻も放尿のすべても見られているという意識が、やはり彼女の内側に激しい羞恥を呼びおこす。

「かわいいお尻……」

尿が噴きやむまで眺めていた絵梨子が、そう呟いて、ドアを閉じた。

紙を使いながら、ユカはふいに、自分が昂奮していることに気づいた。胸がドキドキして、息が弾む。顔は火照り、瞳はうるみ、股間が疼《うず》く。拭っても拭っても、ジュンと濡れたものが溢れる。おしっこの残りではない。

(やだぁ。どうしたのかしら? 見られながらおしっこするなんて、ヘンな気分……)

当惑めいたものを感じながらドアを開けて出ると、髪の長い美少女はまだそこにいた。

「あら」

美少女はうっすらと頬を染めて、はにかんだような微かな笑みを浮かべていた。

「見た?」

「見たわ」

「これでおあいこね?」

「うん」

二人はたがいの目を見つめながら微笑みかわした。犯罪の共犯者みたいな親密な感情が生まれた。

＊

そういった奇妙な出会いが、二人の少女の気持ちを接着剤のようにくっつけた。それからというもの、絵梨子とユカはなにをするのも一緒だ。

リスのようにくりくりした瞳に、いかにも気の強そうな濃い眉毛、明るい笑い声をよく響かせる活発でボーイッシュなユカのことを、絵梨子は一年生の頃から意識していたという。

ユカはユカで、長い髪をポニーテールに束ね、無口だけどいつも微笑を浮かべているような絵梨子のことを「いつも夢見てるような、お姫さまみたいに上品な子だなぁ……」という印象を受けていた。

つまり、外見も性格も正反対なところがたがいにひきつける要素になったらしい。

自分たちの関係を〝くさい仲〟と言っていた二人は、最初は手をつないでいたのが、やがて腕を組み肩を抱いて歩くようになり、必然的に、もっと甘美で秘密めいた関係に進んでいった……。

＊

ユカと絵梨子がはじめて、甘やかな女の子同士の接吻を味わったのは、トイレ事件から一週間もたたない頃だった。

その日、はじめてユカの家に絵梨子が遊びにきた。

水原家は日中、シンと静まりかえって人の気配がない。

母親はヘアサロンを経営しており、昼から夜まで六本木の店にいる。姉は共学の大学二年生で、昼は学校、夜はデートに忙しく、ほとんど家にいることがない。父親はグラフィック・デザイナーだが、妻とケンカして、半年前から青山のマンションに別居中だ。要するにユカは、家に帰っても暗くなるまで一人ぼっちなのだ。

「ウチとよく似てるね」

絵梨子は言った。彼女の家も、サラリーマンの父親は単身赴任で家を離れているし、母親はいつもカルチャーセンターのエアロビクスだのテニスクラブだの陶芸教室などに夢中で、家を留守にすることが多い。兄の圭介は浪人中で、予備校から帰ってくると自分の部屋にこもって夜遅くまで勉強している。顔を合わせるのは夕食時ぐらいだ。

そんなわけで、草薙家でも絵梨子は孤独なのだ。

おしゃべりを楽しみ、CDを聴いたりしているうちに、ユカはベッドにもたれかかった姿勢でウトウト眠りこんでしまった。その日、体育の時間に校庭を十周走らされたので、疲れが出たのだろう。

「……」

唇にやわらかく温かいものが押しつけられる感触に、ハッと我に返った。

閉じた瞼《まぶた》を開く前にわかった。

（絵梨子がキスしてきた……）

意外だった。おとなしく引っこみ思案な性格の絵梨子が、自分のほうから接吻をしかけてくるとは……。

（絵梨子め。レズっ子だったのか……）

そう思いながら、侵入してくる唾液で濡れた舌に、自分の舌をからめようとすると、それはツイと引っこみ、

「起きてるの？」

絵梨子がかすれたような声で訊いた。

ユカは目を開けた。すぐ真上に、頬を赤くして酔ったみたいに瞳を潤ませている級友の顔があった。熱い吐息が鼻さきにかかる。

「起こされたんだよ。絵梨子がいたずらするから……」

「いたずらじゃないわ」

怒ったような顔をして十四歳の美少女は言った。

「ユカの寝顔が、あんまりかわいいから……。それに、前からキスしたいと思ってたんだ……」

「そう？　だったら、もっとしてよ……」

ユカはいたずらっぽく誘うように、唇をつきだしてみせた。絵梨子は黙ったまま、また唇を触れてよこした。

おおいかぶさってきた熱い体を、ごく自然な動作でユカは抱きとめた。濡れた舌がユカの口腔へ侵入してきて、悦ばしい思いで彼女は目を閉じ、自分の舌で歓迎した。

チュ、チュッ。チュウ。

二人は首をかしげあうようにして絡ませた舌を吸いあい、ときには攻勢をかけ、守勢にまわり、隙《すき》をついては意外なところ——歯茎とか相手の舌の裏側——を襲った。

ようやく熱烈なキスを中断させ、

「ふうっ」

「はあっ」

二人は大きく息をついた。抱きあったまま横たわる。

「うまいね、絵梨子。驚いたわ……」

「ユカこそ……」

ベッドの上に並んで横たわり、セーラー服を着たままの少女たちは頬をすりあわせ、また唇と唇をチョンチョンと合わせ、フッと耳たぶを甘く嚙んだりしあい、子猫のようにじゃれあう。

「誰に教わったの？　男の子？」

しばらくして絵梨子が訊いてきた。

「キス？　ううん、男の子じゃないよ。私はね、ミカ姉さんに……」

水原ミカはユカより六歳年上の姉だ。

「へぇ⁉」

「うん。小学校五年のとき。ミカ姉さんは高校二年だったけど、ある日勉強部屋をのぞいたら、エロ本見て、オナニーしてるのよ。むこうもびっくりしたけど私もびっくりしたよ。私は最初、お姉さんが何やってんのかわかんなかったから……。そしたら、『秘密の遊びを教えてあげる』って、ベッドに引きこまれたの」

「うっそ！……！」

絵梨子は目を丸くしている。彼女には女のきょうだいがいないからだ。

「ほんとだよ。そのときはじめてキスされて、おまけに服を脱がされてあちこちさわられて、だんだんいい気持ちになって、最後は何がなんだかわかんないままイッちゃったのよ」

「へえ……」

絵梨子はしばらく絶句した。

「ミカ姉さんもずっと白萩だったから、ボーイフレンドもいなくて、高校時代はずっと友達とレズってたみたい。だから妹の私にまで、レズを教えこんだのよ。悪い奴じゃ」

「じゃ、いまも、お姉さんと……？」

「ううん。K――大に入ったら、共学だから男の子がいっぱいいるじゃん。それでさかりがついたみたいに男の子と遊びだして、いまは完全にレズを卒業したみたい」

あっけらかんと笑ってみせるユカだ。

女きょうだいの性的な戯れは、レズといっても、せいぜいおたがいの秘部を指でまさぐり、エクスタシーを与えあうところまでだった。そのときは姉娘もまだ処女だったから、あまり過激な愛撫を知らなかった、ということもある。

「男の子とキスしたこと、ないの？」

「うん。ないよ……。さっ、私のこと話したから、今度は絵梨子の番よ。誰にキスを教えられたの？」

そう催促されて、可憐な級友は赤くなった。

「うん……。あのね、私も男の子じゃないんだ。一年のときに先輩の桑野《くわの》さんに……」

「えーっ⁉　桑野さんって、文芸部の美保《みほ》先輩……⁉」

ユカはのけぞった。

「そう。三年のときに部長やってた……」

「絵梨子、文芸部だったの？　知らなかった」

「最初はね。でも、すぐやめちゃったから……」

――桑野美保はユカたちの一年先輩で、いまは高等部一年。とても十六歳とは思えないのびやかな肉体と、妖精というか小悪魔というか、妖しい魅力を漂わせる美少女だ。

中等部時代から街に出るたび、モデルやタレントのスカウトマンにつきまとわれるほどハッと目立つ美少女だったので、一時、夢みたいな好条件で、テレビにデビューする話がまとまりかけたことがある。

しかし、在学中は絶対にそういった活動を認めない学校側が、放校処分も辞さないという強硬な態度に出たので、保護者が諦めたという話だ。

その事件以来、〝学園のマドンナ〟と呼ばれるにふさわしい、華々しいスター性を彼女はふりまいている。彼女がゆくところ、いつもとりまきの少女たちが侍女のようについて歩く。

絵梨子は、全校生徒の憧れの的である先輩からキスを教わったというのだ。ユカがのけぞるのも無理はない。

「内緒よ。誰にも言わないでね」

そう断ってから、絵梨子は自分だけの秘密を親友に打ち明けた。

絵梨子が文芸部に入部したというのも、ほかの少女たちと同様、部長である美保先輩に熱を上げたからだ。

やがて、部員全員が部誌にのせるための作品を提出することになった。そのとき、絵梨子は詩の形を借りて、美保に対する想いを綴《つづ》って提出した。

数日後、絵梨子だけ一人、美保に呼ばれた。ひと気のない部室で文芸部の部長は、

「これ、まるでラブレターじゃないの。部誌にのっけるわけにはゆかないわ。困るもの、私が……」

ちょっと怒ったような顔をして、絵梨子の作品をつきかえした。下級生は恥ずかしさで真っ赤になり、たちまち涙ぐんでしまう。

「馬鹿ねぇ、泣くことないわよ」

二つ年上の美少女は、気品があって人形のようにかわいらしい下級生を抱きよせ、唇を吸った。どうも絵梨子は、当惑したり泣いたりすると、相手の保護本能を刺激するところがあるらしい。

「へえー……」

今度はユカが溜息をつく番だ。学園のマドンナと称される美しい先輩に抱かれ、接吻してもらった絵梨子が羨ましく妬ましい。

「それで、どうなったのよ……？」

「うん、それがね……」

それからあとのことを問いただされると、絵梨子の口が急に重くなった。

「だって、美保先輩のレズペットになったんでしょう？　どこまでかわいがってもらったの？」

「レズペットなんて、そんな……」

あきらかに親友以上の関係にある二人を、学園のなかではレズメイトと呼んでいる。一方的にただかわいがられるだけの存在はレズペットだ。

ユカにせつかれ、ようやく絵梨子は白状した。

絵梨子のほうは抱擁と接吻だけで充分に満足だったが、早熟な美保のほうはすでに誰かから濃厚なレズ愛戯《プレイ》の手ほどきを受けていたらしく、しきりに彼女の肉体を愛撫したがった。
二、三日後、絵梨子は美保の家に誘われた。
そのときはじめてわかったことだが、美保の両親は離婚しており、彼女は母親に引き取られて名前も母親姓に変わって入学してきたのだ。母親は銀座のクラブのオーナーママで、彼女の都合で美保は母親の実家に預けられ、祖父母に育てられていたという。

祖父や祖母は美保の行動にあまり干渉しなかったので、美保は自分が気にいったクラスメイトや下級生を自分の部屋に連れこみ、レズプレイに耽《ふけ》っているようだった。

その部屋で、美保は先に裸になって、美しい後輩に迫ってきた。下着だけにされた絵梨子は乳房を揉まれ、秘部を愛撫されて、生まれてはじめての甘美なオルガスムスを味わった。

おかえしに、同じ行為を要求され、それに従った絵梨子だが、そのあとでもっと恥ずかしいことを要求され、驚きと恥ずかしさで泣きだしてしまったという。

「ど、どんなことを、絵梨子にしようとしたの⁉　美保先輩は？」

ユカが訊くと、絵梨子は真っ赤になりながら、蚊の鳴くような声で白状したものだ。

「あのね、肛門……。肛門をね、おたがいにさわったりしようというの。あとお浣腸とか……」

「えーっ⁉　うっそー！」

またもやユカはのけぞった。学園のアイドル的存在である桑野美保が、レズプレイの相手に、排泄器官である肛門を愛撫し、されることを要求したなんて……。

「うそじゃないわ。本当よ……」

絵梨子がむきになった顔でそう言う。美保先輩はレズペットと戯れるときはいつも、おたがいに全裸になり、秘部をなめあったりさわったりするほかに、肛門に接吻したり指を入れたりして刺激することを要求し、また相手にもそうするのだという。

「へえー。変態じゃん、それは……」

姉にハレンチなレズプレイを教わり、たがいにさわったり刺激しあったときも、肛門のほうはパスだった。もちろん、その部分にキスするなど考えられもしない。

「でしょう？　だから私も、できないって言ったの。そうしたら美保先輩、『あなたってロマンチストすぎるわ。私、少女小説のようなレズには興味ないの』って言って、私を追いかえしたの。それ以来、もう私に見向きもしなくなったのよ……。だから私、文芸部もやめちゃったの」

絵梨子は哀しそうな顔になった。

「それからは、私のかわりに勅使河原《てしがわら》さんをペットみたいにして、かわいがりだしたの」

「勅使河原……。うちのクラスの愛《あい》ちゃん？　あのキッティカットが？」

ユカはまたびっくりした。クラスメイトの勅使河原愛は、ユカよりもまだ小柄で、ビーバーのような前歯とクリクリした瞳が印象的なかわいい子だ。チョコレートのＣＭに出てくる美少女によく似ているので、〝キッティカット〟と呼ばれている。

「うん。愛ちゃんも同じ文芸部で、美保先輩にはお熱だったから……」

「じゃ、彼女は肛門にキスしたりされたり……っていうの、ＯＫしたんだ」

「だと思う。だって、美保先輩が高等部にゆくまで、いつも二人一緒でいたもの」

だが、桑野美保が高等部に進むと、二人の関係は終わったようだ、という。

「そうかぁ……」

ユカは納得した。春のクラス替えで一緒になってから、愛はときどき、ユカと絵梨子の二人に向けて意味ありげな熱っぽい視線を投げかけてくる。

「愛ちゃんはいま、レズメイトを探してるわけか……」

それにしても、絵梨子の話には驚かされた。桑野美保は、世間知らずの中等部の少女たちが楽しむレズ遊びとは全然次元のちがった、肛門までなめたりいじりまわす、過激な性愛の世界に溺れているというのだから……。

あの、西洋人形のような愛らしさと美しさをかね備えた桑野美保が、キュートな勅使河原愛を相手に、素っ裸になってたがいの尻の谷に顔を埋《うず》めあっている狂態を想像すると――それは、なかなか難しいことだったが――ユカの体の奥が、カアッと熱くなってきた。

なぜなら、ユカにしても絵梨子にしても、この年頃の女の子のレズ愛は、ままごと遊びめいたかわいらしいものだからだ。

抱擁とキスは誰でもやるが、そこから先は乳房やヒップを制服や下着の上から撫でまわすぐらいが関の山である。

レズ経験を告白しあったユカと絵梨子にしても、それからというもの、二日とあけずにたがいの部屋を訪ねてこっそりと愛撫しあうようになったが、エスカレートしても相手のパンティの下に指をぐらせ、割れ目の部分をそっといじりあったりするくらいで、まだ相手の一番秘められた部分を目で眺めたり、その部分をくわしく指で探索したことはない。

さわりあっても、せいぜいクリちゃんを包皮の上から圧迫してやるぐらいのものだ。まだ内側から突きあげる強烈な欲望が生じていない少女たちは、性器——自分のでも他人のでも——にさわることに臆病である。そこは、さわったとたんにすぐハラハラと散ってしまう繊細な花弁をもった花のような気がして、恐怖感が先にたってしまうからだ。

だから今日、

「私の処女膜を調べて！」

親友でありレズメイトである絵梨子に頼まれたとき、ユカはギョッとしたのだ。それまでは自分の処女の部分でさえ、よく見たりさわったりしたことはないというのに……。

2

「じつはね……、兄貴が毎晩、私の部屋に来て、眠ってる私にいたずらするの……！」

「処女膜を調べてほしい」という絵梨子が、その理由をこう告白して、最初は仰天したユカだったが、

「そうだったの……」

それで、絵梨子が悩んでいたわけだ。彼女は一度しゃべりだしてしまうと、あとは堰《せき》をきったように、すべてを打ち明けだした。

——絵梨子が「なんとなく体調がおかしい」と思いだしたのは、半月ぐらい前からだ。朝、起きるとき、頭がぼうっとして体がひどくだるい。そういう日は食欲もなく、午前中いっぱい何もやる気がおきない。

風邪をひいたわけでもないし、生理の周期ともべつに関係がないようだ。近所の医者にみてもらったが、内臓にはとくに異常はないという。

母親の信子に訴えても「季節の変わり目はそういうことがあるのよ」と、あまり親身になって心配してくれない。

(不思議だなあ……)

思い悩んでいるうち、妙なことに気がついた。

(兄貴がココアを飲ませてくれるようになってからだわ……!)

——兄の圭介は十八歳。有名大学の医学部めざして一浪中だ。毎晩遅くまで机にしがみつく灰色の青春を送っている。

彼はときどき、夜中に眠気ざましのココアを作る。そんなとき、妹にも「おいしいぞ、飲めよ」とすすめるようになった。

絵梨子もココアは嫌いではない。しかし最初は、「眠れなくなるといやだな」と思って飲んだのだが、不思議とそういうことはない。いや、かえってふだんより早く眠りこんでしまう。

(あのココア、なんだかヘン……)

絵梨子が不思議に思うようになったのも無理はない。起きたときに気分が悪いのは、決まって前の晩、そのココアを飲まされたときなのだ……。

(ひょっとしたら、あのココアのなかに兄貴がなにか入れているのでは……)

そんな疑惑がムクムクとわいてきた。

圭介の部屋をこっそり調べてみると、本棚の陰に、薬局で調剤してもらった睡眠薬が置いてあった。

受験のとき、夜型だった勉強のパターンを朝型に直すため、使ったものらしい。

(これを入れてたのかしら……?)

五つちがいの兄は、これまでずっと頼りになる存在だった。ひとりきりの妹をかわいがって、どんな面倒な頼みごとをしてもイヤと言ったことがない。ハンサムだし頭もいいし、高校時代はテニス部でも活躍したスポーツマンだ。絵梨子にとって自慢の兄なのに……。

しかし、考えれば考えるほど、原因はココアにあるような気がする。だが、もしココアのなかにあの眠り薬を入れているとして、いったいなんのためにそんなことをするのだろうか……。

思いあたることは一つしかない。

(まさか、私を……?)

十四歳の無垢な少女は、そう思ったとたん全身に鳥肌が立ってしまったくらいだ。だが、恐ろしい想像があたっているかどうか、確かめなければいけない。

ある晩、圭介がいつものようにすすめてくれたココアを、飲んだふりをしてこっそり全部捨ててしまった。

「あーあ、眠くなった……」

そう言って自分の部屋のベッドに横になったのは、十一時頃だ。兄の部屋は廊下の真向かい。ラジオの深夜放送の音楽が微かに聞こえてくる。

(兄貴。ちがうよね……。私になにもしないよね……)

部屋の明かりを全部消し、祈るような気持ちでじっと横たわっていると、しばらくして、ふいに深夜放送のラジオが聞こえなくなった。

コト。ミシ。

圭介の部屋のドアが開き、兄が廊下に出てきた気配。

（やっぱり……！）

十四歳の少女は、血が凍ったように体を硬直させた。ラジオを消したのは、妹の部屋の気配をうかがうためらしい。いかにも熟睡しているもののように寝息をたててみせると、
カチャ。

ドアのノブがまわり、兄が部屋に忍びこんできた。まるで盗賊のように息をころして。

圭介は妹の部屋に入るとドアを閉めた。入ってくるとき、薄目を開けていた絵梨子は、兄がブリーフ一枚の裸だということに気がついた。カーテンを閉めきった室内はほとんど真っ暗だ。それでも薄目を開けると、黒い影が夢魔のようにベッドの上に覆いかぶさってくる。

（いやっ……！）

それから後のことは、絵梨子にとって、まさに悪夢だった。

そうっとかけ布団の裾のほうがめくられた。

（やめて、兄貴……！）

絵梨子は声をあげそうになるのを必死にこらえた。本当ならこの段階でふっと目をさましたふりをすれば、圭介はあわてて逃げだすだろう。

しかし、絵梨子は金縛りにあったように身じろぎもできなかった。

不思議な心理である。もちろん恐怖と驚きのせいもあるし、騒いで兄に恥をかかせたくないという気持ちもある。しかし、いったい兄がこれまでなにをしてきたのか、それを確かめたいという好奇心が強かったことは否定できない。

そろそろむし暑くなる時期だ。薄いかけ布団は音もなくベッドの向こう側にはがされてしまった。白いネグリジェをまとった少女の体が闇のなかに浮かびあがった。

「はぁ、はぁ……」

そのときになって、絵梨子は兄が荒い息づかいをしているのに気がついた。熟睡している妹の寝室に忍びこみ、これから行なおうとしていることへの期待が、彼を激しく昂奮させているようだ。

まるで死体のようにひっそり仰臥《ぎょうが》している妹の寝間着に、兄は手を伸ばした……。前開きのネグリジェから、ひとつ、またひとつと、上から順にボタンがはずされ、胸が、お腹がはだけられてゆく。

中二少女の白い裸身がさらけだされた。ふっくらと盛りあがった乳房、平たくひき締まった腹部、白い木綿のパンティに包まれたヒップ……。

兄の手がそうっと乳房にさわってきた。

(……!)

予想して身がまえていなかったら、ぴくんと震えて、声をあげてしまったかもしれない。医者に診察してもらったのを除けば、男性にさわられるのははじめてだ。絵梨子は必死で唇をかみしめた。くすぐったさと同時に、スリリングな感覚――奇妙な気持ちよさが肌の内側を走る。

（やめて、兄貴……。絵梨子の裸にさわるのは……）

妹のそんな願いを無視したように、十八歳の兄は絵梨子の裸身をそうっとそうっと、まるで貴重な宝物を調べる考古学者のようにさわり、撫でまわした。やがて、妹が熟睡しているのだと確信すると、その指の動きはもっと大胆になって、乳首をつまんだり、ふくらみを圧迫したりする。

（ああ、やめて……！）

兄に柔肌をもてあそばれるスリリングな感覚が、絵梨子を昂奮させてゆく。そのことに気づき、少女は狼狽《ろうばい》した。乳首は無意識のうちに硬く尖って、ピンと天井を向きだした。そこをさわられるとピリピリと電流に似た快感が走り、思わず呻《うめ》き声を洩らしそうになる。

しかし、事態は絵梨子の予想を超えたところまで進展してしまった。いま、ここで彼女が目をさましてみせたら、最愛の兄はどんなに驚き、恥じ入るだろうか。彼女は眠ったふりを続けているうち、自分を逃げ場のない袋小路に追いこんでしまったようだ。

（だけど、兄貴はどこまで、私にいたずらする気かしら……？）

美少女はジレンマに襲われた。じっとされるがままにしていたら、最後にはどんな辱めを受けるかわからない。

（処女だって奪われるかも……）

やがて絵梨子の恐れていることがおきた。圭介の愛撫する手と指がそうっと下に這《は》いおりてきたのだ。

彼女が愛用している、白い木綿の下着の上から、もう女らしさを充分にたたえた恥丘のふくらみを撫でる。

（あ……！）

あやうく声をたてそうになる。そこはもっとも恥ずかしい部分に、あと一歩の地点なのだから。それに、だいぶはえそろってきたヘアを布地ごしに撫でまわされるのは、なんともいえず奇妙で刺激的な感覚だ。

（やだぁ……）

絵梨子はさらに狼狽した。

ジュン。

パンティの底があたる部分、自分の肉体の割れ目の奥から、熱いものが溢《あふ》れでた。

「……」

妹の秘部をパンティの上から撫でさする少年の指が、ハッとしたように停止した。布地が股に食いこむ部分が熱く湿っている異常に気づいたにちがいない。

（やだ……！　どうしよう……!?）

絵梨子は恥ずかしさで頭がぼうっとなった。

黒い影が絵梨子の足元へ移動した。ベッドがきしんだ。太腿《ふともも》に手が入り、そうっと下肢を広げるようにする。

（きゃ。検査する気だ……）

指で熱いぬめりを探知した圭介は、妹のその部分がどうなっているか、好奇心を刺激されて調べてみる気になったらしい。

（でも、真っ暗だよ……）

絵梨子は恥ずかしさをこらえながら暗闇を唯一の救いとした。ところが、
カチッ。

小さな音がして、足元がポッと明るくなった。

（わっ！　ライトを……！）

十八歳の少年は妹の裸身をさわるだけでなく、こっそり見るために万年筆ぐらいのペンラ

イトを持ってきたのだ。

「ああ……」

小さい光の輪が、十四歳の少女の秘部を覆う布きれを浮かびあがらせた。圭介の口から驚きとも感嘆ともとれる息が吐きだされた。

（濡れてるとこ、見られた……！）

絵梨子の脳は、麻酔薬でも射たれたように空白になった。恥ずかしさがすべての思考能力をストップさせてしまったのだ。

それから後のことはハッキリ順序だてて覚えていない。断片的に二、三の事柄が闇のなかの記憶に刻みこまれているだけだ。

一つは、いつのまにかパンティを脱がされていたこと。

気がつくと、ネグリジェの前は完全にはだけられたうえ、下着はなく、まるで手術が終わるのを待つ患者のように固く目を閉じつつ、じっと身をこわばらせていた。

「はあ、はあ」

闇のなかで兄の吐く荒い息が、まるでふいごのようだ。彼の心臓がドキドキと激しく鼓動しているのまで聞こえる。

（なにをしてるの……？）

秘部を眺めているには時間がかかりすぎる。絵梨子は途中でそうっと薄目を開けた。

（あっ……！）

ペンライトの明かりが、絵梨子の足元にうずくまっている兄の全身をほのかに浮かびあがらせていた。

真っ裸だった。

侵入してきたとき、圭介はブリーフ一枚の裸だったのが、いまはそれも脱ぎ捨て、ペンライトで妹の処女器官を照らしながら、一方の手で勃起したペニスをしごきたてている。

（いやっ……！）

絵梨子にとってはじめて見る、男性の欲望器官の姿だった。子供の、皮をかむって先っちょの尖ったような愛らしいペニスではない。包皮は完全にむけ、尿道口から分泌される透明な液で濡れまみれた、赤にちかいピンク色した亀頭は、まだ男を知らない少女の目には驚異的に大きく、しかも猛々しく映った。

そう、はじめて見た蛇のように。

「あ、あう……っ」

五歳年上の兄は切迫した呻きを洩らしつつ妹に覆いかぶさり、手に持った熱くて固い蛇を、少女の割れ目にあてがってきた。

（あ、いやっ……。兄貴、犯さないで……！）

体は金縛りにあったように動かないまま、絵梨子は心のなかで切ない、声にならない悲鳴をあげた。もちろん夢中になっている圭介に聞こえるはずもない。彼は妹が熟睡していると思いこんでいるのだ。

「あ、むうッ……！」

ペニスが秘唇をかきわけて濡れた粘膜にこすりつけられたとたん、ふいに獣じみた呻きが兄の唇から吐きだされ、それと同時に絵梨子は、生あたたかいものが下腹からおへそにかけての肌に飛び散るのを覚えた。

（精液だわ……！）

中二の少女はすでに男女の結合について、だいたいのことを教えられている。そして、男が液体を女性の体のなかに放出して妊娠が始まることも……。

閉めきった部屋のなかに、少年の新鮮な汗の匂いに混じり、栗の花香に近い、奇妙な匂いがたちこめた。

「う、ふう……っ」

圭介はひとしきり呻き、荒い息を吐いていた。絵梨子は、秘毛の上にどろりとしたねばっこい液が何滴もしたたるのを感じた。

そうやって精液を全部吐きだした少年は、しばらくじっとして息を整えている様子だったが、やがて自分のブリーフで、汚してしまった妹の肌をそうっと拭《ぬぐ》いだした。

ねっとりした液は秘毛の芝生も、割れ目の部分にも飛び散ったようだ。内腿も濡れている。それらの部分をていねいに拭ってから、圭介は脱がせたパンティをまた妹にはかせ、ネグリジェの前をなおしてやる。

かけ布団をかけ、すべてを元通りにするとペンライトの明かりが消えた。

コト。

絵梨子が固くつむっていた目を開けたとき、兄の姿は消えていた。室内にはまだ栗の花のような、青くさい匂いが漂っていたが……。


「へえー……」

絵梨子が告白を終えると、息をつめて聞いていたユカは、ふうっと大きく溜息をついた。

彼女もぼうっとして、なにかに酔ったみたいだ。父親は別居中で、男きょうだいがいないから、勃起したペニスなど見る機会もない。ましてや射精現象など、想像するだけだ。

「でも、あんなやさしそうな圭介兄さんが、絵梨子にそんなことするなんて、信じられないなぁ……」

「私だって、信じられなかったわ。でも、夢じゃないのよ。現実なのよ」

「だけど、そんなに驚くことじゃないかもしれないよ。お兄さん、いま受験勉強がたいへんで、ガールフレンドもいないんでしょう？　そばに絵梨子のようなかわいい妹がいたら、ついいたずらしたくなるんじゃないかな、男の子なら誰でも……」

ユカが慰めるように言うと、絵梨子はうなずきながらも、哀しそうな顔で涙を浮かべ、

「そんなこと言ったって私、もう処女じゃないかも……。兄貴に処女膜を破られたのかもしれないのよ」

ユカはさえぎった。

「待ってよ、絵梨子。そのとき、痛かった？　処女膜が破られるとき、みんな、痛いっていうよ」

絵梨子は首を振った。

「ううん……、そんな痛みは感じなかったけど……」

「絵梨子の割れ目に当てただけで、精液を出しちゃったのとちがう？」

「そう言われればそんな気がしないでもないけど……。はじめてのセックスでも痛くない場合がある——っていうじゃない。ほら、この本にも書いてあるよ」

絵梨子はサブバッグのなかから一冊の本をとりだした。セックスについての知識を少年少

女向けにやさしく解説した本だ。絵梨子は自分が兄にされたことがどんなことなのか知りたくて、こっそり本屋で買ってきたにちがいない。もちろん恥ずかしかったはずだ。それだけ真剣なのだろう。

「どれどれ。えーと……〝処女膜が柔軟な女の子の場合、ペニスを挿入されても痛みを感じなくて、出血もしない場合があります。だから、はじめてのセックスで痛まず血も出なかったから処女ではない、というのはまちがった知識なのです〟か……。ふーん」

「ね？　それに、兄貴は私が気づくまで何回か同じことをしてたと思うわ。ぐっすり眠っていたときに破られたかもしれないよ」

「そんなこと、あるかなあ……」

本に書かれている男の子のペニスは、指なんかよりずっと太くて長そうだ。たとえ熟睡していても、絵梨子の割れ目に入れて処女膜を破ったら、出血しなくても、なにか感じが残るのではないだろうか。すでにヴァージンを失った友人たちは、最初のセックスのあとは二、三日、股になにかはさんでいるような違和感を覚えたといった。

しかし、男性器の構造に対しても無知なように、ユカは女性の器官についてもよくわからない。第一、処女膜というのがどういうふうになっているのか、見当もつかない。

もちろん、成熟してくるとそれなりに好奇心というか探究心もわいてきて、自分の性器を鏡に映して見たことはある。しかし、ふっくらした股の肉に刻まれた割れ目を広げると、その奥からピンク色した唇のようなものがのぞいて見え、「へぇ、これが小陰唇か」と思っただけで、それ以上はまるでわからなかった。ピンク色や赤い色の粘膜が複雑微妙に折り畳まれていて、なんだかグロテスクな感じがしないでもなかったが。

「兄貴に犯されてるかどうか、私、心配で心配で、昨夜は朝まで眠れなかったの。もしそうだったら妊娠するかもしれないし……」

「うーん……。だったらお医者さんのところにいけば……？」

「いやよ。お医者さんに見せるなんて。恥ずかしいし、第一、なんて説明するの？」

「それもそうだなぁ……」

「だから、ユカに調べてほしいの」

「でも、絵梨子のあそこを見るなんて、恥ずかしいよぉ」

「なに言ってんの。一番恥ずかしいのは私よ。でも、ユカだったら見られても……」

絵梨子は言ってしまって、ポッと頬を赤らめた。

「わかったわ。よーし、調べてあげる」

絵梨子にそこまで頼られては仕方がない。とうとうユカはＯＫした。

絵梨子は制服を脱いで白いミニスリップ姿になった。校則では、夏でも上衣の下にはスリップの着用が義務づけられている。

スリップの裾から手をさしこみ、パンティを脱ぎおろし、足首から引き抜いた。薄桃色に青い水玉の、かわいいビキニパンティだ。

「ベッドに横になって」

ユカが命じると、

「うん」

素直にうなずき、ユカのベッドのかけ布団の上にあおむけになった。

「少し、腰をあげたほうがいいね」

ユカはクッションを二枚、親友のヒップの下にさしこんだ。そうすると秘部がやや上向きになるので、内部をのぞきやすくなると考えたからだ。

「……」

さすがに羞恥がつのってきたのか、気品のある娘は両手で顔を覆うようにした。貝殻のような耳朶がピンク色に染まっている。

「じゃあ、見させてもらうわ」

胸をドキドキさせながら言い、ユカは自分もベッドに上がった。本は、処女の器官が図解されているページを開いて傍《かたわ》らに置く。

スリップの裾をまくりあげると、甘いような酸っぱいような、絵梨子の肌の匂いが鼻をくすぐった。

「さあ、脚を少し広げて……」

命じるときのユカの声が、少し震えを帯びた。絵梨子は、あたかも医師か看護師に命じられたように、素直に下肢を割った。彼女は親友の口調に秘められた昂奮をわかっただろうか。

「ほんとに、お医者さんごっこだね……」

わざとおどけた調子で言って、ユカは両手で、すべすべした白い内腿を押し広げ、上体をかがめて顔を秘部に近づけた。

(わあ。これが絵梨子の性器か……)

レズの愛撫をかわすときも、二人は接吻したり頬ずりしたりしていて、パンティも完全に脱いだりはしない。絵梨子のもっとも女らしい部分を見るのは、これがはじめてなのだ。

(ふうん、私より毛は薄いんだ……)

少女のヴィーナスの丘に萌えだした春草はまばらで、いかにも柔らかそうにシナシナして、ユカの息だけでふるふるとそよぐようだ。

「かわいい……」

思わず口走ってしまうユカだ。

ツン、と酸っぱい匂いが、秘毛の丘からくっきり刻まれた谷より立ちのぼる。わずかに磯臭いおしっこの匂い。

「見るよ」

声をかけてふっくらした堤防状の柔肉を指でひろげると、内側から花弁が爆《は》ぜるようにほころびた。色素も端っこだけが薄いスミレ色で、いかにも清楚なたたずまいの小陰唇だった。

(私のと、そんなにちがってないんだ……)

女の子の体の奥に隠されているもう一つの唇の形状を確かめながら、ユカはホッとした。

自分の性器が異常な形をしていないか――それがこの年頃の女の子に共通した関心事だから。

「どれどれ」

小陰唇をめくると、鮮やかなピンク色の粘膜がきらめいた。

「あ」

顔を覆った掌《てのひら》の下から短い悲鳴のような叫びが洩れた。さわられたからではない。親友の目に、自分の羞恥の源をさらけだしてしまった恥じらいの叫びだ。腿の筋肉がひくひくと震える。

「心配しないで。そっと見るから……」

安心させるように声をかけ、ユカは顔を近づけた。ヨーグルトのような醱酵《はっこう》した匂いが強まる。

「うーん、これかなぁ……」

本の図解と参照してみる。略図なので、目の前に広げた複雑な粘膜の形状とうまく一致しない。

「これがクリちゃんで、その下が尿道口……。あ、これか……」

指でさぐっているうち、とろりと薄白い液が粘膜の奥から溢れてくるのが認められた。恥ずかしさにおののきながら、それでも絵梨子は性的な刺激を受けているようだ。

「すると、これが膣の入口かあ……」

左手の二本の指で花びらをいっぱいにひろげ、蜜のような液体が浸出してきた部分に右手の人さし指のさきをあてがうと、

「ひっ」

また短く叫び、ぴくんと腰がふるえた。

「ごめん、痛かった？」

「ううん……。でも、感じるの」

絵梨子の声もうわずっている。

「やっぱり、これね。とすると……、これが処女膜なのかなあ？　うーん、わかんないや

……」

その本にはこう書かれていた。

〝処女膜とは、膣の入口の部分（膣開口部）をとりかこむように、フリル状に突き出た粘膜のことです。膜というとなにか水かきのような半透明の薄い膜がかかっているように思うかもしれませんが、実際は厚ぼったい皮膚のようなものが盛りあがったものです。処女膜の厚さは二〜三ミリあり、そのために中央の穴の部分は狭くなっています。でも弾力性があるので、指一本ぶん、約二センチ程度は広がります。タンポンなどを挿入することは可能です。……〟

その説明を信じると、とろとろと蜜のような液を吐きだしている部分をとりまいている盛りあがりがそうだろう。開口部をさわってみると、指一本も入らないぐらいに狭い通路だ。ここからペニスを入れようとしたら――それが人さし指よりも太いとしたら――やはりどこかを裂かないと無理だ。

「あったよ、絵梨子！　ちゃんとあるってば、処女膜が……」

そう教えてやると、級友は覆っていた掌をどけ、疑《うたぐ》りぶかげな目で、

「ほんとう？　ちゃんと見た、ユカ？」

「うん。ほら、ここ、指を入れてみるね」

濡れてツルツルする粘膜に指をあてがうと、

「う」

また呻き、びくっとヒップが揺れる。

「ほら。ここに無理に入れようとすると痛いでしょ。ということは、圭介兄さんのペニスは、まだここを突破してない、ってことじゃない？」

手鏡を持ってきて、絵梨子の視界に映しだしてやる。それでも複雑な形状はわかりにくく、

「ほんとうかなあ……」

まだ釈然としない絵梨子だ。

「疑いぶかい子だね、あんたも」

ユカは立ち上がり、自分もスリップ一枚になり、パンティを脱いだ。

「じゃ、私の見て。二人のが一緒なら、処女膜はあるってことでしょ？」

今度はユカがクッションの上に腰をのせ、股を広げた。交替に絵梨子がしゃがみこむ。クンクンと匂いを嗅ぎ、

「酸っぱい匂い……」

「ばか。匂いはどうでもいいの。ここを見て……」

探究心が二人の羞恥の壁をとりはらった。ユカが指で広げてみせた粘膜の部分を、絵梨子

はまじまじと眺め、それから図版を見、さらに自分のを鏡に映して比較する。

「ふーん、そうかぁ……。じゃ、これが処女膜ってわけ？　へぇ……」

指の先端でちょっと押し広げたりして、ようやく納得した様子だ。

「よかったね、絵梨子」

「うん……」

ベッドに横座りになった二人の少女は、上気した顔を向かいあわせた。

「ありがとう、ユカ」

「とんでもない。でも、おかしいね。二人で股を広げて、あそこに鏡をあてたりのぞいたりしてるんだもの……」

「それもそうね」

ようやく自分の処女性を確認できた安堵からか、絵梨子も明るい顔になって笑い声を弾けさせた——。

ひとしきり笑い転げてから、スリップ姿の少女たちはどちらかともなく抱きあい、唇と唇を重ねた。唾液を啜《すす》りあう濃厚な接吻。

「む……ん」

「あ……」

すべすべしたスリップの上から乳房やヒップを撫で、揉みしだき、やがて二人の指は相手の股間へと伸びていった。

たったいま、おたがいに眺めあった部分を指が撫でまわす……。

「う、うっ」

「ああ、ユカ……」

「絵梨子、すてき……」

甘い呻きが交錯し、健康な少女たちの甘酸っぱい体臭が部屋じゅうにたちこめた……。

しばらくして――、

「ね、絵梨子」

「なぁに」

「あそこ、もう一度見せてよ」

「どうして……」

「だって、とってもきれいだし、かわいいんだもの」

「だったら、ユカのも見せてくれる？」

「私の……。ま、いいか」

「だったら……」

スリップもブラジャーも脱ぎ捨て、真っ裸になった少女二人はおたがいの股間に顔を埋める姿勢をとった。

「あっ」

絵梨子が叫ぶ。もう一つの唇にユカの熱烈な接吻を受けたのだ。

3

どれくらいたったろうか。ユカと絵梨子は汗まみれの肌と肌を離した。甘美なレズ愛は相互の性器接吻という新しい技巧により、目のくらむような昂奮と快感を与えてくれた。

「不思議……。絵梨子のあそこ、甘いよ。まるでキスのときの唾液みたい」

「ユカのもそう。最初、酸っぱい匂いがしたから、味も酸っぱいのかと思ったら、とろっと甘いんだ。ラブジュースっていう意味がわかったわ」

抱きあいながら感動を語りあう二人だ。

しばらくして、絵梨子が真剣な顔になって言った。

「ね、ユカ。またお願いがあるんだけど」

「今度はなによ」

「今晩、うちに泊まりに来てくれない？」

「え？　いいけど、どうして……？」

「だって、こわいんだ……。圭介兄さんが」

絵梨子の母親、草薙信子《のぶこ》は夫が単身赴任で家事が暇になったのをいいことに、いろいろな有閑夫人の集まるサークルに入って活動している。たまたまその日は、陶芸教室主催の陶器の里への一泊見学旅行とやらで出かけている。となると、夜、絵梨子は兄の圭介と二人きりになってしまう。

同じ屋根の下に母親がいるからブレーキがかけられているが、二人だけになったら性的ないたずらがもっとエスカレートするのではないかと、妹は恐れているのだ。

「だったら絵梨子、お兄さんにハッキリ言ったら？　いたずらするのはやめてくれって……」

美少女は肩までかかる黒髪を振った。

「だめよ、そんなこと言えないわ……」

「どうしてよ」

「だって、圭介兄さんが、ショックを受けるでしょう？　私がいたずらのこと、知ってると思ったら……」

もともと仲のよい兄妹で、小さい頃から圭介は妹の面倒をよく見、遊び相手にもなってくれた。妹が親に叱られるときは積極的にかばってくれるやさしい兄だ。

「さっきユカが言ったとおり、兄貴、いまノイローゼ気味なんだよね。試験に落ちたショックがあとをひいて、まだ立ちなおれないみたい……」

妹にいたずらしたあとはあとで、その罪悪感にさいなまれるのか、よけい顔色は悪く、煩《はん》悶《もん》の表情を見せ、絵梨子のほうがいたたまれなくなるほどだ。

そんな神経過敏の状態で、誰にも知られたくない性的ないたずらのことを、当の妹に知られたとわかったら、ショックを受けてどんな行動に出るかわからない——と、心やさしい妹は言うのだ。

「でも、言わなきゃ、いつまでもいたずらされるよ」

「それは、ココアをもう飲まないことにするから……。私が薬で眠ってると思うから兄貴も大胆なことをするわけだし」

「ふーん」

「だから今晩だけ……。なんだかこわいのよ。昨夜、兄貴のしてること、わかったばかりだから……」

親友に拝みたおされて、

「仕方がない。じゃ、泊まってあげる」

ユカが絵梨子の家に泊まるのははじめてだったが、母親の織絵《おりえ》に言うと、あっさり許してくれた。

「困った子ね、絵梨子は……」

そう言いながらも、外泊用のネグリジェをたたみながらユカはなぜか心が弾んだ。

(圭介兄さんに会える……)

ユカは男きょうだいがいない。前から絵梨子の兄、圭介には秘かに憧れていた。

絵梨子から彼のいたずらを教えられても、「いやらしい」と嫌悪するよりも、「寝ている妹にさわったりするほど性欲に悩まされてるなんて、可哀そう……」という同情の念のほうが強い。ユカの考え方は人と少しちがうところがある。

(私が、圭介兄さんのガールフレンドになってあげても、いい……)

そんなことを考えてもみるユカだ。

*

その夜、絵梨子とユカは、絵梨子の部屋のベッドで抱き合って眠ることにした。シングルベッドだが、レズ愛に夢中の二人の少女には、狭いことなど気にならない。一緒に入浴して体を洗いっこしてから、ネグリジェに着替えてベッドに入る。

「ね……」

「うん……」

どちらからともなく抱き合い、唇を求めあう。手はたがいの乳房のふくらみをやさしく揉みしだき、しだいにヒップや下腹へ愛撫の手が這いのびる。風呂あがりの火照った肌は汗ばみ、甘く匂う。

たがいのパンティの下へ、指が潜ってゆく。

「あっ、ユカ……」

「絵梨子……。はあっ」

二人の少女は、廊下をへだてた圭介の部屋に聞こえぬように声をひそめながらも、指を大胆に動かし、相手を快美の世界に追いやろうとする。

最初に絶頂したのは絵梨子だった。

「う、うっ、ううン……」

背をのけ反らすようにし、きつくユカにしがみつき、ぶるぶる全身を震えさせてからグッタリとなった。

「絵梨子……、今度は私よ、ねぇ……」

ユカが耳元で熱っぽく囁《ささや》いて催促しても反応がない。

「あれ？」

よく見ると、絵梨子はすやすやと寝息をたてはじめたではないか。

「こら、絵梨子。自分だけイッて……」

肩をゆさぶっても目をさまさない。甘美なオルガスムスの余韻を味わいつつ、美少女は安らかな眠りの世界に落ちていった。

（ま、仕方ないか……。昨夜は朝まで眠れなかった、と言ってたから……）

ユカは溜息をついた。自分の体はまだ火照っていて、奥のほうが甘く疼いている。

（オナニーでもしようか）

そう思ったとき、廊下をへだてて向かいあっている圭介の部屋のドアが開いた。トントンと階段を下りてゆく。しばらくして浴室のほうから水音がした。

（圭介兄さんがシャワーを使ってるんだ……）

圭介とは夕食のときに顔を合わせている。

「へぇ、今夜はユカちゃんが泊まってくれるのか。ふうん……」

浪人中の十八歳の少年は、妹の親友の顔をなぜか眩しそうに眺めたものだ。ユカもちょっぴり赤くなり、胸がドキドキした。

（圭介兄さん、どんなペニスなのかなあ）

絵梨子から聞いた話では、先端の皮がむけてピンクのような赤いような、まるで蛇の鎌首みたいなのが濡れていたという……。

ユカの父親は別居して都心のマンションに住んでいるが、半年前までは共に暮らしていた。小学校四年生までは一緒に入浴し、体を洗ってもらったものだ。

（あのとき、パパのペニスをハッキリ見ておくんだったな……。どんな形をしてたのか、よく覚えてないわ……）

ペニスといえば、幼いときに男の子と、ままごと遊び変じてお医者さんごっこになったとき、皮をかぶった、まるで白いアスパラガスみたいなのしか見ていない。性的に成熟した男性の、ましてや勃起したペニスなど想像もつかない。

（それに射精……。どんなふうにして精液が出るんだろう？　精液ってどんなのかなあ。白くてねばねばしてる、っていうけど、ゴム糊みたいなんだろうか……？）

絵梨子は『栗の花みたいな青くさい匂い』と表現したが、どんな匂いがするのか、嗅いでもみたい。

（うーん、Cまでいった子が羨ましい……）

思わず熱い溜息をついてしまうユカだ。

クラスメートのなかには、中二ですでに男性とのセックスを経験したという子も何人かいる。いや、自分で言わない子もいるだろうから、三十五人のクラスのうち、十人ちかくはもうC——セックスをしてヴァージンを喪失しているのではないだろうか。

（ユカも、男の子のペニスをちゃんと見たいなあ……）

レズっ子とはいえ、たまたま女の園におしこめられているからそうなので、男の子の体にだって興味がないわけではない、いや、ありすぎるほどのユカだ。

やがて、浴室から出てきた圭介が、自分の部屋に戻った。ふいに、ユカの頭にひらめいた。

（そうだ、圭介兄さんに……！）

ユカはベッドからそうっと抜けでた。完全に熟睡状態に入っている絵梨子は、もう朝まで目をさまさないだろう。

ユカは階下に下り、ダイニングキッチンに行って湯をわかし、ココアをいれた。

ミルクと砂糖をたっぷり入れた熱いココアを二人分持って、また二階にあがる。

圭介の部屋のドアをノックすると、

「なに？　あれ、ユカちゃんか……」

パジャマに着替えた絵梨子の兄がドアを開けてびっくりしたような顔をした。真夜中、妹の親友であるかわいい少女が自分の部屋にやってくるなど、考えてもいなかったのだろう。

「お兄さん、お邪魔かしら？　私、眠れなくなっちゃったから、ココアをいれたの。一緒に飲みませんか？」

「へえ、それはありがたい。いま、眠気ざましにシャワーを浴びて体操してたところなんだ……」

ココアを受けとり、なにげなく訊く。

「絵梨子は寝ているの？」

「うん。疲れてるらしくてぐっすり。私のほうが寝つかれなくて」

「枕がちがうからかな」

「そうかもしれない。……少しお邪魔していい？」

「ああ、いいとも。そこに腰かけなよ」

自分の勉強机の椅子をすすめる。圭介はベッドに腰かけた。

ふうふう言いながら、二人で熱いココアを啜る。二人のあいだになんとはなしに親密な空気が生まれる。

「ふうん……」

ユカは圭介の部屋を見まわしながら、無邪気にクンクン鼻を鳴らしてみせた。

「どうしたの。なにか匂う？」

「うん。男くさい、ってこんな匂いかなあ……って思って」

「そうかな。男くさいって自分じゃわかんないけど」

「ユカの家は男のきょうだいもいないし、パパも家にいないから、男の人の匂いってしないんだよね。だから敏感なのかな……」

「そういえば、ぼくなんか絵梨子の部屋に入ると『女の子だな』っていう匂いがするよ」

言ってから「しまった」という顔をした。兄貴がときどき、妹の部屋にこっそり忍びこんでいることを告白したようなものだからだ。ユカはわざと気がつかないふりをして、

「私たちの学校に、カズキ先生って去年入ってきた若い体育の先生がいるんだけど、教室とか部屋に入ってくると『くさい、くさい。おまえたちが群れていると、生ぐさい』ってケーベツしたように言うけどね。私たちにはわかんないけど……、男の人にはわかるのかしら」

「へえ、白萩女学園にも若い男の先生がいるのかい？」

「うん。本当は若い男の先生は好ましくない——って、採用しない規則になっているんだけど、そのカズキ先生——氏崎和希《うじさきかずき》っていうんだけど、理事長の甥だかなんだかで、そのコネで特別に白萩に入れたみたいよ」

「ふうん……」

圭介は感心している。浪人中でガールフレンドもいない身だ。かわいい女子中、高生にか

こまれた女学園の教師という身分をうらやましがっているようだ。

話をしているうち、ユカは五つ年上の少年の視線が、何気ない様子を装いながらすばやく自分のネグリジェ姿に投げかけられるのを感じた。

（私の、体を見てる……）

ユカの着ているのは裾が短い、可憐なデザインのベビードールだ。ただでさえ腿まで丸見えだし、低いベッドに腰をおろした圭介が少し後ろに反るようにして視線の位置を低くすると、太腿の付け根までのぞけて、ペアの布地で作られたパンティ——横を紐で結ぶタイプの、彼女たちが〝ヒモパン〟と呼んでいる——の、三角形の布が見えてしまうにちがいない。

案の定、圭介はリラックスする姿勢をとるかのように、体を後ろに倒して肘で体重を支える姿勢をとった。

（わ、圭介兄さんったら、ユカのパンティをモロにのぞいて……）

年上の少年の意図はすぐわかった。それでも、そんなことは知らないふりで話を続けるユカだ。しかし、肌が火照って、股間が熱く湿ってくるのがわかる。

（うーん、エッチだなあ。圭介兄さんも……）

自分がわざと挑発してるくせに、つい内腿をすり合わせるようにモジモジしてしまう。

圭介のほうも、顔が上気している。チラとユカがパジャマのズボンを見ると、股のところが心なしかふくらんでいるようだ。

（勃起しているのかなぁ……？）

正常時と勃起時のサイズのちがいなどまったく知らないユカだから、判断のつけようがない。ただ、若い体育教師、氏崎和希のトレパンはいつもモッコリとふくらんでいて、生徒たちは陰で〝モッコリ〟などと仇名《あだな》をつけているのだが、いまの圭介のふくらみは、ふだんのカズキ先生のふくらみより小さいようだ。

（だとすると、勃起してないのかしら……？）

ますます男の子の体のしくみに対して好奇心がつのる。

「ね、圭介兄さん……」

ココアを飲み終える頃、ユカは思わせぶりに横目で圭介を眺めるようにして呼びかけた。

「なんだい」

「あのさ……」

ちょっとブリッ子的に口ごもってみせて、

「ユカ、男の子のあそこ、見たことないんだよね。だから、すっごく興味あるの」

「あそこ、って、男の子のペニス……？」

さすがに驚いたような顔をして圭介が目をみはった。

「うん。そう」

「それで……？」

「だから、圭介兄さんに見せてもらえないかと思って……」

圭介の目が点になった。妹の親友の口から『ペニスを見せて』という言葉が出たのを信じられないようだ。

「だめ？」

精一杯、色っぽくシナを作ってみせ、甘えた声でねだってみる。

「うん……、それは……」

圭介は唸《うな》った。年頃の少女にねだられてペニスを露出するなんて、誰が考えられるだろう？　しかし、頭のよい少年の頭脳はこの提案を受けてフル回転している。

「まいったなあ」

照れたような笑いを浮かべ、うなずいた。

「でも、男の子のことを真剣に勉強したいのなら、見せてあげてもいい」

「わっ、うれしい！」

「だけど、一つ条件がある」

「え⁉」

「ぼくにも、ユカちゃんのあそこを見せてくれないかな。交換条件で……」

「うーん……」

今度はユカが唸る番だ。圭介は妹に眠り薬を服《の》ませて昏睡させ、彼女の処女器官を眺めたはずなのに、

（絵梨子と比較したいのかなぁ……？）

女の子であれば誰であろうと、その肉体を見たい、さわりたい——というのが男の本能だということを、ユカはまだ気づかない。

（だけど、一方的に見せてくれ、というのも虫のいい話なんだよな……）

しばらく考え、ユカはニッコリ笑ってみせた。新しい条件を出すことにしたのだ。

「精液を出すところも見せてくれる？　だったら、ユカのあそこも見せてあげる」

「精液？　射精するところを？」

圭介はまた、びっくりした。かわいい顔の少女が次から次へと、妹なら決して言わないような、大胆なことを口走るからだ。

「うん。学校でだいたいのことは教えてくれるんだけど、実際に精液ってどんなものか、どんなふうに出るか、具体的なことは全然わかんないんだもの……」

圭介は、薄いベビードール一枚のユカから発散する稚《おさな》いエロティシズムの靄《もや》に巻かれて、

酔ったようになっていた。

「いいよ。精液ぐらい、見せてあげる！」

「じゃ、見せて……」

妹の親友にねだられて、圭介は覚悟をきめたようだ。

「よし……」

勢いよくパジャマのズボンとブリーフを一緒に脱ぎ、ベッドの上にあおむけになった。

「さあ、ユカちゃん。これが男の子のペニスだよ……」

むきだしの股間、くろぐろとした陰毛の林のなかから、ユカの親指よりひとまわりぐらい太い肉の棒が、ややうなだれ気味に顔をのぞかせている。

「わー、これがぁ……？」

目を輝かせて親友の兄の股間にかがみこんで顔を近づけたユカだが、

（あれ？　意外とちっちゃいの……）

ちょっとガッカリした。絵梨子の話では、まるで凶暴な蛇のようだったというではないか。

それに、先端部の鎌首の部分はヌラヌラ濡れた紅赤色どころか、いまの状態は、生っちろい包皮にくるまれてわずかにピンク色の先端がのぞいているだけだ。

「ね、お兄さん。これ、勃起してるの？」

圭介はさすがにユカを正視できないのか、顔の上に片腕をのせて隠していたが、思わず苦笑してみせた。

「全然。勃起してないよ。ペニスもユカちゃんに見られて照れてるんだ……」

「もっと大きくなるんでしょう？」

「うん。この三倍ぐらいになるかなあ」

「ひゃあ！　三倍も⁉」

ユカは目を丸くした。信じられない。好奇心がむくむく湧いてきた。

「見たいわ、お兄さんが勃起するところ」

そう言うと、圭介は大胆なことを要求してきた。

「それじゃ、さわってくれないかな？　ペニスってさわられると大きくなるんだ」

「男の子がオナニーするときのように？」

「うん」

「だって……、ユカ、わかんないよ。どうやってさわっていいか……」

目の前の、なんとなくかわいいが頼りなげな肉の棒を見てためらっていると、

「じゃ、教えるよ」

圭介がユカの右手をとって股間に導いた。なま温かいペニスはやわらかかった。

「握って、こう、上下にこするというか、しごくようにするのさ……」

「こうやって？　へえ……」

親指と人差指、中指をからめて、教えられたとおりに動かすと、

「そう。そうだよ……」

ふいに圭介の声が熱を帯びた。はじめてさわるペニスは、ゴムのようなスポンジのような感触だったが、

「……」

掌のなかでそれがしだいに硬くなり、熱を帯びだすのが感じられた。やがて五本の指をすっかり絡めてもはみ出してしまうほど大きくふくらんでくる。

「わっ、ほんとだ……！」

ユカは嬉しそうな声をあげてしまう。

「大きくなったろう？」

圭介の声が誇らし気だ。自分の欲望器官を年下のかわいい女の子に握らせ、刺激させているという気持ちが彼を昂奮させている。腰をつきあげるようにして、

「ユカちゃん、もっと強くこすって……」

なかば命令口調だ。ユカは嬉々として従う。

「お兄さん、これくらい？　もっと強く？」

ユカが驚いたことに、ぐっと皮を引っ張るように押しさげると、包皮の先端がやすやすとむけて、赤みがかったピンク色の粘膜が飛びだすように現れた。

（へぇ、うまくできてる……）

ユカにとって、はじめて見、さわるものだけに、すべてが驚異である。シャワーを浴びたときにていねいに洗ったのか、その部分は清潔そうでイヤな臭いはせず、ただ、微かにスルメのような匂いが感じられる。

（こんなに硬く、大きくなったのが、女の子の割れ目に入るのかぁ。なんだかこわいよぉ……）

昼に見せあった絵梨子と自分の処女膜の眺めを思い出し、この猛々しい肉の槍のようになったものであの部分が切り裂かれるのかと思うと、やはり戦慄的な恐怖感を覚えないわけにはいかない。だが、もっと顔を近づけて亀頭の先っちょを見ると、尿道口の割れぐあいがなんとなく唇のように思えて、

（男の子も、ここにもう一つの唇を持ってるんだ……）

そう思うと、静脈を浮きたたせ、攻撃的な形状に変身してゆく器官が、不思議にいとおしく感じられないこともない。

「う……」

からめた指を休めずに動かしていると、ふいに圭介の唇から、熱い、切ない呻きが洩れた。

ユカや絵梨子がおたがいの指で刺激しあっているときに洩らす、あの快美の呻きだ。

「お兄さん、気持ちいいの？」

ユカは訊いた。彼女の声も熱を帯びて、かすれたようなささやき声になる。

「ああ、気持ちいい。いいよ……」

片腕で顔を隠すようにしながら、あおむけ姿勢の少年は腰をわずかに上下させだした。ユカは本能的に、自分の指の動きを彼のリズムに合わせた。

「あ、ああ……」

呻きとともに、亀頭の先端部から透明なしずくがにじみでて、いまや赤黒いまでに充血し、膨張しきった粘膜を濡らす。

（へえ、男の子も昂奮してくると、こうやって濡れてくるんだ……）

ねっとりしたカウパー腺液が糸をひいてしたたり落ちるさまを見て、感心するユカだ。

「む、うっ。ユカちゃん……！」

ベッドがきしみ、圭介のむきだしの下半身が突然にこわばる。

「お兄さん、出るの。射精するの？」

ユカがあわてて訊くと、

「そう。出るよ！」

「見たいわ。出してみせて」

「いいとも。あ……、う、ううっ！」

吠えるような声を吐きだし、腰、下腹、太腿の筋肉が収縮した。握りしめたユカの掌のなかでぴくぴくっと怒張した肉の棒が暴れたかと思うと、
ビュッ。

白い液体が、垂直に噴出した。

「わ」

さすがに若い。一メートルとはいわないが七、八十センチの高さまで飛んだのではないだろうか。屹立《きつりつ》した欲望器官はぴくぴくと痙攣《けいれん》し、二度、三度、四度と白濁の牡液をほとばしらせた。落下したザーメンは陰毛の周囲や腹のあたりに飛び散る。

「やだぁ！」

手を放した拍子にペニスの先端がかしぎ、ユカの頬、唇のすぐ横にも飛び散る。

「む、うっ、む……ン」

残りの液がヌルヌルと鈴口から吐きだされる。ペニスは瀕死の蛇のように、しばらく断続

的に痙攣している。

「すっごーい！　これが射精？　ダイナミックなのね！」

嬉しそうに顔にかかったザーメンを指で拭い、クンクンと鼻をならして匂いを嗅ぐ。

「ほんとだ。栗の花みたいな匂い……」

＊

ユカは浴室でタオルを濡らし、それでやさしく圭介の下腹を拭い清めてやった。

「お兄さん、ありがとう」

しばらく荒い息をついてぐったりしていた少年は、ようやく絶頂の余韻からさめて、起き上がった。

「どうだった？　男の子の射精を見て？」

「うん。はじめて見たのでびっくりしたけど、よくわかったわ。あれだけの勢いで女の子の体のなかに入るんだもの、妊娠するわけよね。……でも、一度出したら、もうおしまいなの？」

萎えたものを名ごり惜しげにさわっている。

「おしまいじゃないよ。でも、また元気になるには、時間がかかるんだ。もう一度見たい？」

「うん……」

　こっくりうなずくショートボブのかわいい少女を見て、圭介はまた血が騒ぐ。

「約束どおり、今度はユカちゃんがあそこを見せる番だろ？　見せてくれたら、ぼくも元気になるよ。女の子のヌードとか見ると、勃起するようになってるんだから」

「そうなの……？」

「さあ、ここに寝て……」

　ユカはあおむけに横たわった。

「やだ、恥ずかしいな、やっぱり……」

　ベビードールの裾を押さえるようにした。

「ずるいぞ。ちゃんと精液まで出してあげたじゃないか」

「うん……。でも、お兄さん。ユカのバージン、守ってね」

「もちろん」

「じゃ」

　ユカは裾から手を入れ、ヒモパンのリボンを解いた。少女の秘部を保護していたかわいいバタフライ型のスキャンティがハラリと落ちた。

「恥ずかしい……」

　ユカは昼間の絵梨子のように、両手で顔を覆った。

「見るよ」

　圭介はゴクリと唾をのみこみ、ベビードールの裾を持ちあげた。

「脚を広げてくれないと……」

　そうっと両腿が離れる。

「ふうん……」

　圭介が秘丘を覆っているふさふさした叢《くさむら》を眺め、唸った。

（絵梨子と比べているんだわ……）

　羞恥でぼうっとなった頭の片隅で、ユカはそう思った。

「きれいだ……」

　圭介が感嘆の声をあげる。

「そう？　なんだかグロテスクじゃない？」

「ちっとも。かわいいよ。まるで、キスされるのを待ってる、もう一つの唇……」

　あっ、と思うまもなく、圭介の顔がユカの股間に埋められた。

「きゃっ」

両腿を閉じあわせるのが一瞬遅かった。ユカの秘唇に圭介の唇が押しあてられ、舌が粘膜を這う。

「あ、いやっ！　お兄さん、許して……」

「……」

返答はピチャピチャと猫がミルクを飲むような音。

「あ、あう、っ……」

ユカの両手がシーツを摑《つか》んだ。自分の器官が突然に蜜のような液体を溢れさせているのが自分でもわかる。それが全部、親友の兄に飲まれている……。

(すごいスリル……！)

甘美な快感が全身をうちのめした。ユカは苦悶する者のように首を左右にうちふった。

──しばらくして、

「あ、アッ！　お兄さん……っ！」

切ない悲鳴のような声をはりあげ、絶頂してしまったユカだ。

*

ユカが我に返ると、彼女の体は少年の腕のなかにすっぽりと抱かれていた。

「……」

圭介の情熱的な接吻。その唇はさっきまでユカの秘部に押しあてられ、彼女の内側から溢れだしたぬるぬるした液を啜りなめていたのだが、ユカは不潔感などちっとも感じることなく、熱烈なキスに応えて舌をからめていった。

圭介の手がベビードールの前をはだけ、乳房を揉むようにする。もういっぽうの手がまるいお尻を撫でている。

「はあっ」

ようやく唇が離れた。

「気持ち、よかった?」

問われてコックリうなずく仕草がたとえようもなく愛らしい。

「さあ、さわって……」

ユカの手が年上の少年の股間に導かれた。

「まあ」

いったん萎えたものが、また熱を帯びて、ズキズキと脈打ち、ふくらみきっている。

「もう一度、してあげる……」

ユカは右手をからませ、しごきたててやった。

「ありがとう。うまいよ。そう……」

圭介は熱い息を吐き、呻いた。

——しばらくしてから、また牡のエキスが噴出し、少女のやわらかく繊《しな》やかな指を汚した。

「お兄さんの勉強、邪魔しちゃったみたい……」

ユカがいたずらっぽく言うと、

「邪魔じゃないよ。かえってスッキリして、これから朝まで勉強に熱中できるみたい」

「えー、そんなものなの。疲れない？」

「そりゃあ少しは疲れるけど、少し横になっていればすぐ回復するからね。多いときは一日に五回ぐらい、オナニーすることもあるし……」

「わーっ、そんなにぃ⁉」

ユカは目をまるくする。

（それじゃ、絵梨子がそばにいるだけでムラムラしちゃうの、無理ないんだ……）

ユカは強い性欲に悩まされている圭介が可哀そうになった。受験勉強があるから恋人もつくれないし。

（毎日、オナニーだけで欲望をしずめているなんて、むなしいだろうな……）

そのとき、パッと名案が閃いた。

「ね、圭介兄さん。大学に受かるまで、ユカが臨時の恋人になってあげようか？」

「えっ？　どういう意味だよ」

年上の少年はびっくりして妹の親友の顔を眺めた。

「オナニーより、さわってもらって精液を出したほうがスッキリするんでしょ？」

「うん。そりゃそうだよ。現実にユカちゃんみたいなかわいい子にさわられると、ものすごく昂奮するもの。手だってやわらかくていい気持ちだし、体とか髪とかから、いい匂いがするからね……」

ユカの乳房やヒップを撫でながら圭介は答える。

「私も、男の子のペニスにさわって、精液を出してあげるのが好きになったみたい。だから夜にどっかで会って、今夜みたいなことをしてあげたい……。誰にも絶対に内緒で」

そうすれば、親友である絵梨子に対して性的ないたずらを仕掛けることもしなくなるだろう──ともユカは考える。

(このアイデアは、絵梨子のバージンを守るためでもあるんだわ……)

圭介の声は弾んだ。

「ユカちゃんがそうしてくれる、っていうんなら、そんな素晴らしいことはないよ」

「そのかわり、Cはダメよ。Bまで」

「OK。見て、さわりっこするだけでも大満足だよ」

「じゃ、どうしようか……。絵梨子にも内緒でなきゃいけないから、難しいね」

「いいことがある」

圭介のほうがアイデアを出してきた。二人の家は歩いても十分ほどの距離だ。走れば五分もかからない。

「ぼくがジョギングを始めるのさ。走ってユカちゃんの家まで行くから、家の近くで会おうよ。真夜中にこっそり出られる？」

「うん、大丈夫だと思う」

ユカは九時すぎには入浴して、自分の部屋に入ってしまう。十二時頃だと母親も寝室に入って眠っている。そうっと忍びでるのはわけもない。姉のミカは朝帰りも毎度のことで、妹のことなんか気にかけないだろう。

「そうだ。うちのガレージがいいわ！」

突然、ユカにも名案がひらめいた。

母親の織絵は、象牙色のベンツに乗って六本木の店に行っている。二台ぶんのスペースをもつガレージは半地下になっていて奥のドアを開けると玄関ホールに通じる階段になっている。つまり、ガレージは家の一部でありながら、皆の住んでいる部分とは隔離されたようになっているのだ。

「あそこだったら、少しぐらいの話し声や物音をさせても家のなかに聞こえないから、誰にも気づかれっこないわ。私、シャッターを少し開けておくから、くぐって入ってきて。ママの車のなかがデート場所よ」

「よし、わかった。さっそく明日の晩から、お願いするよ」

「お願いだなんて。こっちこそ、よろしく……」

もう一度熱列な接吻をかわしてから、ユカはそうっと絵梨子のベッドへ戻った。

4

――次の日の夜、
ユカの部屋の時計はまもなく、十二時をさすところだ。

(圭介兄さん、約束どおり来てくれるかなあ……)

ユカは真っ裸だ。やはり圭介と会うからには体をきれいにしておきたい。ふだんは九時頃入浴するのを、今夜は母親のあとで入ったのだ。

姉のミカは今夜も男の子と遊び歩いて、いつ帰ってくるものやらわからない、最近は母親のほうも諦めて、朝帰りしてもあまり叱らなくなった。一応は信用しているのだろう。

（もう少し、脚が長ければいいのに……。絵梨子はスラリとしてるからうらやましいわ）

壁にかけた大きな鏡に、自分のヌードを映してみる。ピンク色に上気した風呂あがりの肌。まるい乳房、まるいお尻。かわいいお臍《へそ》。ふっくら盛りあがったヴィーナスの丘を覆うつやと黒い叢。そして、くっきりと刻まれたような割れ目。

小学校三年の頃、父親と入浴したとき、彼は「ユカはトランジスター・グラマーだな」と彼女の体を洗いながら言ったものだ。

「なに、それ？」

「いまはもう使わないのかな。パパの若い頃の流行語でね、トランジスターみたいに小粒だけど、おっぱいもお尻も大きい、魅力的な女の子のことをそういったんだよ」

「へぇ……」

そのときはまだ、乳房もヒップもいまほど発育していなかったのであまり実感もなかったが、中学二年になったいま、父親の予言は的中している。あるいは絵梨子と愛撫しあったためなのかもしれないが、乳房はお碗の形に盛りあがり、ヒップはリンゴのようにくりんと丸く張り出している。

「うーん、トランジスター・グラマーかぁ……」

お尻を映して、自分で感心している。ふと父親の達男《たつお》のことを思い出した。

彼は半年前、妻と猛烈な口論をしたあと、家を出て青山のマンションを借り、ひとり暮らしの身だ。

原因は、父親の側にある。有名な女優と仕事でつきあっているうち、不倫の仲になったのならないのと、芸能マスコミに騒がれたからだ。そういうスキャンダルに巻きこまれたことで、母親の織絵が怒るのももっともなことだ。ユカには、その噂の真偽はわからない。

「パパがいなくても、元気でやるんだぞ。ときどき、会いに来てくれると嬉しいな」

自分の身の回りの品を愛用のフォルクスワーゲンに積みこんで、この家を出てゆくとき、父親の達男は愛娘を抱きしめてそう言ってくれた。まるで昨日のことのようだ。

だからユカは、月に一度ぐらい、父親とは外で会って食事をしている。いつも陽気でやさしい父親を、ユカはいまでも好きだ。

「ママはパパのことを誤解してるんだ。まあ、そのうちわかってくれるだろうから、そうしたらまた一緒に暮らせるさ……」

最初はそう言っていたが、母親の織絵はかたくなな態度を崩そうとしない。ユカに言わせると、二人ともももっと会って話し合うことが必要なのだが、

（ママは男まさりで気が強いからなぁ……）

当分、別居状態はつづきそうだ。

時計の針がだんだん重なりそうになってきた。

(さあて、圭介兄さんのために、どんなパンティをはこうかな)

下着を入れたタンスのひきだしを開ける。パンティは白が多いが、ピンクやサックスもかなりある。水玉模様や花柄のプリント、スヌーピーやウッドストックなどのキャラクターもの、レースのフリルやカットワークのある可憐なもの、サイドがリボンになった〝ヒモパン〟や、前がスケスケでヘアが見えてしまう〝スケパン〟、もっと過激に網目になった〝アミパン〟など、両親が見たらギョッとしそうなパンティだって、こっそり奥のほうにしまってある。

――中学生だからといって、パンティは白い木綿の、せいぜいスヌーピーの絵が入ったようなかわいらしいものをはいている――と思ったら大まちがいだ。とくに校則の厳しい女子校などは、表面のおしゃれが制限されているので、その欲求不満からか下着のおしゃれに向かう傾向が強い。

白萩女学園でも、校則で白のスリップ着用が義務づけられているのだが、こっそりピンクやブルーのキャミソールを身につけてきて、抜きうちの服装検査で見つかる子があとをたたない。その服装検査でも、さすがにパンティまでは調べないから、パンティが個性を表現するおしゃれの最後の防衛線というわけだ。

学校の更衣室で体操着に着替えるときなど、女の子たちは、ひとしきり、自分がどんなパンティをはいているか、見せあいっこをして楽しむ。ふだんはおとなしそうな少女ほど、赤とか黒などハデな色や、レースパン、アミパン、ヒモパンなどの過激なデザインのパンティをはいてたりして、みんなを驚かせる。

この下着ショーは、少女たちのおしゃれに対するフラストレーションを解消する場なのかもしれない。ユカも、みんなの前でわざとヘアが透けそうなスキャンティを見せつけて、「きゃっ、ユカ、今日はすごいじゃん」などと騒がれたあとは、秘部が濡れていることに気がつく。ときにはこっそりトイレのなかでオナったりして「私って、露出狂なのかな」と悩んだりもするのだが……。

（だけど、あんまりどぎついパンティをはいたりしたら、圭介兄さんに淫乱娘だと思われるし……）

ユカは、いろいろ考えたあげく、わりとおとなしいデザインの、ピンクのビキニパンティを選んではいた。素材はコットンだが、伸縮性に富んでいて、ヒップにぴったり貼りつく感触がよく、お気に入りのものだ。股布が案外狭く、股間にくいこむ感じになるので走ったりするとクリトリスが刺激されこともある。

（このパンティの上から、まずさわってもらいたいわ……）

ユカはオナニーするとき、最初から直接にクリトリスや粘膜にタッチするのは好きではない。柔らかな下着の布地ごしに包皮の上からソフトにクリトリスを撫でたり揉むようにしたりして、股布がびっしょり濡れてきてからようやく直接タッチするのだ。

姉の部屋から無断で借りてきた香水を茂みにふりかけてから、ぴっちりしたパンティをはき、ぐっと引きあげた。

「ああン」

布が股間にくいこみ、思わずユカは呻いた。甘美な感覚が電流のように走ったからだ。ジュン、と濡れる感触。

（やだ、もう……）

そのとき、リリリ……と時計の目覚ましが鳴って、ユカを現実にひきもどした。十二時だ。昨夜のと同じような、前開きのベビードールをまとうと、ユカはそうっと玄関ホール横のドアから階段を下り、象牙色のベンツが駐《と》まっているガレージに入った。

ガレージは広い。両親がどちらも車を持って仕事に出かけていたので、二台入るように設計されたからだ。いま、父親の達男が別居しているので、フォルクスワーゲンを置いてあったスペースが淋しげに空いている。誰にも怪しまれたくないので、照明はつけないでおくことにした。

織絵は、家のなかのガレージだというので、車のドアをロックしない習慣だ。ユカはリアシートに座って待った。胸がドキドキ弾んでいる。恋人の到来を待つシンデレラ。

車内には母親のつけている香水〝タブー〟の官能的な香りがただよっていて、それが余計に幼い欲情をかきたてるようだ。待っているあいだに胸がドキドキして、ついいたずらな指がパンティの底を這ってしまう。

ヒタヒタ。

門から足音が近づいた。ゴム底のランニング・シューズ。

（圭介兄さんだわ……）

足音はガレージの外で止まった。シャッターは下のほうが五、六十センチほども開けてある。黒い影がスッと入ってきた。

「ユカちゃん……？」

囁くように呼びかけてきた。

「ここ。圭介兄さん」

ユカも声をひそめて呼ぶ。少年はドアを開けて高級乗用車のリアシートに滑りこんだ。

「待った？」

「ううん。ぴったり」

走ってきた圭介の体から新鮮な汗の匂いが漂い、それがユカの鼻をくすぐった。若い牡の匂いは、少女たちの汗ばんだときの体臭と同じぐらい刺激的に感じる。

「……」

二人は抱き合い、舌をからめあい、唾液を飲みあう熱烈なキスをかわした。たがいの手が相手の股間に伸びる。

「わ、お兄さん、こんなになって……」

ジョギング・パンツの上から逞《たくま》しくふくらんだものをさわって、少女ははしゃいだ声をあげた。

「ユカも、濡れてるぞ。熱い……」

ベビードールの裾から内腿を這いのぼった少年の指が、妹と同じ年齢の少女の股を、パンティの上から撫でて言った。

「さあ、さわりあおうよ」

ペッティング——少女たちが〝B〟と称している行為が始まると、密閉されたベンツのなかに若い牡と牝の体臭がむせかえるようにこもり、甘いうめきが交錯した。

ユカは圭介のジョギング・パンツとブリーフをひきおろし、バネ仕掛けのように飛びだしてブルンと震えたペニスに右手をからめ、揉みしごいた。たちまち包皮は後退し、亀頭はカウパー腺から分泌される透明な液で濡れそぼった。

圭介は、ユカの、

「最初はパンティの上からタッチして……」

という頼みをきいて、薄くてやわらかなピンクの下着の上から、ふっくらした恥丘、じっとり濡れている秘密の割れ目を愛撫してやった。

ユカのパンティは、まるでおしっこを洩らしたように濡れて、年上の少年のタッチでニチャニチャと淫らな音をたてた。乳房の先端で、ピンク色の可憐な乳首が野いちごほどの大きさに充血し、ベビードールの前をはだけた圭介がそれを口に含むと、ピィーンと電撃を受けたような甘美な衝撃が走り、

「あうっ……！」

思わず切ない声をはりあげてしまうユカだ。

やがてユカのパンティがひきおろされた。少年はベンツの天井にある室内灯をつけた。白い裸身が浮かびあがり、シートに押しつけて股間を広げさせると、黒い逆三角形のくさむらと、濡れてきらめくピンク色の粘膜が露出された。

「きれいだ……」

そう言って圭介は、牡を狂わせるような甘酸っぱい匂いをはなつ源泉に唇を押しつけた。

ユカは彼のペニスを放して、目のくらむような快美の渦が自分を引きこむのにまかせた……。

「あ、あっ。うっ、うあっ……!」

ユカは絶頂した。肉づきのよい太腿で力いっぱい憧れの少年の顔をはさみつけ、ぶるぶると全身を震わし、処女の器官から甘い蜜をどっと吐きだして……。

「さあ、今度は……」

ジョギパンもブリーフも脱ぎ捨て、下半身をむきだしにした圭介が、ユカと入れかわってシートにあおむけになると、中二の美少女は親友の兄の股間に聳《そび》えたつ牡の欲望器官を熱烈にしごきたてた。

「お、おお……」

圭介が腰をうち揺すりだした。切迫した呻きが洩れる。

「射精しそう?」

「うん。もう少しで……」

「じゃ……」

ユカは足首からパンティを抜きとった。

柔らかい布地の感触でズキズキ脈打つ肉を包まれた。

「パンティのなかに出してね」

母親の車を汚さない処置だったが、女の子のかわいいパンティでくるまれ、揉みしごかれることで圭介の昂奮と快美はいっそう高まった。

「ユカ……、ああっ！」

ピンと背をそらし、腰を突きだした。握りしめたユカの手に、ペニスがぴくぴく跳ね、勢いよく発射された熱い欲望液がかわいらしい下着を濡らした。

最後の一滴まで絞りとるようにして、ユカは精液をパンティで受けとめた。栗の花の青くさい匂いを放つ液体が、自分のラブジュースで濡れた下着をねっとりと汚したありさまを見て、ユカは嬉しそうな声をあげた。

「わあ、圭介兄さん、ずいぶん出した……」

しばらくして、圭介は夜の道を走って帰っていった――。

（絵梨子に無断で、圭介兄さんとこんなことして、ちょっと彼女に悪い気がするなあ……）

そんな後ろめたい気持ちもするが、

（でも、絵梨子が実の兄貴にいたずらされるのを防いであげてることになるんだから、これは友情から出た行為だものね……）

そう、自分に言い聞かせたりもする。

二、三日してからユカは絵梨子に訊いてみた。
「お兄さん、あれから、どう？」

「うん。ココアをすすめられたら断ろうと思ってたのに、もう作らなくなったよ。そのかわり、夜、ジョギングを始めたの。『眠気ざましにいい』って、毎晩続けてるわ。ムラムラした気分も消えちゃうのかしら？　前よりずっとサッパリして、暗かったのがずいぶん明るくなった。運動って気分転換に効果があるのね……」

そう言って感心している。

「そう？　よかったじゃない。もういたずらされないよ。お兄さんだって悪いって思ってたんだろうから……」

「そうだよね。だから、言わなくてよかった……」

単純に喜んでいる絵梨子は、敬愛する兄貴が毎晩、親友の手で刺激され、精液を噴きあげていることを夢にも知らない。

（それを知ったら、絵梨子、怒るだろうなあ……）

そう思うから、ユカはあくまで秘密にするつもりだ。

＊

手で刺激して射精に導くだけだったユカの愛戯が、さらに唇を使うまでエスカレートするようになったのは、姉のミカのせいだ。

直接、そんな性愛技巧を教えられたわけではない。

ある晩、いつものようにベンツのリアシートで、汗まみれになりながら愛撫しあって、二人とも絶頂をきわめてぐったり抱きあっていると、

ブルルル。

乗用車が一台、水原家の門の前で停まった。圭介はギクリとして身を起こした。

「大丈夫。ミカ姉さんが帰ってきたんだと思う……」

シャッターの隙間から、白い車体が見えた。レクサスだ。

「ボーイフレンドの一人に送ってもらったのよ……」

息をひそめてユカが圭介に耳うちした。ドアが開いてハイヒールをはいた足がおり立った。

ミカだ。

「ちょっと待っててね」

コツコツとハイヒールの足音が近づく。

「あれ？」

ユカはあわてた。どうして玄関から入らないのだろう？

「なんだ。ママったら不用心ね。シャッターがちゃんとおりてないわ……」

ぶつぶつ呟くミカの声。

ガラガラ。

シャッターが開いた。ベンツのなかにいた二人は、大あわてで後部座席の床にぴったり伏せた。

ブルル！

レクサスがガレージに入ってきた。ヘッドライトの明かりが一瞬、ガレージのなかをまぶしく照らしだし、それから消えた。闇が戻る。

ベンツの真横、以前は父親のフォルクスワーゲンが置いてあった空間にレクサスが駐まり、エンジンが切れた。

「いいわ、ここなら道から見えないし」

姉のミカの声。

「家の人は大丈夫？」

青年の声。ユカも知っている、姉とつきあっている大学生だ。金持ちの息子で、いつもレクサスで彼女を迎えにくる。

「大丈夫。ママも妹も寝てるわ」

「じゃ、別れを惜しませてよ……」

「仕方ないわね。甘えん坊ちゃん」

ミカがクツクツ笑っていう。

圭介とユカは、身を伏せたまま顔を見合わせた。

(別れを惜しんでキスするだけなら、なにも車をガレージに入れる必要、ないのに……)

少年と少女はそうっと頭をもたげ、ウィンドウ越しに隣に駐車しているレクサスを眺めた。

リクライニングさせたドライバーズ・シートに、大学生が座り、顔は天井を向いている。シャッターは開けはなしなので、門燈の光がガレージのなかにさしこみ、その光に浮かびあがった顔が奇妙に歪んでいる。

(あれ……!?)

助手席にいるはずの姉の姿が見えないので、ユカは一瞬、とまどった。しかし、突然に黒い髪がウィンドウからのぞいた。クレオパトラカットにした黒髪が、男の股間の真上で上下している。

「あ」

思わず声を出すところだった。頬をよせあうように隣でのぞいていた圭介も、ハッと息を飲んだのがわかった。

（ミカ姉さんったら……）

ボーイフレンドの学生は、ズボンの前を開けてペニスをむきだしにしていた。ユカより六歳年上の姉は、彼の股間に顔を伏せ、口に男性の勃起した器官をすっぽりくわえ、頭を上下させているのだ。

濃厚なフェラチオだ。

まさか隣のベンツのなかに、妹と、妹の親友の兄がいるなどとは夢にも思っていない。ちょうど二十《はたち》の女子大生は、たくましく怒張しているペニスに唇と舌と歯を総動員させて、男を甘美な快楽の絶頂へと追いあげてゆく。

（うわぁ……）

そういう愛しかたがあるのは、ユカだって知っている。しかし、目の前で見るのははじめてだ。

（すっごーい）

ぬらぬらと唾液で濡れた直立した肉根に、Oの字形に口を広げた若い娘がしゃぶりつき喉の奥まで先端を受けいれ、その間も両手は下のふくろや肉杭の根元のあたりを摑んだり揉んだりして多彩な刺激を与えている。

青年は顔を左右に振って快美の呻きを洩らしているのだろうが、どちらの車のウィンドウも密閉されているので、声は聞こえない。

（もう、姉さんったら……）

ユカは姉とボーイフレンドの痴態を呆然と眺めながら、自分の下腹が熱く濡れるのを覚えた。ふと圭介を見ると、彼の萎えたはずの器官が、ムクムクッという感じでふたたび力をみなぎらせだしたではないか。

（姉さんたちの姿を見て、昂奮してきたんだ……）

ユカはそうっと手を伸ばし、熱くズキズキ脈動しているペニスを握った。圭介も内腿に指を這わし、新鮮な蜜を溢れさせた柔肉の裂け目をさぐりだす。

「ああ……」

「う……」

二人の口から甘い呻きが洩れた。

やがて――、
ソアラのドライバーズ・シートで、青年の体がピクンとのけ反った。

（イッたわ……！）

圭介の指で勃起したクリトリスを責められながら、ユカは思った。

おそらく、青臭い牡のエキスがたっぷり、若い娘の口腔へ噴き注がれたにちがいない。

ユカは見た。姉の白い喉がコクコクと震えたのを……。屹立に添えた指がミルクを絞るような動作を見せる。下のふくろもやわやわと揉みしだかれている。

びく、びくっ、と断続的に痙攣していた大学生の下腹が、動きを停止した。力が抜けたようだ。胸ははげしく上下している。喘いでいるのだ。

「……」

ミカがやわらかくなってサイズが小さくなった肉の棒から唇を放した。

(飲みこんじゃったんだわ……、あのねばねばした液を……)

チロ、と桃色の舌が赤い唇のまわりをなめる。射精した青年を見あげた嬉しそうな表情は、ゾッとするほど妖艶だ。

牡の器官をなめしゃぶった唇でチュッとキスしてやると、女子学生は車からおりた。

「じゃあね。今日はもっと楽しみたかったけど、ごめんね……」

「ああ」

レクサスの青年はズボンをなおし、シートをたてた。エンジンがかかる。

「生理だもの、仕方ないさ。でも、キミのフェラチオで大満足だよ」

「じゃ、おやすみね」

「ああ、おやすみ」

若い男女は手をふりあい、レクサスはガレージを出ていった。

「ふうっ」

車を見送ったミカは、外からガレージのシャッターをおろし、玄関に入っていった。ガレージにまた静寂が戻った。

ユカはぬらぬら濡れた圭介のペニスを握ったままだ。さっき一度、ユカの透けたパンティのなかにおびただしい白濁液を噴きあげたのに、それはいま、ふたたび膨張の極限に達して、猛々しい表情を見せている。

「圭介兄さん……。あおむけになって」

かすれた声でユカは言った。

「ユカ……」

「お姉さんみたいに、してあげる」

垂直に聳えたった牡獣の器官をやわらかい、唾液をいっぱい溜めた少女の口にふくまれたとき、少年は泣くような感動の声を吐いた。

ちょっと干しスルメのような匂いがするペニスを、ユカは熱心にくわえ、しゃぶり、舌でなめまわしてあげた。

一度噴いたあとだけに、圭介は新しい刺激によく持ちこたえた。余裕さえ持って、五つ年下の処女が与えてくれる快楽を味わった。

「そう。そこ、そこをなめて」

そういう指示さえ与えた。

やがて極限点が近づいた。

「ユカ……。もう少しだ……」

圭介が、うわずった声で放出を予告すると、

「いいわ。ユカのお口に思いきり出して」

チュバ、チュバと脈動する若い肉根を吸いしゃぶっていた少女は顎まで唾液で濡らした顔をあげて年上の少年に告げ、また股間に顔を埋め、ショートボブの髪をさらに激しく振りみだしはじめた。

「あ、あっ。イク！」

やがて圭介のペニスは断続的に痙攣し、ユカの口腔は香り高い牡の獣液で充たされた。

（わっ、出た……）

ユカはいやがる様子も見せず、とろりと糊状の液を舌で受け、目をつむって飲みこんだ。

コクリと喉が鳴る。

「ユカ……」

最後の一滴までやわらかな舌と唇でしごきだすようにされ、ひとしきり下腹と腿をうちふるわせていた少年は、年下の少女が自分の噴きあげたものを余さず飲みこんだと知ると、感激の表情で彼女を抱きよせ、熱烈に接吻した。

「ありがとう……！　気持ち悪かったんじゃない？」

「ううん。お兄さんのペニスがお口のなかで暴れて、それからドクッ、ドクッと出るのが感激だったわ。感じはヨーグルトみたい。匂いがちょっときつかったけど……」

「味は？」

「なんて言うのかなあ、塩辛いような苦いような……。口じゃ説明できないよ」

「そんなまずいの、よく飲んでくれたね」

「これが圭介兄さんのエキスだと思ったら、味なんて関係なかったわ。無意識に飲んじゃった」

嬉しそうに言うユカは逆に訊きかえす。

「お兄さん、気持ちよかった？」

「ああ、最高だった。ユカに吸われながら射精しているときなんか、腰から下が溶けてしまうかと思うくらい、気持ちよかったよ」

「そう？　じゃ、この次からお口で楽しませてあげる……」

無邪気な顔でそう約束した。

次の晩から、ベンツのなかで会うたびにユカは圭介を唇で楽しませ、彼が射精すると嬉々としてねっとり濃い牡のエキスを飲み干してしまうのが習慣になった……。

# 第二章　レズっ子たちは美雪先生のペットになります

## 1

――このところ、学校帰りの絵梨子は、いつも一人である。

中間試験が終わってから、ユカの入っているバトン部が、毎日遅くまで練習を続けるようになったからだ。白萩女学園中等部のバトン部は伝統があり、毎年、関東大会で上位進出をはたしている。

「絵梨子もバトン部に入りなさいよ」

ユカは誘うのだが、絵梨子は断っている。

「私、運動神経がよくないもの」

本当の理由は別だ。

バトン部のレオタードは薄くてぴっちり体に密着し、恥丘のふくらみにいたるまで、少女たちの体の線を完全に見せてしまう。そのうえ、大人もびっくりするようなハイレグカットなのだ。アンダーヘアの濃いユカは、バトン部のレオタードを着るために、両サイドのヘアを剃らねばならない。

恥ずかしがりやの絵梨子は、スクール水着でさえ乳首の突きだしや股間の食いこみが気になって仕方がない。とてもそんなレオタード姿で跳んだりはねたりする勇気はない。

（ユカは、よくあんな恰好で人前に出られるわね……）

体育館で練習している、ユカたちバトン部のメンバーを見ていると、そう思わずにはいられない。生徒たちの前だけならまだしも、学園祭や体育祭などでは、バトン部は大勢の人の前でパレードしたり、演技しなければならないのだから。

だけど、もし自分がバトン部のピカピカ光るラメ入りのレオタードを着て、大勢の視線を浴びながら行進するとしたら——などと想像してみると、なぜかパンティの底がじわっと熱くなり、誰も見ていないのに一人で頬を赤らめる絵梨子だった。

（ヤだ、私って露出狂かな……）

恥ずかしがり屋のくせに、かえってそういった想像を逞しくして、一人で昂奮している学校帰りの絵梨子だ。

（それにしても私、このところ、ちょっとしたことでパンティを濡らしてしまう……。欲求

不満なのかもしれない）

　ユカがバトン部の練習で忙しいため、放課後、たがいの家を訪ねることも少なくなった。必然的に、ユカとキスしたり愛撫しあったりする機会も少ない。そのせいだろうか。兄の圭介は、ジョギングを始めてから、なにかふっきれたように明るくなり、深夜、こっそり妹の寝室に忍びこんでくることもなくなった。

　そのことは歓迎すべきことなのだが、そうすると身勝手なもので、兄の自分に対する関心が薄れてしまったようにも思え、寂しい気持ちになる。

　その圭介も、いまの時間は予備校からまだ帰っていないだろう。

（うちに帰っても、つまんないなあ……）

　そう思いながらわが家の玄関を開けると、男物の革靴が目に飛びこんできた。

（あ、パパが帰っている……！）

　絵梨子の胸が弾んだ。父親の大二郎《だいじろう》は大手の広告代理店、H——社に勤務しているが、去年の春から福岡支社の支社長を命じられて単身赴任している。

　日曜日でさえゴルフ接待がたえない激務なので、自宅に帰ってくるのは本社に用があったついで、という感じになる。だから絵梨子が父親の顔を見られるのは、ふた月に一度ぐらいなものだ。

今日、父親が帰ってくるということを、絵梨子は聞いていなかった。ということは、なにか仕事上の急用があって上京し、そのあいまにわが家に顔を出したものだろうか。

懐かしい父親の顔を見たくて居間に飛びこんだが、そこには誰もいなかった。

しかし、父親の上着がソファの上に脱ぎ捨てられ、煙草の吸殻が灰皿に二、三本捨てられている。

（あれ。どこかに出かけたのかな……？）

拍子抜けしてぼんやり立っていると、

「ああ、あっ……」

女の喘ぐ声が聞こえた。絵梨子はハッとして耳をすませた。啜り泣くような妖しい喘ぎ声は廊下のつきあたりにある両親の寝室から洩れてくる。

（パパがママと……!?）

父親の大二郎は五十ちょうど、母親の信子は四十代なかばという中年の夫婦だ。とっくに倦怠期もすぎて、ふつうならセックスも間遠になるものだが、単身赴任という境遇は、夫婦の性的な絆を強めるように作用するらしい。

大二郎は、帰宅すると必ず妻と交わる。そのことは、父親が泊まった朝、起きてきた母親の見せる重たげに揺れる腰つき、満ちたりたような表情で、絵梨子もうすうす気づいている。

（ママったらパパを独占しちゃって……）

嫉妬さえ覚えることもあるが、まあ、離れていた夫婦が久しぶりに会ったとき、情熱的にセックスするのを娘が反対できるわけがない。

（でも、真っ昼間から……）

絵梨子は全身が火照るのを覚えた。嫉妬と羨望が入りまじった、複雑な感情がわきおこる。

「あ、あなた……っ！　お、おうっ！」

夫は帰るなり、あわただしく妻を寝室に誘ったにちがいない。だからドアを閉めるのもおろそかになり、よがり声が洩れているのだ。二人とも、娘の絵梨子が帰ってくることなど忘れてしまっている。

知らず知らずのうちに、絵梨子は廊下を忍び足で歩いてゆき、きっちり閉まっていないドアの隙間から両親の寝室をのぞいた。ふだんなら絶対にそんなことはしない絵梨子だが、ユカにかまってもらえない欲求不満が性的な好奇心を刺激したのだろうか。

カーテンが引かれた室内は薄暗かったが、ベッドの上の父親と母親の裸体はハッキリ見えた。

「あっ」

思わず驚きの声を洩らしそうになって、少女は手で自分の口を押さえた。

二人とも下着一枚つけない真っ裸だった。

ややや肥満気味の大二郎が、ベッドの上に妻の信子を四つん這いにさせ、背後から凶暴な肉槍で貫いている。

女ざかりの豊麗な白い肉体が、汗にまみれてのけ反り、くねり、悶えている。

「あ、あーっ。あなた……、いいわっ。もっと突いてぇ……!」

久しぶりに逞しい牡の器官で花芯を抉《えぐ》られる快感に、絵梨子の母親は髪を振りみだしあられもないよがり声を間断なく吐きちらしている。完全に忘我の陶酔境でのたうっている。

大二郎のほうも全身汗みずくだが、こちらのほうは余裕たっぷりに愛液でぬらぬら濡れた黒光りするような欲望器官を抽送《ちゅうそう》しつつ、妻の下腹に手をまわし、濃い陰毛の底を指でなぶったりして、さらに悲鳴に似たよがり声をあげさせている。

「どうだ、信子。おれのマラの味は」

「あっ、いい。いいわっ。最高よ!」

二人とも獣と化して、肉と肉をこすりあわせる快美に酔いしれている。ベッドが軋み、汗が飛び散る。大二郎の腹が妻の尻に打ちあてられるたびに、餅をつくような淫靡な音がたった。

（いやだ……！）

まだ男女の交わりを経験していない処女にとって、あまりにも刺激の強すぎる、淫猥きわまる光景だった。

しばらく呆然として眺めていた絵梨子は、父親が獣じみた咆哮をはなち、熟れきった白い豊満な肉の奥へ精液をぶちまけてガクガクと全身を揺すった瞬間、身を翻して玄関へ駆けもどった。

「あ、あぐ、ぎゃああーっ！」

その背後から、十四歳の娘に痴態を見られたとも知らぬ母親の、オルガスムスの絶叫が追いかけた……。

絵梨子は靴をはくのももどかしく、家を飛びだした。どこに行くあてもないまま、道を歩いた。頭はぼうっとして、パンティの底はおしっこを洩らしたように濡れている。

（嫌いよ、パパもママも……。真っ昼間から犬みたいにセックスして……！）

腹がたって泣きたいような気分だ。自分が二人に無視された存在のように思える。

しばらくあてどもなく歩きまわり、ようやく住宅街のなかの小さな公園にあるベンチに腰をおろしたとき、一時は混乱しきっていた感情はだいぶ落ち着いていた。

（仕方ないわ。パパはめったに帰ってこれないんだもの……。二人とも欲望がたまって、我慢できない状態だったんだわ、きっと……）

　獣のように醜悪な恰好で交わっていた両親を、許してやろうという気持ちになってきた。そうすると、それを見て下着をびしょびしょに濡らした自分自身が恥ずかしくなる。

（パパとママのセックスをのぞき見して昂奮するなんて……。私はなんて悪い子なんだろう？）

　自分自身に対する恥ずかしさで、あらためて顔が火であぶられたように熱くなる。

　そのとき、背後から声がかかった。

「草薙さん……。えりちゃんじゃない？」

　ハッとして振りかえると、短いおかっぱ頭の、小柄なかわいらしい少女が立っていた。絵梨子と同じ中等部IIEのバッジをセーラー服の胸につけている。

「あっ。愛ちゃん……」

　絵梨子はバツの悪そうな顔になった。同級生の勅使河原愛——通称、キッティカットの愛ちゃん——が通学鞄を手に立っていたからだ。

「今日はどうしたの？　こんな所で考えごとして……」

　言われてようやく気がついた。混乱した頭のままグルグル歩きまわっているうち、自分の家からずいぶん離れた、愛の家の近所まで来てしまったらしい。

まさか、真相を話すわけにもいかず、絵梨子は口ごもりながらごまかした。

「うん……。家に帰ってもなにもする気になれなくて、ちょっと散歩に出てきたの……」

「うれしいわ。偶然、こんな所で会うなんて。ね、えりちゃん。私のうちに遊びに来ない？」

級友は明るい無邪気な声で誘った。

「え？　あなたのうち……？」

「そう。あそこのマンション」

指さしたのは、貝殻のように光る白タイルを貼りつめた、見るからに高級そうな四階建てのマンションである。

「へえー、あれが……」

勅使河原愛の父親は会計士だと聞いた。かなり裕福なのだろう。

「うちも誰もいないわ。話したいこともあるし……、ね、来て」

リスのように愛くるしい瞳でジッと見つめられると、絵梨子は催眠術にかけられたように「うん」とうなずいてしまった。

愛の顔がパッと輝いた。CM少女の笑顔そっくりのキュートな笑顔だ。

愛の部屋は、眺めのよい三階のベランダに面していて、部屋は乙女チックなパステルカラーで統一されていた。洒落《しゃれ》たデザインの家具は高価そうな輸入品だ。

「いいお部屋ね」

絵梨子はちょっと気を呑まれた。

「そう？　このマンションに引っ越してきたとき、私が自分でデザインしたのよ」

美しい級友に紅茶をすすめながら、自慢してみせる愛だ。

愛の家のなかはシンと静まりかえっている。母親も会計事務所を手伝っているのだという。愛はひとり娘なので、親はなんでも娘の好きなようにやらせているらしい。

「ごめん。ちょっと失礼して着替えるわ」

愛は立ちあがり、セーラー服を脱いだ。スリップも頭からするりと脱ぐ。下はピンク色のブラジャーとパンティだ。

「あら、すごいの！」

絵梨子は級友のヒップを包んでいるサイドストリングのTバックショーツを見て、驚きの声をあげた。

「え、このヒモパン？　かわいいでしょ？」

早熟な少女は、恥じらう様子もなく、くるっとまわってみせたり、腰をふって大胆なポーズをしてみせる。

そのTバックショーツはセロファンみたいに薄いナイロン製で、本来覆い隠すはずの少女の叢の部分がレースになっていて、黒いアンダーヘアをそっくり透かしている。つまり、〝スケパンのレースパンのヒモパン〟という、三重にセクシィなデザインのパンティなわけだ。

ブラジャーはショーツとペアになったデザインで、やはりレースの網目から、乳首まで完全に見えてしまう。本来ならベッドで男を視覚的に昂奮させるためのランジェリーだが、いまの少女たちは、案外平気でそういうのを身につける。

「すごいわ。どこで買ったの？」

「原宿のP――。いつもあそこで買うの。一度に十枚ぐらい買うときもあるわ」

「えー、そんなにぃ？」

「うん。見せてあげようか」

下着類の入っているひきだしを開けてみせた。白やピンクの多い絵梨子とはちがって、愛の下着コレクションは赤、バイオレット、サックス、黒、イエロー……と極彩色のお花畑を見るようだ。

パンティ、ブラジャー、スリップばかりではなく、キャミソールにペチコート、テディなども多い。

「わぁ、すっごーい。こんなにたくさん……」

絵梨子は目をみはった。パンティだけでも百枚は軽くありそうだ。

「よく、お小遣いがあるわね。こんなに買えるなんて……」

絵梨子だっていろいろかわいい下着を揃えたいが、母親がくれるお小遣いでは、月に二、三枚ぐらいしか買えない。

「ママはくれないけど、下着を買うというと、パパはいくらでもお金をくれるの」

愛がケロリとした顔で言う。

「えっ、愛ちゃんのパパが……？」

「そうよ。じつはね……」

秘密めかして低い声になり、級友の耳元に唇を近づける。健康な少女の甘酸っぱい体臭が絵梨子の鼻をくすぐる。

「パパはね、ロリコンなのよ。愛のヌード見て喜んでいるの。もちろんママには内緒だけど……」

「えっ⁉」

絵梨子は信じられなかった。

「だから、買った下着を着けて見せる――という条件でお小遣いをもらうわけ」

絵梨子は開いた口がふさがらなかった。高級マンションに住んでいて、社会的地位も名誉もある男性が、自分の娘のヌードや下着姿を眺めて悦にいるとは……。

「驚くこと、ないわよ。パパだって男だもの。若くてピチピチした娘の裸、見たくないわけがないわ。絵梨子も試してみたら？　きっとうまくいくわ」

「うーん、うちのパパは、どうかなあ……」

兄の圭介だって、実の妹に対する性的欲望を抑えられないのだ。父親が、発育してきた娘の肉体に惹かれることは、たしかにありうるだろう。しかし、父の大二郎が絵梨子をそういった目で見たりしているのかどうか、彼女にはわからない。

「あのね、一番いいのはね、父の日とか、パパのお誕生日とかあるじゃない。そういうときに、とっておきのプレゼントしてあげるのよ。それも一銭もお金のかからない……」

「お金のかからない、とっておきのプレゼント？　なに、それ？」

「かんたんよ。一緒にお風呂に入ってあげるの」

「うわーっ。やだ。恥ずかしいっ！」

絵梨子は真っ赤になって悲鳴に近い声をあげた。

「オーバーね。えりちゃんだって、最近までお風呂に一緒に入ってたでしょう？」

「最近っていったって、小学校五年ぐらいまでかなあ……」

その頃から乳房やヒップがふくらみだして秘丘に若草のようなヘアが萌えだしてきた。やはり恥ずかしくなって、父親と一緒の入浴を敬遠するようになったのだが、娘に断られたときの父親の顔は、いま思い出してみれば寂しそうではあった……。

「父親というのは、娘がいくつになっても、一緒にお風呂に入って、体を洗いっこしたがるものよ。そういうときに思いきり甘えてやると、どんな無理な願いもたちまちOKになっちゃうんだから」

「愛ちゃんって、すっごいのね……」

「まあ、私も裸を見られたりするの、まんざら嫌いじゃないからね……」

自分で言ってケロリとしてみせる。

いまも、級友の目の前で「着替えをする」と言ってセーラー服を脱いだものの、透けたブラとTバックだけの恰好でいっこうに恥じらう様子もなく、平気でベッドに座った絵梨子の傍《そば》に体を密着させている。

「ね、えりちゃんも、制服脱いだら……」

熱っぽい声でうながす。

「私も……？」

「だって、むし暑くない？　クーラー入れるにはまだ早いけど……。愛は日曜日なんか、お部屋にいるときはいつも真っ裸よ」

「ほんと？」

「うん。だって高い建物がないから、どこからものぞかれる心配はないし……。すごく解放感があるんだもの」

「へえー……」

　絵梨子は、圭介という兄がいるせいか、家のなかで全裸で過ごす──という発想をしたことがない。

「ね、二人でオールヌードになろうよ」

　たくみに誘ってくるキュートな同級生だ。

「だって……」

「誰も来ないから安心よ。私が先に脱ぐから……」

　愛はすばやくブラのホックをはずし、乳房をむきだしにした。決して豊かな盛りあがりではないが、掌にすっぽりおさまるぐらいの白い丘はチャーミングであった。

　ついで、Tバックの横のリボンを解き、ハラリと三角形の布を取り去る。やや栗色がかった縮れっ毛のからみあった叢があらわれた。

　小柄な体は手も足も細めで幼児的ないたいけなさを感じさせるが、ヒップの部分はそれなりに成熟した女らしさがそなわっている。

「脱いだわ。いい気持ちよ。さあ、えりちゃんも……」

「うん……」

クラスメイトのかわいいヌードを見て、また催眠術にかかったように、セーラー服のスカーフを解いた絵梨子だ。いそいそと愛が手伝う。

白いスリップと、七〇Aサイズのブラジャーがカーペットの上に落ちた。

二人の少女の体から、干草に似た刺激的な体臭が匂いたつ。もしこの場に男の子がいたら、その匂いを嗅いだだけで勃起することだろう。

「すてき。うらやましいわ、えりちゃんのおっぱい。ふっくらしてお碗みたいで……」

感嘆の声をあげ、ピンク色の乳首をてっぺんにのせた級友の乳房をやわらかく揉むように愛撫し、乳首をつまみ、そっと唇でくわえてあげる愛。

「あっ」

ビィーンと甘美な快感電流が走り、思わずビクンと体をのけ反らせ、呻き声を洩らしてしまった絵梨子。

愛は自分よりも大柄で、ふっくらと肉づきのいいクラスメイトをベッドカバーの上にあおむけに押し倒すようにして、覆いかぶさってきた。唇と唇が、まるで磁石のようにぴったりと吸いあい、舌と舌がからまりあい、たがいに相手の甘い唾液を啜りあう。

「むーん……」

濃厚なディープキスだけで絵梨子のパンティはびっしょり濡れてしまう。その部分を撫でてきた愛が、悪戯っぽい笑みを浮かべながら、

「まあ、えりちゃんったら、こんなに濡れて……。すごく感度がいいのね」

ひとしきり布地ごしに敏感な部分をさわりまくってから、スルリと白いビキニパンティを脱がせてしまう。

ラブジュースが溢れる溝を指で開かれる。絵梨子はやはり恥ずかしさで真っ赤になり、愛の胸にしがみつき、乳房と乳房のあいだに顔を埋めてしまった。

「ふふ。大事なところが泣いてるわ。よしよし、愛ちゃんが慰めてあげるからね……」

やはり愛も、絵梨子と対すると保護者的な愛情をかきたてられるようだ。母親のような姉のような、やさしい口調で語りかけながら、絵梨子の秘められた谷間へ指をしのばせてゆく。

「あ、愛ちゃん……！」

ヒクッと絵梨子が下半身を震わせると、

「ふうん……。ユカちゃんとレズってても、えりちゃんはまだ、バージンなんだ。わかった

わ。大事にしてあげる」

ちょっと意外な口ぶりだったが、たくみに指の攻撃を開始した。

ユカとのレズプレイでは、愛撫されるゾーンとパターンは決まっていたが、愛の刺激のしかたはユカのよりも巧みで意外性に富み、まるで繊細な楽器を奏でるようだ。濡れた粘膜に対しては、ときに強く、ときには触れているのかいないのかわからないほど弱く、それでいて一定のリズムを保って愛撫する。あるいはぐぐっと包皮の上からクリトリスを揉みこむようにして、

「ああ、あっ！　うーん！」

絵梨子の唇からハレンチなよがり声を絞りださせたりする。

(わぁ、上手だわ……。きっと、美保先輩に教えられたのね)

甘美な同性のゆびを敏感な柔肌に受けながら、絵梨子の脳裏をそんな考えがよぎった。絵梨子に最初にレズ愛を教えこんだ桑野美保も、そのような指づかいで絵梨子を悶絶させてくれたことがある……。

やがて、絵梨子は「う、うっ、うーん！」と大きな声を張りあげ、汗まみれの裸身を弓なりに反らせた。愛の指は手首ごと、強い力で内腿にはさみこまれた。

――しばらくして、愛はタオルでやさしくクラスメイトの顔の汗を拭ってやりながら言っ

た。

「今日は感激だわ……。ユカちゃんには悪いけど、えりちゃんとこうやって楽しめて……。正直言って、私、ずうっとえりちゃんに憧れてたんだ……」

しかし、二年先輩の桑野美保とのことがあって、絵梨子に率直な態度で接することがいままでできなかった——という。

それというのも、絵梨子は一時、文芸部の部長だった美保先輩にかわいがられたが、レズペットとして過激な要求に耐えられなかったためにふられてしまった。絵梨子はそれがもとで文芸部を退部している。

その後、美保のレズペットになってかわいがられたのが、同じ文芸部にいた愛だ。美保とのことでは責任がないのだが、愛のほうはそれを心苦しく思っていたらしい。

「そんな……。愛ちゃんはなにも悪くないわ。私がただ、美保先輩の気に入らなかっただけの話だもの……」

絵梨子はそう言ってから、気になっていたことを訊いた。

「それで、美保先輩が高等部に行ってから、愛ちゃんとはどうなっているの？　ときどきはかわいがってもらえるの？」

愛は一瞬、寂しそうな顔になった。

「ううん。……高等部にいったら、むこうでも人気ものでしょう。いくらでもレズの相手はいるみたいで、すぐ、私なんか目もくれなくなってしまったわ……」

「そう……」

学園のマドンナと呼ばれる桑野美保は、そうやって自分を慕ってくる少女たちを、次から次へと誘惑してはふり捨てているようだ。

「でも、美保先輩は最後に、これをプレゼントしてくれたの……」

真っ裸の少女は、下着をしまってあるひきだしの奥から、薄いパンティにくるんだものをとりだした。

「まあ！」

なかから現れたものを見て、絵梨子は思わず頰を染めた。それはやや小型の、先端が尖ったバイブレーターだったからだ。

バイブレーターというものがなんのために使われるか、それを知らないことはないが、

「でも、これ、先がとがっているわね」

手にとってみて、絵梨子は首をかしげた。本で見たバイブレーターとは形がちがう。

「そうよ。これ、アヌス用のバイブレーターだから」

愛はこともなげに答えた。

「アヌス……。肛門のこと？」

絵梨子は目をみはった。

「そうよ。これ、前だって使えないわけじゃないけど、お尻の穴から入れて楽しむように作られてるの。この先の細いところが、こうやるとくねるでしょう？　そうすると肛門の内側をこするようになって、すごく気持ちがいいんだから……」

「へぇー……」

桑野美保は、なぜか肛門に対して非常な興味を示し、レズで楽しむときも、たがいの肛門を刺激しあうことや浣腸を要求した。まだ本格的なレズを知らなかった絵梨子は、不潔感からその行為をいやがったが、愛のほうは喜んで美保の要求に応えたはずだ。少なくとも一年、愛はレズペットだったのだから。

「えりちゃんは、肛門をさわられたりするの嫌い？」

「うん。いやよ、そんなこと」

「わかってないのね。肛門って、さわられるとすごく感じるところなんだから……。私、美保先輩に教えられて、何度も気絶するくらい気持ちよくしてもらったわ」

「本当？　そんなに感じるの？　信じられない……」

「嘘じゃないわ。試してみる？」

愛はバイブレーターを級友の手に渡した。

「私に使ってみて……」

——キュートな愛くるしい少女は、ベッドの上に四つん這いになった。自分の手で背後の肉の谷を割り、奥にひっそりと息づくセピア色した菊状のすぼまり——排泄のための穴を広げてみせた。

「大丈夫よ、きれいにしてあるから。さあ、そのバイブちゃんを、愛のお尻につき刺してぇ……」

ねだるようにくりくりまるい尻をゆすってみせる、真っ裸の少女だ。

「でも、このままじゃ……」

潤滑する必要があるのではないか、と言うと、首をねじって絵梨子を見やった愛は、

「濡らすものは、もう準備してるでしょ、ほら……」

両の腿を広げて、縮れた毛に半ば覆われた肉の割れ目を露出してみせる。

「まあ……」

肉体は小柄で華奢なくせに、ユカや絵梨子自身のよりも、もっと花びらが大きく開いた感じの秘唇からは、とろとろラブジュースが溢れている。米のとぎ汁を思わせる、ほの甘い匂いのする薄白い液体だ。

「じゃ……」

絵梨子は最初に、黒いシリコンゴムのバイブレーターを前の割れ目にあてがった。

「いいのよ。そのまま入れても……」

「だって……」

ためらうと、

「ふふ。処女膜のこと、心配してるの？　私のバージンは美保先輩にあげてるから」

「……そうなの」

「二回目にかわいがられたときかな、それよりもっと太いバイブレーターを持ちだしてきて、『私が好きなら、愛の処女をちょうだい』って言われて……。痛くて泣いたけど、私、後悔してない」

「そう……」

すでに自分よりすすんだ体験をつんでいる同級生に対する羨ましさが、絵梨子を思いきらせた。バイブレーターを濡れた粘膜のはざまに突き立て、力をこめて押しこんでやる。

ぐぐ、と愛の背が反りかえる。太腿にさざなみのような震えが走る。熱い吐息。

「あ、はあっ……」

「気持ち、いいの？」

「いいわ」

「こわいみたい……」

ひとしきりバイブレーターをねじったり、抜いては押しこんでやったりすると、おぞましい形をした器具は根元までねっとりした愛液で濡れまみれた。

会陰部から内腿までびっしょり濡らしている蜜のようにとろりとした液体を、絵梨子は指ですくうようにして、褐色がかった菊襞《ひだ》のすぼまりへ塗りつける。

「うふっ。たまらないわ……。胸がワクワクしちゃう。大好きなえりちゃんにアヌスを責められると思うと……」

四つん這いになった姿勢からさらに頭を下に、ヒップを上へ突きあげる淫らな姿勢をとった愛くるしい少女は、うわずった声を張りあげた。

「いくわ」

絵梨子も声をうわずらせ、強い意志をもって肛門刺激のために作られたバイブレーターを、愛の可憐な肉蕾に押しあてた。

「うっ」

少女は呻き、弾力性に富んだ筋肉が侵入しようとするものをはねかえす。

「痛い？」

「大丈夫……。もっと力を入れて……」

「こう？」

ぐっと力を入れると、ズボッと音がして先端がめりこむ。急に抵抗する力がうせ、ずぶずぶという感じでバイブレーターはあっけなく十センチ以上も愛の肛門にめりこんでいった。

「ああ……」

後ろの肉門を器具で犯される少女は、吐息を洩らす。閉じた瞼がひくひく震えている。

「どう？　痛い？」

心配して絵梨子が訊くと、

「ううん。痛くなんかないわ。とても気持ちいい……」

まだ熟さないりんごのようなお尻をむちむちとゆすった。

「ねえ、スイッチを入れて」

言われたとおりにコードで繋がった電池ケースのスイッチを入れると、
ビ、ビィーン。
モーターが唸り、愛の直腸深くまで埋めこまれた淫らな器具は、ぶるぶると振動し、先端がくねりだした。

「あっ、あわ、わあ……っ！」

愛はショートボブの髪を振りみだして、甲高い悲鳴のような声を張りあげた。

2

――絵梨子が草薙家に帰ってきたのは、もうとっぷり日が暮れてからだった。

「どこに寄り道してたの？　せっかく、パパが帰っていらしたのに……」

夕食の仕度をしていた母親の信子がたしなめた。

「うん……。ちょっとお友達のうちに……」

「そうなの。さあ、パパに会ってあげなさい」

母親はなにも疑わない。絵梨子はセーラー服のまま居間へ行くと、父親の大二郎は浴衣姿でくつろぎ、ビールを飲んでいた。

「おお、絵梨子。帰ってきたのか」

「パパ、お帰りなさい。でも、突然なのでびっくりした」

「ああ。急な会議が本社であったからね。明日の朝は福岡に戻らなくちゃいかん」

父親は母親と交わった後で入浴したらしい。体から石鹸の匂いがする。はだけた胸からは黒い胸毛。絵梨子は脳裏に再生された寝室での光景を、あわててふりはらった。

「着替えてくるね」

「残念だな。絵梨子のセーラー服はよく似合う。いくら眺めていても飽きない」

父親がめずらしくしんみりした口調で言った。

「やだなあ。パパ、ロリコンじゃない？」

「ロリコン？　あっはっは。そうかもしれんなあ」

大二郎は愉快そうに笑った。

「じゃ、パパがいるあいだ、セーラー服でいてあげる」

「おお、それはうれしいな。お小遣いをあげなくちゃ」

母親には内緒だぞ――と言って、父親は財布をとりにいき、一万円札を絵梨子に握らせた。

「わっ、こんなにぃ？」

絵梨子が目を丸くすると、

「いいから、いいから。好きなものを買いなさい」

ますます上機嫌の父親である。

――その夜、
絵梨子はなかなか寝つかれなかった。

（パパとママ、またセックスしてるのかしら……？）

どうしても両親の寝室を想像してしまう。夕食のあいだじゅう、母親も上機嫌で、絵梨子に対してもやさしかった。やはり午後、夫に激しく愛されたからだろう。グラマラスな肉体からはまだ、なまなましく牝の香りが匂いたつようだ。

（急に十歳ぐらい若くなったみたい。女って男の人とセックスすると、きれいになるのかしら……？　レズだとどうなんだろう？）

男と女、女と女の性愛のちがいについて、考えてしまう絵梨子だ。

（それにしても、愛ちゃんはすごい……。あそこまで美保先輩にしこまれたなんて……）

今日の午後、勅使河原愛の部屋で体験したはじめての肛門プレイを思いだすと、パンティの底が熱く濡れてくる。

級友の絵梨子にアヌス用バイブレーターを持たせ、それで自分の肛門を突きえぐらせた愛は、器具の与える淫らな振動によって、何度も何度もオルガスムスに到達し、狂ったように悶え、泣き、のたうち、のけ反り、最後にはおしっこまでもらして失神したようになってしまった。

ときどき、片手で自分のクリトリスをいじってはいたが、快感の大部分は肛門と直腸の内側を刺激されることによって生みだされていたのはまちがいない。

（肛門からものを入れられて、あんなに気持ちがいいなんて……）

やがて意識を取り戻した愛は、今度は自分が絵梨子にお返しをするといってきかなかった。

「いや。そんなものを突っこまれるのは……」

子供の頃、便秘したときに母親や医者から浣腸された、あの恥ずかしさと苦痛のいりまじった記憶が甦《よみがえ》って、絵梨子は脅えた表情になり、必死に拒んだ。

「わかった。じゃ、唇と舌だけでかわいがってあげる。それなら、いいでしょ？」

そう言って、キュートなクラスメイトは、全裸の絵梨子をうつ伏せにし、お腹の下に枕をあてがった。そうするとヒップがやや上を向き、足を開かせると可憐な肉のつぼみがのぞく。まるで看護師のように、アルコールをしみこませたカット綿で肛門を拭い清めた愛は、

「かわいいアヌスね。完全な菊形して……」

そう感心しながら、そっとお尻の割れ目に顔を埋めてきた……。

その後のことは、絵梨子は思いだすだけで顔が赤くなり、全身が火照る。

（最初はくすぐったかったけど、そのうち、まわりから前のほうまでジーンと痺《しび》れたようになって、子宮まで熱くなった……）

肛門愛に慣れた少女は、三十分も級友のヒップに顔を埋め、舌で肛門から会陰部、さらにはもう一つの唇、クリトリス……と、十四歳の少女の恥ずかしい部分すべてをなめまわした。

絵梨子は生まれてはじめて味わう快美に下半身がとろけるようで、泣きじゃくりながら何度も何度も絶頂し、最後は枕に顔を伏せて気を失ったようになったものだ。

（愛ちゃんはすごい……。指なんか全然つかわないのに、あんなに気持ちよくしてくれたんだから……）

その技巧は、つまりは桑野美保が教えたわけで、絵梨子はあらためて美保先輩の悪魔性に驚かされるのだった。

（でも、愛ちゃんとあんなに淫らなことして楽しんで、ユカに悪いなぁ……）

絵梨子としては、やはり、大親友であるユカに対して後ろめたさを感じる。

別れるとき、愛は「これからも、ユカちゃんと会わないときは、会ってね」とねだったのだが……。

（うーん、ユカも好きだけど、愛ちゃんもすごいテクニックだし……）

絵梨子は悩んでしまうのだった。男が浮気をしたときも、こんなふうに悩むのだろうか。

濡れたパンティの上からクリトリスをさわったりしていると、やがて尿意を覚えた。トイレに立つと、階段で兄の圭介とすれちがった。風呂あがりらしくパジャマを着ている。

「あれ、兄貴。今夜はジョギングしないの……？」

「だめだよ。雨が降ってきて」

圭介は不機嫌な顔をして、自分の部屋に入っていった。

気がつかないうちに雨が降りだしていたのだ。これではずぶ濡れになってしまう。

(雨が降ったからって、どうしてブスッとすることがあるんだろう?)

そう思いながらトイレをすませて出ると、

「お、おう……うっ」

くぐもった呻きが聞こえた。廊下の奥からだ。

(また、やってる……)

呻き声は父親のものだ。

(ちゃんとドアを閉めたらどうかしら。困ったパパとママだわ。聞かされる子供の身になってよ……)

そう思いながらも、胸をドキドキさせながらそうっと廊下を歩いて両親の寝室のドアの前にすり寄ってしまう。いけない、いけないと自分に言い聞かせているのに、体が磁石で引き寄せられるようだ。

ドアはほんのわずか開いているだけだ。その隙間から父親の呻きが間断なく洩れている。

(なにをしてるんだろう……?)

母親の声はしない。それが疑問だ。

好奇心を燃やした少女は、そうっと暗い寝室のなかをのぞいた。

ベッドサイドのスタンドの明かりが、ベッドに腰かけた父親の裸身を浮かびあがらせていた。広げた脚のあいだに、母親の信子がひざまずいて、夫の股間に顔を埋めている。

（あっ、フェラチオ……！）

級友たちがまわし読みするエロ雑誌や性知識の本を読んで、女性が唇で男性器官を愛するテクニックは知っていたが、それを実際に見るのははじめてだった。

ぶるぶると膝が震え、壁に手をつかないと倒れてしまいそうだ。

濃密な陰毛の森からたくましく突きでた大二郎の陰茎は、娘の目にとてつもなく巨大に感じられた。信子は口をいっぱいに広げ、それを頬ばり、頭を上下にうちゆすっている。唾液で濡れた器官は、さらに彼女の両手で巧みな愛撫を与えられている。ときには一方の手が下のふくろからさらに後ろのほうへと伸びてゆく。

（肛門をさわっているのかしら……？）

だとすると、肛門を愛撫するというのは、絵梨子が思っているほど変態的な行為ではないのだろうか。

娘が痺れたようになってのぞき見しているとも知らず、父親は恍惚の表情を浮かべ、

「おお」

「うう……」

「む……っ」

両手を後ろに突き、それで体重を支えながら呻き声を洩らしつづけている。

夫に奉仕する信子の背に黒髪が貼りつき、豊満なヒップがゆらゆら揺れつづけている。

（もう、たまんない……）

えんえんと続く淫らな愛戯に、息苦しささえ覚えた娘は、そうっとドアから離れ、自分の部屋に戻った。パンティは失禁したみたいに濡れている。

一刻も早くオナニーで、子宮を中心に燃えさかる欲情を鎮めたかった。

だが、階段を登る途中で、また絵梨子の足がとまった。

「う、うう……っ」

また男の呻き声が聞こえてきたからだ。

兄の圭介だ。

（兄貴まで……？）

今夜の草薙家には、淫らな妖気が充満しているようだ。

（いったい、どうなってんの⁉　わが家は……）

絵梨子は溜息をついた。雨が降ってジョギングできないので、精力が余ってしまったのだろうか。

そうっと足音を忍ばせて自分の部屋に入ろうとしたとき、

「ああ、ユカ……。ユカちゃん……」

圭介の呻き声がドアから洩れてきた。絵梨子の足がすくんだ。

(えーっ、なによ⁉ 兄貴がどうしてユカの名前を呼ぶの？)

まさか部屋の外で妹が聞き耳をたてているとも知らず、自慰に夢中の浪人生は、また、ハッキリと口走った。

「ああ、いい、いい。ユカ……!」

圭介は、ユカの家のガレージで、少女に自分のペニスをしゃぶり舐められている妄想に耽っていたのだ。

絵梨子はそうっとドアのノブをまわした。あるいは、誰か〝ユカ〟という名前のタレントのオナペット写真でも見ながら口走っているのかもしれない、と思ったからだ。

ドアの細い隙間からのぞくと、圭介はベッドにあおむけになっていた。パジャマの下をブリーフごと脱ぎおろし、若い牡の器官を逞しく直立させ、それに右手を絡ませて、激しくしごきたてている。

(わっ、すっごーい……!)

先端からは透明な液体がにじみでて、亀頭全体を濡らし、陰毛の林に糸をひくようにしたたり落ちている。

絵梨子は、自分の寝床でいたずらされたときに兄の昂奮したペニスを見ているが、あのときは暗かったうえ、眠ったふりをしていて熟視できなかった。いま、ドアの隙間からのぞく圭介の姿は、男がどのような方法でオナニーをするのか知らなかった少女にとって、興味津々なものだった。

だが、視線を兄のペニスから顔へ移して、

(あっ、あれは……!?)

絵梨子は目を疑った。

圭介はオナペット写真など見ていなかった。ちっちゃな布きれを左手に持ち、それを鼻に押しあてている。紺地に白い水玉模様の布だ。紐がついている。

明らかに女性のはくパンティ――横をリボンで結ぶヒモパンだ。匂いを嗅いでいるということは、誰かがはいたもので、秘部の匂いがしみこんでいるからだろう。

(わあ、兄貴ったらいやらしい……！)

絵梨子はまだ、自分たち女の子が男の欲望をかきたてる匂いをふりまいていることを、ハッキリ自覚していない。

もちろん、少女たちの体臭で一番強烈な効果を発揮するのは秘部の匂いだ。だから汚れたパンティに男たちが夢中になるのだが、知識として知っていても現実に目の前で、好きな兄が、誰かのはいたパンティの匂いを嗅いで自慰に耽っている姿を見てしまうと、嫌悪感のようなものを覚えないわけにはいかない。

しかし、次の瞬間、嫌悪感もふっとんだ。

(あのパンティは……⁉)

あきらかに自分のものでも、母親のものでもないが、見覚えがあった。

(ユカのじゃない⁉)

つい二、三日前、学校の更衣室で着替えの最中、例によってパンティの見せあいが始まり、そのとき、ユカが見せびらかしたのが、紺地に白い水玉がはいったヒモパンだった。

瞬間、絵梨子は頭を殴られたようなショックを受けた。

(兄貴が、どうしてユカのはいていたパンティを持ってるのよぉ……?)

しかも圭介は、オナニーに夢中になりながらユカの名前を呼んでいる。

そのうえ、最近は毎晩ジョギングにでかけていく。ここからユカの水原家までは、歩いたって十分ぐらいなのだ。走れば五分もかかるまい。

(そうだったの……！)

絵梨子がすべてを理解したとき、圭介は絶頂した。

「あ、ああっ。うおー！　ユカ、ユカちゃあんっ！」

獣のように吠えて、勢いよく精液を噴きあげた。しかも、パンティがユカの秘部そのものであるかのように、それの一番汚れた部分に白い液体をドクドクとぶちまけたのだ……。

3

翌日、学校でユカと顔を合わせても、絵梨子は一度も口をきかなかった。話しかけられてもプイと横を向く。

(あの子、いったいどうしたの……？)

ユカはキョトンとしている。

放課後、ユカはいつものようにバトン部の練習に参加し、終わって更衣室に帰ってきた。汗に濡れたレオタードを着替えようとすると、後ろから、

「ユカ……」

絵梨子に声をかけられた。思いつめた目をしている。

「あら、絵梨子。まだ残ってたの？　なにか用？」

「なにか用、じゃないわ。これ、説明してよ」

ユカの顔の前に白い水玉模様の紺のヒモパンを突きつけた。彼女は今朝、こっそりと兄の部屋に忍びこみ、ひきだしのなかにまるめてしまいこまれていたそれを見つけだして持ちだしてきたのだ。

「あ、それは……」

絶句した。二日前、ガレージで愛撫しあった後、圭介にねだられてあげたパンティだ。

「雨が降ったりして、来れないときに、ユカのことを思い出しながらオナニーするから」とねだられたのだ。彼がそのとおりにしたことは、股布のあたりに乾いた精液がべったりこびりついていることでわかる。

(圭介兄さんったら、もう……！　絵梨子に私のパンティ見つけられて……)

それが自分のはいていたものだということは、更衣室で見せっこしたから絵梨子も知っている。言い逃れできっこない。

「どういうことなの？　説明してよ！」

絵梨子の顔は、あのトイレ事件のときのように目がつりあがって、唇はぶるぶるわなわな震えている。烈火のごとく怒っているのだ。

「ちょっと待って。ここじゃ……」

更衣室では、ほかの部員が着替えしながら、絵梨子とユカの口論に聞き耳をたてている。こんなところで話をしたら噂になるだけだ。

ユカは脱ぎかけのレオタードを直し、絵梨子の手をひっぱるようにして更衣室の外に出た。

「どこへ行くのよ」

「とにかく、誰もいないところ」

生徒たちの更衣室のむかい側に倉庫があった。授業で使うマットや跳び箱、ネットの類が置かれていて、貴重なものもないので鍵はかかっていない。ユカは埃《ほこり》くさいその部屋に絵梨子を押しこんだ。

「ここならいいわ。誰もいないから」

ユカは絵梨子の昂奮を少しでも鎮めてやろうというふうにニッコリ笑ってみせたが、絵梨子の目はまだ怒りに燃えている。

「さあ、説明して！」

「わかったわ。絵梨子。みんな説明するわ……」

ユカはごまかしきれないと観念した。

「つまり、その……、これは絵梨子のためなのよ。絵梨子は圭介兄さんのことをこわがってたでしょ？　いつ、処女を奪われるかもしれない、って……。それもこれも、お兄さんにガールフレンドというか、ありあまる性欲を受けとめてあげる人がいないからよ。かわいい妹見ただけでカッカしちゃうんだから、勉強にも身が入らないよね。だから私、絵梨子のお兄さんが気の毒になっちゃって……、一時的なガールフレンドになってあげようと思ったの……」

「一時的なぁ⁉」

「ま、待ってよ。そんなに大きな声、出さないで……」

ユカは大あわてで説明した。彼女の処女を奪わないという約束で、毎晩、自分の家のガレージで密会し、唇で射精させてあげていることを……。

「道理で……。雨が降ったら機嫌が悪いわけだ」

絵梨子は納得がいった。真夜中のジョギングをはじめてから、兄がガラリと明るくなった理由が……。ユカという五つ年下の、かわいいガールフレンドができて、自分のペニスをしゃぶらせ、精液を飲んでもらっていたのだから……。

「信じて。ね……、これは絵梨子のことを考えたからでもあるのよ。だって、そうじゃないと、絵梨子のバージンがあぶなかったわけでしょ？　そうなったかもしれないのよ。圭介兄さんの欲求不満が重なって爆発したら……」

「ずるいわ。兄貴のせいにして。自分が男の子の体に興味があったからじゃない……」

絵梨子としては、自分の知らないうちに、レズメイトのユカが、兄とそういった関係を結んでいたことがショックで、許せないのだ。

かくいう彼女も、昨日は勅使河原愛と、肛門を刺激しあう過激なレズ愛を交わしたばかりだ。それだって、ユカが知ったら怒るにちがいないことなのだが……。

「ごめん。許してよ、絵梨子……」

ユカは、腰に手をあてて睨みつける絵梨子に向かって手を合わせ、頭を下げた。

「このとおりよ」

「フンだ。自分もさんざん楽しんで……。どうせCまでいったんでしょ？」

「とんでもないわ。Cはしてないわよ。それはお兄さんとの約束だもの。ちゃんと守ってくれてるよ」

「信じられないわ。ユカのような淫乱メス猫がCしてないなんて」

「じゃ、証拠を見せてあげる」

薄暗い体育倉庫のなかで、ユカは思いきりよくレオタードを脱ぎ捨てた。下に薄いスポーツ用のブラとパンティを着けている。薄い木綿素材だが、弾力性と伸縮性に富み、吸湿性もある。そのパンティのほうを毟《むし》りとるようにして床に投げ捨て、跳び箱の上にぴょんと尻を乗せ、足を開いた。

「さあ、見て……。こないだ、私の処女膜を見たでしょう。あのときのままだから……」

少女の一番恥ずかしい、秘密の部分をあからさまに広げて、親友に見せつけるユカだ。

彼女は跳び箱のてっぺんに乗っているので、絵梨子は立ったままでユカの股間に目がゆく。

絵梨子は、親友のその部分から発散する甘酸っぱいような、磯臭いような香りに惹きつけられるように、ふらふらとユカの股間に顔を近づけていった。

「さあ」

ユカは自分の両手の指を使って、自分のもう一つの唇を開き、花びらの奥の粘膜を親友の目にさらした。

＊

――その頃、白萩女学園高等部の英語教師、夏川美雪《なつかわみゆき》は、日直で教員室に残っていた。

日直教師は全員下校の時刻に生徒が帰宅したのを確認してから、警備員に交替して帰宅する。突発的な事件にそなえるためだが、この学園ではめったに事件など起きない。

教員室は、もうガランとして人影がない。暇な時間を有効に使おうと、夏川美雪は、教え子たちに悲鳴をあげさせる、抜きうちテストの問題づくりにいそしんでいた。中間テストが終わると生徒たちの気が抜けて授業がだらける。それを引き締めるための抜きうちテストだ。

「先生。美雪先生……」

教員室のドアを開けて、女生徒が声をかけた。生徒たちは美しい独身の女教師を、夏川先生と呼ばず、親愛の念をこめて美雪先生と呼ぶ。彼女は顔をあげた。

「なに？」

見ると高等部一年の桑野美保だった。直接教えたことはないが、学園一の美少女といわれる彼女の名と顔を知らないわけはない。

美保はやや青ざめた顔で立っている。細い声で、

「あの……、文芸部の部活で残っていたんですけど、急にお腹が痛くなって……」

「そう。困ったわね。おうちに帰るまで、がまんできない？」

美雪先生は眉をひそめた。

放課後の保健室は養護教諭が帰宅するときに閉める。しかし、部活で残っている子がケガをしたり、急に生理出血が始まって驚く子もいる。そのときは日直教師が開けて応急処置をほどこすことになっている。もちろん、手におえないケガや病人には救急車を呼ぶ。

「あの……、原因はわかってるんです」

桑野美保は、ちょっと口ごもってから、

「便秘して、ここ三日ほど、お通じがなかったんです。それが急に……」

「そうなの。じゃ、苦しいわね……」

美雪先生も便秘しやすい体質だ。秘結した便は、不意打ちに大腸を刺激することがある。出口が硬くなった便で塞がっているので、そんなときは脂汗が流れるほど苦しい。自分で苦しんだ経験があるだけに、桑野美保に同情の念がわいた。

「あの、お浣腸していただけません？　養護の先生には何回か、してもらってるんですけど……」

「お浣腸を……？」

美雪先生は驚いた顔になった。

桑野美保は卒業したら芸能界入りはまちがいないと言われている。まだ十六なのに、彼女は一種のスター的なあでやかさを発散させていて、彼女を見るものはみな、まばゆく光り輝くものを見るような気がするのだ。

そんな美少女が、自分の口から浣腸という言葉を吐いたのが、意外だったのだ。

もっとも、浣腸自体は特別なことではない。便秘に対して一番即効性があって、しかもかんたんだ。どこの家庭でも手軽に行なわれている。

ただ、年頃の多感な少女は、お尻をまるだしにして、薬液を注入されることに強い抵抗がある。だからめったに自分から浣腸を望むことなどしないものだ。

それなのに、〝学園のマドンナ〟と呼ばれる美少女は平気でその言葉を口にした。浣腸など薬をもらえば、自分でやれるのに。

（この子、どういう気持ちなのかしら……）

ふと、疑惑がわいた。

だが、生徒から手当てを求められているのに、保健室の鍵を預かる日直教師がむげに断るわけにはいかない。

「わかったわ。ともかく保健室に行きましょう……」

美雪先生は鍵を手に、先に立って廊下を歩き、保健室に入った。

「前にも、してもらったことがあるんですって？」

「ええ……。養護の須田《すだ》先生に」

「くせになったんじゃないの？」

「そうかも、しれません……」

浣腸薬を探しながら訊くと、美保はもう、診察台に靴を脱いで上がり、横になっている。

美貌の女教師が自分に浣腸してくれると信じて疑わない様子だ。

ディスポーザブルのポリエチレン容器に入った浣腸薬を取りだし、美雪先生はラベルに書いてあるとおり、湯沸かし器の湯で容器ごと温めた。

脱脂綿と白色ワセリンをトレイに用意してから、目かくし用の衝立《ついたて》をドアと診察台のあいだに立て、

「さあ、お尻を出して……」

美保に命令すると、

「はい」

高一の少女は素直に四つん這いになって、自分から襞スカートとスリップをまくりあげた。

「あら」

美雪先生は目をみはった。美保のまるいヒップを覆っている下着が、高級なものだったからだ。

パールホワイトの光沢のある生地にさわってみる。すべすべとして、肌にまつわりつくような独特の感触がある。

「このパンティ、シルクじゃない？」

「ええ……。そうです」

形はビキニで、前面とサイドに大胆なはめこみレースを使っている。レースの網目が窓のようになっていて、その下の肌や秘毛を透かし見せるセクシィなデザインだ。レースもかな

り高級なもので、たとえばセレブと呼ばれる夫人たちがはくようなパンティである。それを高等部一年、十六歳の少女がはいている。

美雪先生も、生徒たちが大胆、奇抜なパンティを身につけたがる傾向があることを知らないわけではない。それにしても……。

「おしゃれなのね」

「でも、シルクははき心地がいいです」

「そりゃ、そうよ。だけど洗濯が大変でしょう。手で洗うのだから……」

「そうですね……」

「それに、高いわ。先生だってシルクのパンティなんか何枚も持ってないわよ」

「美保もそうです。でも、今日は特別だから……」

「特別？」

美雪先生は眉をひそめた。どういう意味だろうか。

「……」

少女はもうなにも言わない。黙って白い絹の布をおろし、むきたまごのように健康な光沢のあるヒップを露出した。

「いつも、どんな姿勢？　横になって？」

「このままで、いいです」

「そうなの」

看護学で教える浣腸の施術法は、患者を横臥させ、上の腿を胸にひきつけさせるようにして肛門を露出させる。年頃の少女たちも、それだと抵抗がない。なによりも恥ずかしい部分を見られにくいからだ。

それに反して四つん這いの体位だと、姿勢自体が屈辱的だし、背後から嘴管《しかん》を挿入する者に羞恥ゾーンがすっかりさらけだされてしまう。羞恥心のために挿入が容易でない場合もあり、四つん這い、またはうつ伏せの体位はあまり行なわれないものだ。

(この子、変わっているわ……)

あえて自分から屈辱的な姿勢をとる桑野美保に対し、美雪先生はまた奇妙な違和感を覚えた。

お尻を縦にくっきりと割る谷を、指で広げて肛門を露出させる。

谷底でひっそり息づいている菊花状の肉襞は、完全な環になっていない。ややいびつに歪み、会陰部がわ左よりの粘膜が内側からめくれあがったように肥大している。

肛門の襞は非常に変形しやすい組織で、同性愛者の男性のように異物やペニスの挿入を頻繁に行なう場合、ひどいときは柘榴《ざくろ》のように内側からざっくり弾けたような外観を呈してしまう。

桑野美保の場合は、それほどでもないが、やはりあきらかな変形を見せていた。

（かわいい顔して、お尻の穴はあまり美しくないわね……）

そう思いながら、褐色のすぼまりに白色ワセリンを塗りこめてやると、

「あ……」

指で粘膜を刺激された瞬間、美保は目を閉じて吐息を洩らした。頬がうっすら上気している。さすがに年上の同性にアヌスをさわられるのが恥ずかしいのだろうか。

（ひょっとして、性的な昂奮を覚えているのかしら……？）

ハサミで使い捨て容器の嘴管を切断し、液をピュッと飛ばして濡らし、先端を菊襞の中心にあてがい、突き立てる。

「うっ」

びくりと体が震える。

「じっとしてて……。大きく息を吐いて」

そろそろと嘴管を沈めてゆくと、やがて手応えがあった。秘結した便だ。

「相当硬くなっているわね。じゅうぶん我慢しなくちゃダメよ」

言いながらポリエステル容器をじわじわと押しつぶし、なまあたたかい透明なグリセリン

溶液をゆっくり直腸内へ注入してゆく。

「はあっ」

美保が大きく息を吐いた。閉じた瞼の、睫毛がふるふる震えている。

時間をかけて全量百CCを少女の腸内に注ぎこむと、嘴管を引き抜き脱脂綿で肛門を押さえさせる。

「さあ、我慢するだけ我慢してね」

「はい」

四つん這いになり、まるだしのお尻を宙に突きだす姿勢をとったまま、校内一といわれる美少女は襲いくる便意を待ち受けた。

美雪先生は容器を始末し、備えつけの処置簿に必要な事項を記入する。そのとき、気になって前のページを繰《く》ってみた。便秘を理由に浣腸された生徒は何人もいるが、そのなかに桑野美保の名は見あたらなかった。

（おかしいわ……、この子、これまで何度もここで浣腸された——と言ったのに……）

ノートを閉じて診察台を見ると、同じ姿勢を保ったまま、桑野美保は荒い息をつきだしたところだ。便意が波状攻撃をかけている。美雪先生も子供の頃から少女時代、よく浣腸されたので、その鳥肌がたつような独特の苦痛が理解できる。

「もう少しの我慢ね」

腕時計を見て時間をはかる。まだ五分しかたっていない。グリセリンが便を軟化させるまで、もう少し時間が必要だ。

「はい…、あ、はあっ……」

ふっくらした桃色の唇から悩まし気な息を吐き、高等部のセーラー服を着た美少女は、まるだしのお尻をうちゆするようにした。ミルクホワイトの美麗なお尻だ。きゅっと上にもちあがり、水着を着せたら魅惑的だろう。

実際、彼女の中等部時代は、夏になってプールで水泳の授業があると、ほかのクラスの女生徒たちもみな、桑野美保の水着姿を眺めに集まってきたものだ。

(それもわかるわ。この子には、周りの人を惹きつける独特の魅力がある。小悪魔のような……)

美雪先生は二年と三年の英会話をうけもっているので、まだ直接、美保を教えたことはない。しかし、いま目の前で便意と戦っている美少女は、見苦しい恰好をしているにもかかわらず、視線がはずせないのだ。

無意識のうちに抱きしめてやりたくなる。まるいヒップやすべすべした内腿をさわってやりたい。いや、セーラー服も下着も脱がせ、全裸にして乳房を吸い、性器もなめ、全身を愛撫してめちゃめちゃにしてやりたい衝動に駆られる。

（美雪、だめよ……。こんなところで、こんな子を相手に……）

女教師は自分の性器から愛液が溢れ、パンティの底を濡らすのを感じていた。

内側からの衝動を抑えるため、自分を抱くように腕を組んだ。そうでないと、手が意志に反して美保のお尻に伸びてゆきそうになる。ひくひく蠢《うごめ》いているアヌスの下、ふるふる、さわさわとそよいでいる黒いヘアの陰になっている秘唇にも……。

そして、あきらかに少女のそこは、内側から溢れだす透明な液体で濡れている。

（この子、もう処女じゃないのかしら……）

注入のときにチラと見た秘唇からは、花びらが濃くほころんでいた。性行為を続けた結果、花びらが拡張されて秘唇から露出するようになると、色素が濃くなっていくものだ。

「ああ……」

そのとき、こらえきれなくなった美保が、切ない呻きをあげた。

「先生……」

「八分たったわね。じゃ、出していいわ。向かいの職員用トイレを使ってね……」

差しこみ便器――おまるを使用する場合もあるが、それほど切迫していない。美雪先生がそう指示すると、

「どうもありがとうございました……」

美少女はお腹を押さえながら診察台を降り、よろめくような足どりで保健室を出ていった。

「ふうっ」

美雪先生は溜息をついた。美保と一緒にいると、まるで悪魔に誘惑されている修行僧のようだ。あと始末をし、保健室を出て鍵をかけた。

そのとき、廊下の曲がり角から、Tシャツにトレパン姿の男性が姿を現した。

「やあ、美雪先生。まだいらしたんですか」

体育教師、氏崎和希だった。

「あ、氏崎先生……。今日は日直ですの。いま、保健室に用があって……。先生はまだバレー部のほうの練習で？」

「練習は終わりましたけど、ちょっとこれの具合が悪くて……」

手にした機械を見せた。ビデオカメラだ。氏崎が採用されたのは、バレー部強化のためもある。彼は練習にビデオを使用し、そのせいかバレー部はかなり強くなったという話だ。

廊下で立ち話をしていると、職員用トイレの奥からザアーッと水を流す音がした。美保が排便をすませたのだろう。

なんとなく美保とふたたび顔を合わせたくなくて、美雪先生は歩きだした。

「私、生徒が残っていないか、体育館のほうを見てきます」

歩きながら彼女は、氏崎のトレパンの股間を思いだし、ちょっと顔を赤らめた。

(ふだんでもあんなに大きいペニスだと、セックスのとき、どうなのかしら？)

美雪先生自身は、そのふくらみに魅惑されたことはないが、好奇心の強い生徒たちは、〝モッコリ〟という仇名で彼のことを呼び、いつも彼の性器のサイズを話題にしてはしゃいでいる。

——氏崎和希は、二年前、N——体育大学を卒業し、体育教師として白萩女学園に採用された。独身の若い男性教師ということで難色を示すむきもあった。

品行方正な男性でも女の子に囲まれているうち、つい道を踏みはずすことがなきにしもあらずだ。そのため、学園ではなるべく独身の男性教師を敬遠してきた。

しかし、氏崎は学園理事長の親戚だったし、学生時代はN——大バレー部の選手だったこともあり、中等部、高等部双方のバレー部を強化したがっていた学園は、そういう反対を押し切って採用した。

テレビのアクション・ドラマで活躍する若手俳優とよく似ているので、「カッコいい」と女生徒には人気がある。体育の授業は中等部だけを教えているが、バレー部の監督としては高等部のチームも指導している。

バレー部は彼が来てからメキメキ強くなった。そして生徒の信頼もある。カズキ先生はいまは学園で一番慕われる男性教師だ。

廊下を歩きながら美雪先生は桑野美保のことをまた考えた。

美保は本当に苦しんでいたのだろうか？

便秘していたことはたしかだが、別に苦しくないのをわざと苦しんでいる様子を見せて、自分から浣腸されたがったのではないだろうか。

（なんのために……？）

理由は一つしかない。

夏川美雪を誘惑するために。

「ふうっ」

また溜息をついた。

美保は誰が見てもボウッとなるような、妖艶といってよい魅力をもった美少女だ。ルイス・キャロルの描いたアリスのように。

（だけど美雪、あの子は危険よ。なぜかわからないけど……）

彼女の直観がそう告げていた。

ガランとした廊下を歩いて体育館までやってきた。白萩女学園は生徒の総数が少ないので、体育館、更衣室、シャワールームなどは中等部、高等部が共同で使っている。

体育館は中等部のバトン部の練習に使われていたはずだが、すでに練習を終えて人影もなくひっそりしていた。

念のため、更衣室をのぞいてみる。

「あら」

部屋の机の上に鞄とサブバッグが二つ置かれていた。

(まだ、誰か残っているのかしら……)

サブバッグに書かれた生徒の名は、水原ユカと草薙絵梨子だった。

(水原って、あのバトン部の……。草薙絵梨子は、彼女といつも一緒の子ね)

高等部の教師ではあるが、美雪先生は中等部の生徒も何人か顔を覚えている。もちろん自分好みの美少女にかぎっての話だが……。

ユカのことはバトン部の演技やパレードを見て、いっぺんで魅惑された。若い鹿のようにしなやかな肉体は、ハイレグのレオタードがよく似合って、彼女が跳びはねると、そこから波紋のように電波が発生して、夏川美雪はその電波に打たれて痺れるような錯覚さえ覚えたことだ。

美少女ということでは桑野美保が上だが、ユカには美保にはない健康的でキュートな魅力がある。

彼女といつも一緒にいる絵梨子は、髪が長くて、いつも泣いているような潤んだ瞳のかわいらしい少女で、気品もあり、おっとりと優雅なところがユカとは別の魅力になっていた。

(あの二人、いいコンビだわ。たぶん、レズっ子同士だろうけど……)

美雪先生は、かねてからそう思っていた。

その二人がいま、ガランとした校舎のどこかに残っている。

(なにをしているのかしら……？)

日直教師の責任範囲は中等部にも及ぶ。美雪先生は二人の姿を探した。居所はすぐにわかった。すぐ真向かいの体操器具倉庫から、むせび泣くような声が聞こえてきたからだ。

(呆れた。学園のなかでレズってるの……？)

美雪先生は廊下で、しばらく倉庫のなかの気配をうかがっていた。その表情に微笑が浮かぶ。やさしい微笑ではない。猟師が罠にかかった獲物を発見したときのような笑みだ。

4

「ねえ、ちゃんとあるでしょ、処女膜……」

跳び箱に腰かけて大きく股を割ったユカは、自分の秘部をのぞく親友の絵梨子に訊いた。

「うーん……、そうかなあ……」

指を使ってユカの花びらを広げた少女は、人さし指でピンク色の粘膜をさぐってみる。

「アッ……」

びくんとのけ反ってしまうユカ。レオタードとパンティは脱いでしまったから、彼女が体につけているのはスポーツ用のブラジャーだけだ。

絵梨子は昨日、勅使河原愛に誘われてレズったとき、桑野美保に処女を奪われた器官を眺めている。

(愛のはたしかに、この入口の部分が裂けて、ひしゃげたみたいになっていた……)

いま目の前で濡れきらめく桃色の粘膜は、ちゃんとしたリング状になっていて、それはこの前、確かめあったとおりの形状だ。

「わかったわ。ユカが兄貴とCしてないってことは……」

絵梨子はようやく指をはなした。

「じゃ、許してくれる?」

「うーん、でも気分が悪いなあ。私の知らないうちに兄貴を誘惑したなんて……」

まだ怒りが完全に消えたわけではない。

「じゃ、どうすれば気がすむの」

「そうだなあ、お仕置きだね」

絵梨子が言った。

「お仕置き？」

ユカが目をまるくした。

「そうよ。罰を与えなきゃ。親友に秘密にしていた……」

「お仕置きって、どんなことすんの？」

「いまにわかるわ。さっ、床に立って」

「もう……」

言いながらも、ユカは絵梨子の言うとおり跳び箱に向かって立った。そうでないと、いつまでたっても絵梨子はグズグズ責めたてるにちがいない。

「前かがみになって、お尻を突きだすのよ……」

命令されて、お仕置きの内容がわかった。

「お尻をぶつのね」

「そうよ」

「あんまり痛くしないで……」

ユカは跳び箱に両手をつき、両足を開き気味にして、下着をつけていない、まるい、白いお尻を後ろへ突きだすようにした。

「こらしめてやるわ、ユカ」

左側に立ったユカが、親友の美少女の尻を平手でパンパンと叩いた。

「あっ、痛い……！」

ユカは苦痛に呻き、身悶えした。白い肌がピシャピシャ打たれているうちに赤く染まってゆく。

「許してよぉ、絵梨子……。そんなに強くぶたないで。あっ、あっ。かんにんしてぇ……」

ユカは泣き声をだした。お尻をぶたれたことなど、幼いとき以来だ。恥ずかしさと屈辱を嚙みしめると、涙が溢れてくる。

「どう、思い知った？」

まるい肉の丘が全体的に赤く染まったころ、絵梨子はお仕置きの手をとめた。自分の手が痛くなったこともある。

「うん……、もう圭介兄さんとは会わないから……」

グスグス鼻を鳴らして答えるユカ。二人ともハアハア荒い息をついている。

「いいわよ、会っても」

絵梨子がそう言ったので、ユカはびっくりして振りむいた。

「いいの？」

「そう。そのかわり、Cはダメよ。兄貴の童貞奪ったら承知しないから」

「それは大丈夫だってば」

「まあ、ユカのおかげで兄貴が元気になったのは事実だからね……」

また妹に対するいたずらを再開し、その罪悪感に悩まされる兄の姿は見たくない。

「でも、なんとなく憎たらしいなぁ……。不公平だよ、ユカばかり楽しい思いをするんだから……。ユカに兄貴がいればなぁ」

「無理、言わないでよ」

「ほんとに、もう……」

未練たらしくピシャッともう一回叩き、その掌をそのまままるみにそって撫でまわす。

「あ……」

「痛かった、ユカ？」

「うん、ちょっとね……」

「泣いたユカってはじめて見たけど、かわいいよ……」

絵梨子の掌が親友のお尻を撫でながら、谷間に這いおりてゆく。ピクンとむきだしの肌が震えた。

「やだっ、絵梨子。そんなところ、さわらないでぇ……」

谷間の底の、可憐なすぼまりを絵梨子の指がいたずらしたのだ。

「汚いじゃないのぉ」

「じゃ、こっち」

もっと下をさぐる。少女のもう一つの唇はぬらぬらとした唾液に似た液を吐いていた。腿までびっしょりだ。

「わ、こんなに濡らして……。ユカ、変態じゃない？　私にお尻ぶたれて、涎を流してるわ……」

ユカは真っ赤になった。どうしてだかわからないが、親友に裸のお尻をピシャピシャと叩かれているうち、体の奥が熱くなってきたのだ。気持ちとしては、痛いし恥ずかしいし悔しいのに……。

「……」

絵梨子の指が割れ目に侵入し、さっきさぐった粘膜を愛撫してきた。

「あっ、絵梨子ぉ……」

目がくらむような快感が走り、ぶるぶるっと下半身をうちゆすって、ユカは声をたてた……。

「感じてるの、淫乱メス猫ちゃん……」

絵梨子の目が輝き、温かい蜜で溢れた粘膜を指でかき撫でるようにし、勃起して大粒の真珠みたいに膨張しているクリトリスを包皮の上から揉むようにする。

「む、う、うっ……。ああン……」

一方的に攻められる立場から回復しようと、ユカは左手を伸ばし、絵梨子の襞スカートの裾から指を入れた。パンティの底にふれた。ねっとり湿って、熱い。

「絵梨子だって濡れてるじゃない。淫乱ニャン子娘……」

「あ、うっ……」

股布とそけい部のあいだから指をさし入れ、熱い蜜液で潤っている割れ目をさぐり撫でる。

「む、うーん、ユカぁ……！」

セーラー服を着た少女の体ががくがく震えて、膝から力が抜けて倒れそうになる。ユカがすばやく抱きかかえ、二人は床に置かれた体操マットの上に転がった。

ぴったりと唇と唇が合わさされ、唾液がいったりきたりする濃厚な接吻が交わされた。絵梨子の手がユカの背後にまわってスポーツブラジャーのホックをはずす。ユカの手は絵梨子の襞スカートのなかで蠢き、じっとり股布を濡らしたパンティをひきおろす。

「む、う……っ。ああ、あっ」

「はあっ。はっはっ」

全裸になったユカと、パンティを足首までひきおろされた絵梨子は、たがいの体にしがみつき、撫でまわし、夢中になって淫らな愛戯にのめりこんでいった。

「ユカぁ……！」

「絵梨子っ……！」

たがいの名を呼びあい絶頂したとき、体操器具倉庫のドアがあいた。

「なにをしてるの、あなたたちは！」

鋭い咎める声が鞭のように少女たちの汗ばんだ肌を打った。

「あっ、美雪先生……！」

抱き合ったまま甘美な余韻を楽しんでいた二人は、突然の侵入者を見あげ、びっくりして飛びおきた。

高等部の英語教師、夏川美雪が怖い顔をして睨みつけていたからだ。

（大変。どうしよう……⁉）

絵梨子は足首にからまっているパンティをひきあげるのも忘れた。

白萩女学園はミッションスクールである。学園内には礼拝堂もある。その神聖なキャンパス内での淫らな行為は、たとえ同性同士のことでも厳しく禁じられている。これまでもトイレや物陰でキスしあっていた女生徒たちが何人か退学処分になっているのだ。

美雪先生は両手を腰にあて、やや脚をふんばるような、典型的な叱責する教師の姿勢をとった。

「あなたたち、校舎のなかでこんなことして、どんなことになるかわかっているのっ⁉」

ふだんはやさしい独身美人教師だが、いまはちがった。少女たちは震えあがった。絵梨子はもう両手で顔を覆い、わっと泣きじゃくる。

「私は日直だから、このことは明日、風紀係の先生に報告しなければならないのよ。中等部の草薙絵梨子と水原ユカが、体育館の倉庫で淫らなことをしていました――って。そうしたら、どうなると思う？」

（まちがいなく退学だわ……！）

ようやくレオタードで前を隠したユカも、目の前が真っ暗になった。

美雪先生は、叱りつけるだけ叱ると、ふいに口をつぐんだ。もうだいぶ薄暗くなった倉庫のなかに、絵梨子の啜り泣く声だけが聞こえ、少女たちがふりまいた甘ったるい汗とラブジュースの匂いがこもっている。

美雪先生は、その匂いに鼻をくすぐられた。育ちざかりの美少女が二人――一人は真っ裸で、脱ぎ捨てたバトン部のレオタードを抱きしめるようにして前を隠している。もう一人はセーラー服を着ているものの、胸当てのホックははずれ、足首には白いパンティがからまっている――いま、まったくうちのめされて、声も出せないで震えている。

（私は、この子たちの運命を手中に握っている……）

彼女がこのことを風紀係の教師に報告すれば、当然職員会議にかかる。淡いレズ愛からくる接吻ぐらいなら停学ですむだろうが、校舎内で下着をとって淫行したとなれば、放校はまぬがれないだろう。ミッションスクールの名門として、校舎内の淫行は絶対に放置できない。でなければたちまち、過激なレズ愛がはびこってしまうからだ。

チラ、と美雪先生は腕時計を見た。そろそろ夜間の警備員が来るころだ。

「あなたたち、ちゃんと服を着るのよ。それから……」

美雪先生はちょっとためらった。あるいはこれが彼女の教師としての命とりになるかもしれない。教師が生徒たちとレズ関係になるのは、生徒同士のレズ遊びよりもっと騒ぎになる。

（でも、このかわいいレズっ子たちを、この手でもてあそんでみたい……）

欲望が子宮を疼かせた。決心した。

「いったんお家に帰りなさい。それから家族のかたに断って、先生の家に来なさい。知ってるでしょ？　グラウンドのむこうのＮ――マンション。二人そろってかならず来るのよ。そこで、あなたたちのことをどうするか、話を聞いてきめるわ」

それだけ言うと、クルリと少女たちに背を向け、パンプスの足音も高く廊下を歩き去った美雪先生だ……。

――その日の夜、七時すぎ。

絵梨子とユカは途中で落ちあって、一緒に美雪先生の家を訪ねた。

「ユカ。どうしよう？　私たち退学にされちゃうよ……」

絵梨子は青ざめた表情で、泣き声をだしてユカにしがみつくようにする。ショックで夕食もほとんど食べられなかったという。

「心配ない、心配ない。大丈夫だってば……」

ユカのほうは案外ケロリとして、自分より大柄な絵梨子を抱きしめて「よし、よし」と髪を撫でてやる。

「ユカったら、どうしてそう、楽天的なのぉ？　どうして大丈夫なのよ？」

「だってさ、私たちを退学させるのなら、なにも先生の家に呼びつける必要、ないじゃん？　そのまま、明日、風紀係の先生に言いつけるだけでいいんだから」

「それもそうね……。じゃ、どうして美雪先生は私たちを呼んだのかなぁ」

ユカはいっとき、考え深い目になって、

「これ、私の直観だけどさ、先生は私たちに興味があるんじゃないかなぁ……」

「えー⁉　ユカと私にぃ？」

絵梨子はキョトンとした表情になった。

ユカが言う。

「だって美雪先生は高等部しか教えてないでしょ？　それなのに中等部の私たちの名前、ちゃんと知ってたじゃない？　前々から関心をもってた証拠よ。私がバトン部の練習してるときなんか、美雪先生は用もないのに体育館に来て、見てたことが何度もあるし……」

そう言われると、絵梨子も登下校時に顔を合わせたときに会釈すると、美雪先生はかならずニコッと笑って会釈をかえしてくれるのに思いあたった。その笑顔を見るたび、ドキドキしてしまう。考えてみると、美雪先生はいつもリンとしていて、誰にでも笑いかけるひとではないのに……。

「へえー。じゃ、ユカは美雪先生がレズだから、私たちがレズっ子だってことを知ってる――って言いたいの？」

「うん、きっとそうよ。美雪先生ってそろそろ三十になるんでしょ？　あんなに美人ですてきなひとが、全然結婚の話とか男の人との噂がないんだもの……」

「ふうん……」

絵梨子も唇を噛むようにして考えぶかい目になった。美雪先生がレズだとしたら、同じレズの生徒たちを見分けるのはかんたんなことにちがいない。そうすると、自分たちが呼びつけられる理由もわかる――。

（美雪先生、レズかなぁ……）

不安と同時に、なんとなく胸がときめいた絵梨子だった。

独身の美人教師が住むマンションは、クリエイティブな職業の住人が多いことで知られる、赤レンガの洒落た六階建マンションだ。夏川美雪の部屋は五階だった。

間取りは2DKで、ひと間がゆったりした書斎兼用の居間で、もうひと間が寝室になっている。

「来たわね。さっ、入りなさい」

微笑で二人は迎え入れられた。体育館の倉庫で見せた、あの厳しい威圧的な表情はウソみたいに消えている。

学校ではいつも髪をひっつめにして額をあらわにし、男っぽい仕立てのカチッとしたスーツを着ている彼女だが、自分の家では、髪はふわっと肩まで広げ、着ているものも、ゆったりくつろいだガウンだ。

（ユカの直観、あたってるみたい……）

絵梨子とユカは、ガラリと女っぽく変身している美雪先生を見て、顔を見合わせた。

それでも、緊張した顔と態度でソファに並んで腰をおろした。やはりレズの現場を目撃された後ろめたさ、恥ずかしさで、美雪先生の顔を直視できず、少女たちはうつむいて膝の上の手をもじもじ組み合わせる。

「さて、と……」

応接テーブルをはさんで、まもなく三十になる美人教師はひじかけ椅子に腰をおろした。ガウンの下はどうやらネグリジェらしい。

彼女たちが来る前にシャワーを浴びたらしく、髪がしっとり濡れ、白い肌が上気したようにピンク色を呈している。官能的なコロンの匂いが漂う。

美雪先生は、切れ長の涼やかな瞳をヒタと少女たちに向けた。

「あなたたちはレズメイトでしょ？　隠してもダメ。あそこであんなことをしてたんだから……。先生は二人がどんな関係なのか、これまでどういうことをしてきたのか、それを知りたいの。レズだからってかならずしも悪いことじゃないんだから……。それによっては、先生も二人のことを風紀係の先生に報告するかどうか、考えてみるわ。だけど、嘘をついたら許さないわよ。さあ、正直に話してみなさい」

少女たちはコクンとうなずいた。もう逃げも隠れもできないのだ。問われるままに、トイレ事件から始まる、レズメイトになったいきさつを告白した。絵梨子の兄の睡眠薬事件から、ユカとの秘密交際まで……。

「それで絵梨子は、私が圭介兄さんとCしてると思ってカンカンに怒ったんです。仕方ないから、私、レオタードを脱いで処女だという証拠を見せたら……」

「私がいけないんです。ユカが兄貴とCしていない、ってわかっても腹の虫がおさまらなくて、それでユカのお尻を叩いたら、なんだかヘンな気持ちになって……」

見るからに無邪気でかわいい中二少女たちの大胆な告白を聞いているうち、美雪先生は昂奮してきた。シャワーを浴びたあとにはき替えた清潔なパンティの底が、もうじわっと濡れている。無意識のうちに組んだ腿に力を入れ、きつく擦りあわせている。そうすると甘美な快感が下腹部を駆け抜けるのだ。

内心の昂奮をおし隠すように、真っ赤になってうつむいている二人をキッと見て、

「よくわかったわ。そういう関係だということは……。でも、学校でレズったのは、これが最初じゃないんでしょう？」

「いいえ、今日がはじめてです！」

二人そろって首をふった。目が真剣で、それが人形みたいにかわいい。とくに絵梨子のほ

うはもう涙が溢れそうになっていて、つい抱きしめてやりたくなる。

「本当？　嘘をついたら承知しないわよ」

「本当です」

「ふうん……。じゃ、最初ということで、風紀係の先生には報告しないことにしてあげてもいいかな……」

そのひと言を聞いて、少女たちの顔がパッと輝いた。

「わっ、本当ですか⁉　先生！」

飛びあがらんばかりの喜びようだ。しかし独身の女教師は表情をひき締めたままだ。

「まだ、喜ぶのは早いわ。報告しないと決めたわけじゃないんだから……。許してあげるにしても、条件があるわ」

「どんな条件ですか……？」

ふたたび不安そうな顔。

「とにかく、神聖な学園のなかであんなことをしたのを反省してもらわなくちゃ。そのために、お仕置きを受ける必要があるでしょ」

二人の同級生は、顔を見合わせた。

（やっぱり……！）

直観的にこれから美雪先生に一種のレズ的な愛の儀式にひきずりこまれるのだと察した二人だ。

「はい」

双子の人形のように、勢いよく首を縦にふる。

「じゃ、そっちの部屋に行きなさい」

美雪先生は寝室を指さした。ユカと絵梨子は素直に命令に従う。これで退学を免れるなら、なんでもするつもりだ。しかも相手は、中等部の生徒たちも憧れている美人の美雪先生なのだから……。

寝室は八畳ほどの広さで、真ん中にセミダブルのベッド。一方の壁に洋服ダンス、もう一方の壁にはドレッサーが置かれ、ベッドの据とベランダに出る窓のあいだにやや広い空間がある。そこに少女たちを立たせ、美雪先生は花柄のベッドカバーの上に腰をおろし、少女たちに命令した。

「これから、お尻を叩いてあげるわ。もう二度と学校で淫らなことをしないように、うんと懲らしめてあげる……」

そう命令する声がうわずっている。目は酔ったように潤み、妖しい光がゆらめいているようだ。

「まず、服を脱ぎなさい」

ユカも絵梨子も、もじもじ恥ずかしそうに服を脱いだ。ブラもソックスも脱いでパンティ一枚になる。

「パンティは、まだはいてていいわ。そこに並んで立って……。ふうん、二人とももう体はおとなね……」

乳房を両手で覆っている二人の少女の裸身を、目を細めて眺める美雪先生だ。

彼女たちの白い肌は、見つめられてピンク色に染まる。ユカも絵梨子もパンティをはき替えていた。ユカのは白い木綿素材にフリルのついたの、絵梨子のはピンクに青い水玉模様の、どちらもセミ・ビキニの、彼女たちにしてはおとなしいデザインだ。

乳房とヒップの発育はユカが著しいが、全身のプロポーションからいえば、絵梨子のほうがすくすくと伸びた感じだ。脚も若鹿のようにすんなりしている。もっとも、ユカのむっちりと肉のついた健康的な太腿の輝きも眩しい。

(二人ともヴィーナスの丘がこんもり盛りあがって……。性器もよく発育してるにちがいないわ)

一刻も早く、少女たちの秘密の部分を覆い隠している布きれをひきむしり、真っ裸にして好きなようにもてあそびたい欲望を抑えて、美雪先生はきつい口調で命令した。

「先生にお尻を向けて、四つん這いになりなさい」

「……」

少女たちは下着に包まれたかわいいお尻を女教師に向け、絨毯《じゅうたん》の上に這った。

「さあ、どっちのお尻からぶってあげようか……」

子宮が甘く疼き、股間がじっとり濡れるのを覚えながら、美雪先生は立ちあがった。

ガウンを脱ぎ捨てる。下は少女たちが想像していたようにネグリジェだった。色は淡い藤色で、生地は肌ざわりのよい薄いナイロン・トリコット。袖なしなのでまるい肩がむきだしだ。レース飾りのついた裾は踝《くるぶし》まであるが、大胆なサイドスリットがついていて、太腿のずっと上のほうまでミルクホワイトの肌がのぞいている。胸の部分もレースをふんだんに使っているので乳首がうっすら透けて見えるシースルーだ。乳房のふくらみは、スーツ姿のときからは想像できないほど豊かだ。

（わ、美雪先生ったら、すっごくセクシィなんだ……！）

少女たちは、ずっと年上の独身教師が、自分たちのおよびもつかない成熟した女性の魅力に輝いていることを認めないわけにはゆかない。それにしても、学園で見るシャキッとした女教師とはまったく別人のような、妖婦的な婀娜《あだ》っぽさだ。

ならんで四つん這いになっている少女たちのお尻とお尻のあいだに膝をついて、

「まず、エッチな子のほうからお仕置きよ」

左手が桃色に水玉模様の、右手が白い、フリルで飾られたパンティへと伸びた。

「あっ」

「きゃっ」

少女たちの唇から短い悲鳴が洩れた。びくんと白い背が震える。

「おとなしくしてるのよ。先生があなたたちの淫乱度を検査するんだから……」

唇の端っこをちょっと歪めるような微笑をたたえた美雪先生が、両の手を微妙に動かして、ヒップを突きだすようにしているためにパンパンに張ったパンティに包まれたまるみを、ツツーとなぞる。絵梨子もユカも、同時にパンティの底、布が二重になった部分をさわられた。

「あ……」

どちらも熱い湿り気を帯びていたが、水玉模様のパンティのほうがじっとりした感触を指の腹に伝えてきた。

「ふうん、絵梨子のほうが淫乱おニャン子ね。もう、びっしょりじゃないの……」

クク、と含み笑いしながら美雪先生が言うと、絵梨子は耳朶まで真っ赤に染めた。

「じゃ、淫乱度の強いこっちから。ユカは見てるのよ……」

腰ゴムに手をかけ、後ろからツルリと桃色のパンティをひきおろす。皮をむいた水蜜桃のようにふっくらした、いかにも柔らかそうな肉のまるみが現れた。

ツン、と甘酸っぱい匂いがお尻の谷間から匂いたつ。美雪先生の子宮を刺激する、育ちざかりの牝の秘部が放つ醱酵臭。

二人の肌から石鹸の匂いがするところからして、家でシャワーを浴びてきたにちがいないのだが、娘ざかりの秘唇はもうムンムンむれているのだ。

「さあ、絵梨子。覚悟はいい？」

そう言いざま右手をふりかざし、ふりおろす。最初はさほど力もいれずにパンと叩き、徐々に力をこめてビシビシと叩きのめす。

「あ、あっ。痛い、痛いわっ！」

絵梨子はたまらずに悲鳴をあげた。

「あたり前よ、お仕置きですもの。あなたたちが二度と学校でレズったりしないよう、とことん懲らしめなくっちゃ……！」

白いお尻がみるみる赤い色に染まってゆく。ポニーテールの髪が打たれるたびに揺れ踊る。

（わ。美雪先生ったら本気みたい……！）

泣きじゃくる絵梨子のそばに這った姿勢をとりつづけているユカは、親友が受けているお仕置きを見て脅えた。絵梨子の頬はもう、涙でグシャグシャだ。

やがて、白い艶やかな双丘がいちめん真っ赤に染まったころ、美雪先生はスパンキングをやめた。

「さあ、これで懲りたでしょう……。じゃ、次はユカの番よ」

「……」

ユカは観念したように揃えた両手の甲に顔を押しつけるようにして、お尻をつきあげるようにした。パンティが、絵梨子と同じように膝のあたりまでスルリとひきおろされる。同じような甘酸っぱい少女の匂い。美雪先生はうっとりとなる。ユカのお尻も吹出物ひとつない。バトン部で跳んだりはねたりしているせいか、臀筋《でんきん》はこっちのほうがしこっているようだ。

パン!

叩くと掌が弾きかえされるような硬質の弾力性に富んでいる。年上の女はその手応えを楽しんだ。

(絵梨子はふわっと柔らかいお尻。叩くと一瞬、掌が皮膚に吸いつくよう……。反対に、ユカのほうは空気がパンパンに入ったゴムマリみたい。どっちも素敵なお尻だわ)

ユカの肌のほうがやや小麦色だが、若い皮膚は叩かれるたびに赤く染まってゆく。

「あっ。あっ！　うーん、先生……いっ！」

ユカのほうがオーバーに声をたて、悶え、ヒップをうちゆする。汗ばむ肌から甘い匂いがムンムンとたちのぼる。

「許してぇ。ごめんなさい……っ！」

ユカも、お尻全体が真っ赤になるまでぶたれ、ワンワン泣いてしまう。

美雪先生のはいているパンティが、もう失禁したように濡れている。蜜が滾《たぎ》るように溢れているのだ。汗もびっしょりかいている。右手は痺れたみたいになって、ようやくスパンキングをやめた。

「二人ともわかった？　もう二度と学校でレズったらダメよ……」

「はい……、美雪先生……」

グスングスンと鼻を鳴らし、しゃくりあげながら答える中二の少女たち。

「まだ終わったわけじゃないわ。そのままでいるのよ……」

お猿のように真っ赤に色づいたお尻をまるだしにさせたまま、美雪先生はキッチンのほうに立った。残された絵梨子とユカは涙で濡れた顔をそうっと見合わせ、囁きかわす。

「痛かった？　ユカ」

「痛かったよぉ……。学校で絵梨子にぶたれたときの倍も痛かった。今日は、ユカのお尻、さんざんだわ……」

「私も痛かったぁ。だって、お尻をぶたれたなんて、子供のとき以来だもの……。ああヒリヒリする……。熱くて火傷《やけど》したみたい」

「ね。私たちまだお仕置きされるのかしら……？」

「わかんないけど、もっとお仕置きしてもらいたいヘンな気持ちなの……」

「絵梨子もそう？　ユカもだよ。だって、叩かれながら割れ目ちゃんがグチョグチョ濡れてくるんだもの。どうしてかしら……」

「マゾっ子なのかしら、私たち……？」

お仕置きを与えてくれたひとが戻ってきたので、二人は黙った。

「これで冷やしてあげる」

熱く火照っているヒップにシューッとスプレー液が吹きかけられた。

「あーっ！」

思わず二人とも声をあげてしまった。スプレー式の鎮痛消炎剤だった。敏感な皮膚にメンソールの与える熱いのと冷たいのと、二つのちがった感覚が融合して爆発したのだ。

「がまんしなさい。腫《は》れが早く消えるから」

ふたつのまるいお尻にまんべんなく霧状の消炎鎮痛剤を吹きかけ、掌でさすってやる。

「さあ、これから新しいお仕置きよ」

手当てを終えると、美人教師はそう宣言した。

「両手を後ろにまわして」

「……？」

何をされるのかわからないまま命令に従うと、やわらかい布が彼女たちの手首に巻きつけられ、両手首をくりあわせてしまった。布はシルクのスカーフだった。

「これもとっちゃおう」

二人ともパンティを足首から引き抜かれた。もう一糸まとわぬ全裸だ。

「……」

後ろ手に縛られてしまった絵梨子とユカは、顔を見合わせた。真っ裸にされていったい、何をされるのか、やはり脅えずにはいられない。

「さあ、絵梨子から……。もっと脚を開いて」

パンティの束縛がないので、前よりもっと下肢を割り広げられる。

（やだ。これだと、お尻の穴まですっかり見えちゃうよ……）

絵梨子は恥ずかしさで真っ赤になった。すると濡れた布がお尻の谷間にあてがわれ、菊形になった肉のすぼまりをすっと拭う。

「きゃっ」

思わず叫んでしまう。隣りのユカも同じ処置を受け、

「ひっ」

鳥肌を立ててうち震えた。消毒用アルコールの匂い。

「二人とも、かわいいアヌス……」

感に堪えないような美雪先生の声。

(うわ。美雪先生もアヌスをいじめるのが好きなのぉ……⁉)

昨日、同級生で桑野美保のレズペットだった勅使河原愛にアヌスを唇と舌で愛撫された絵梨子は、同じ攻撃を同じ場所に受けてびっくりした。

(この子たちのアヌス、全然、変形していない……。桑野美保よりずっとすてきだわ。ああ、食べちゃいたい……)

アルコールできれいに拭った肛門をしみじみ眺め、絵梨子の背後に自分もひざまずいた美雪先生は、唇を尖らせて甘酸っぱい匂いのする谷へと顔を埋めていった……。

「あっ。いやぁ！　美雪先生っ！　ダメぇ！　汚いよ……！」

セピア色した可憐な肉のすぼまりに唇を押しあてられ、舌でリングの中心をつつかれ、なめまわされた絵梨子は、ショックを受けて哀切な声をはりあげた。

「ばかね。きれいにしてあげたから大丈夫。汚くなんてないわ。とくにあなたたちのアヌスは健康だし……」

おとなしくさせるためにピシャリと裸のお尻をぶってから、また谷底の蕾《つぼみ》に向かって唇を押しあてる女教師だ。

「あ、あーっ。む、むう……っ」

恥ずかしさとくすぐったさ、それに奇妙な快感が入りまじって、絵梨子はユカも驚くほどあられもない声を吐きちらし、なんとか攻撃する唇と舌から逃れようとヒップをうちゆする。

「うるさいわね。周りに聞こえちゃうじゃないの……」

美雪先生は、少女たちからはぎとったパンティをとりあげた。それまでユカのはいていた白い、フリルのついたパンティが丸められて絵梨子の口に押しこめられた。

「あ、む、ぐぐくふふっ」

ユカの体臭と秘部の湿りけを吸ったパンティで声を出すのを禁じられた絵梨子は、目を白黒させた。

「あんたも、お友だちの匂いを嚙みしめなさい」

ユカの口もこじあけられ、絵梨子のはいていたピンクに青い水玉模様のパンティが押しこまれて猿ぐつわになる。

「む、う……ぐく」

「これで、いくらか静かになったわね」

満足そうに言い、ふたたび絵梨子の臀裂に顔を埋め、肛門に熱烈な接吻を浴びせる美雪先生だ。

親友が美しい女教師にアナル・キスを受けて悩乱しているさまを、ユカは目をまるくして眺めていた。

彼女はまだ、肛門がどんなに敏感なところか知らない。絵梨子が脂汗を全身から噴かせてのたうちまわるのが信じられない。

「ぐ、ぐふふ。ふぐぐ、うーっ!!」

「ふふ、よく感じる子ねぇ」

感心しながら、美雪先生は美少女の股間から手をさし伸ばし、秘毛の丘を撫でさすった。

絵梨子の叢は薄い。しかし一本一本の春草は長くしなやかで、指にまとわりつくようだ。

それから処女のクレバス。チョンとかわいらしく突きでたクリトリス包皮をさわると、

「ぐ、ぐくくく、くうっ!」

絵梨子の裸身がびくびく跳ねる。

（よく発達してる……）

指でそうっと濡れ濡れの粘膜をさぐっていく。蜜液が太腿を伝っている。ユカとレズっているうち、絵梨子の性感はたいそう豊かに開発されたようだ。

「じゃ、パラダイスに送りこんであげるわね……」

レズの女教師はそう言い、粘膜をいたぶる指をこまかく律動させ、勃起しきった敏感な真珠核を刺激してやった。

「ぐわ、ががふ、ふがむぐ、くくうっ！」

盛大な呻きと同時におしっこまで洩らし、絵梨子の白いヌードが躍動し、がくんがくんとのけ反った。両膝をついてお尻をつきだしていた体位が、前に崩れて、ぐったりうつ伏せになって伸びてしまう。

「なんて敏感なの、絵梨子は……」

ニンマリ笑った美雪先生が、自失した少女の股間から顔を上げ、蜜で濡れた自分の人さし指を舐める。

「さあ、こんどはあなた。ユカの番よ」

ユカは両腿を割り裂かれ、思いきりアヌスを露出する恥ずかしい体位をとらされた。

「む、うぐくっ！」

美人女教師の舌で肛門を舐められ、つつかれたとき、友の匂いがしみこんだパンティを噛みしめてのけ反り呻いたユカだ。

絵梨子のよりも濃密に繁茂し、手でさわっても強い感触のちぢれ毛が先生の指でかきまわされるように愛撫される。目の前でレズメイトが年上の女の濃厚な愛撫を受けるさまを見せつけられたものだから、秘唇はもう蜜を溢れさせている。

「あなたも、よくクリちゃんが発達してる。なんておませなレズっ子たちなの……」

指で割れ目をいたぶられ、ユカの脳は痺れきって、意識は空白になってしまった。

*

ユカもおしっこをチビるほどのオルガスムスを味わって、カーペットの上にぐったりと伸びてしまうと、

「さあ。今度はあなたたちが先生を楽しませる番……」

二人の少女のいましめを解き、口に押しこめてあった下着も吐きださせる。

まだ意識が半分もうろうとしている絵梨子とユカの目の前で、まとっていた藤色のネグリジェを脱ぎ捨てた。下はネグリジェとペアになったTバックショーツ。薄いナイロンは蟬の羽みたいに薄いので、そうとうに濃い恥毛はすっかり透けて見える。そして、股布の部分は

びっしょり濡れそぼっている。

そのTバックもひき毟るようにして脱ぎ去り、すっぱだかになった美雪先生だ。

「先生……」

二人の少女はかすれた声をあげた。見事に張りきって前に突きだしたおっぱいは、少しも垂れていない。ひき締まった腹部には贅肉がなく、恥丘はつよい曲線を描いて突出している。ヒップも女の生命感をみなぎらせて張り出している。磨きあげられた大理石のように艶やかで力感がみなぎっている太腿。スラリと見事な脚線を描いて伸びきった二本の脚。美雪先生のプロポーションは、これ以上完全にはできない――と思われるほど絶妙だ。

「そうね、最初は絵梨子が前、ユカは後ろに奉仕するのよ……」

オールヌードの美人教師は、十四歳の少女たちに命令して、立ちはだかった自分の前に絵梨子を、尻の後ろにユカをひざまずかせた。

「さあ……」

うながされなくても、少女たちはなにをすればよいのか理解していた。絵梨子は白い肌にもわっと貼りついたような濃い陰毛の密林を指でかきわけ、その奥でねっとりした液を吐いている割れ目に唇を近づけた。

ユカの甘酸っぱいと同時に乳くさい肌の匂いとはまったくちがった、官能的なコロンの香りとミックスした濃厚なチーズの匂いが絵梨子の鼻を衝いた。二本の指で毒っぽい熱帯花のような色彩を見せる秘花を広げるとキラキラ光るサーモン・ピンクの粘膜があらわになる。

「ああ……、きれい……」

呻くように言い、その部分に唇を押しつける絵梨子。

同時に、背後からはなんのためらいもなく、ユカが年上の女の肛門にキスした。自分がされたように周囲を舐め、中心をつつくようにしながら……。

「ああっ」

女教師の裸身が官能の炎にあぶられて光りかがやいた。ヒップを中心に女ざかりの脂肉をうねうねとゆすりたてながら、

「最高よ……！　先生、おかしくなりそうだわ……。おお、おおお……っ」

片手で絵梨子のポニーテールの髪を、もう一方の手を後ろへまわしてユカのショートボブをつかみ、自分の肉体に押しつけながら、激しくヒップをうちゆする美雪先生だ。豊かな乳房がぶるんぶるんゆれる。脂汗がねっとりと全身を濡らし、麝香《じゃこう》の強い香りと甘い呻きが寝室にたちこめる……。

——そうやって一度、絶頂に達してくずおれた女教師は、今度はユカに秘部を、絵梨子にアヌスを舐めさせたのだった。

やがて――、
美雪先生は二人の少女を両脇に横たわらせ、セミダブルのベッドの真ん中に、あおむけに横たわっていた。三人とも真っ裸だ。

少女たちはそれぞれ、年上の女性の乳房を揉み、ぼってりした乳首に吸いつき、交互にキスしあった。つまり、美雪先生がユカと接吻しているとき、絵梨子は先生のおっぱいと乳首を愛撫し、先生が絵梨子とキスすると、ユカがもう一方のおっぱいに吸いつく――といったように。

美雪先生の両手はどちらも少女たちの秘部をまさぐり、少女たちのもう一方の手も先生の股間をまさぐりあっている。絵梨子が叢をかきまわしていると、ユカが割れ目の奥へ指をうめこみ、絵梨子がクリトリスをいじりまわすと、ユカが肛門の周囲を揉みしだく――。

美雪先生は、二人のぎこちないが熱心な愛撫を心から享受しながら、自分のことを打ち明けるのだった。

「先生がレズをはじめて体験したのは、大学時代、学生寮でよ……」

T――女子大教育学部に籍をおいていた夏川美雪は、二年生になるまで大学の女子寮にいた。部屋は二人部屋だったが、ルームメイトだった女子学生がレズビアンで、彼女にレズの甘美な世界を教えられたのだ。

「私、それまでも男性にあまり興味がなかったの。もともとレズビアンの素質があったのね。だからたちまちレズの世界の虜になって……」

アメリカの大学に二年留学したが、女子寮ではやはりフランス人のレズビアンの女子学生に誘惑され、留学中、ずっとその関係を楽しんだという。

帰国してからも、大学院を修了するまで、レズの女子大生たちと関係を結んでいた。

「でも、白萩女学園で教えることが決まってからは、心に誓ったの。教え子とはレズるまいって……。そんなことしていたら、教師の役目が果たせないでしょう？　だから、どんなかわいい子に会っても、声をかけて誘ったりしなかったの。欲望はオナニーで解消して、学校が休みになると学生時代のレズ仲間と会っていたの。みんな、教師やってるから。でも、今日あなたたちのハレンチな姿を見て、とうとう『教え子を誘惑すまい』という誓いを破ってしまった……」

――だが、もし桑野美保が腹痛を訴え、浣腸を要求しなかったら、自制心は崩れなかったかもしれない。美保のあられもない姿を見て欲望を刺激されていたから、その直後に見た少女たちの痴態に子宮からつき動かされてしまったのだ……。

「だから、あなたたちには悪いことをしたわね。退学をもちだして脅かし、呼びよせて言いなりにさせたんだから……」

そう言って、少女たちの頭を撫でてやるのだった。

「ううん、私たち嬉しいです。先生のレズペットに選ばれて……。学校さえなければ、みんなに大きな声で言いふらして歩きたいくらいよ」

「そうよ。私たち光栄です。これからは先生に尽くします……」

そう言って甘えるすっぱだかの二人だ。

「嬉しいわ、二人とも先生を好きになってくれて……。でも、このことは誰にも絶対内緒よ。バレたら三人とも学校を追いだされるのよ」

「わかりました。死んでも秘密は守ります」

「いいこと。学校ではみんなの目があるから、すれちがっても知らんぷりしましょう。会うのは先生の家でだけ。そうね……、あまり頻繁だとバレちゃうから、二週間に一ぺんぐらいかな……」

「そんなぁ……、毎日でもいいのに」

二人のレズっ子が口をとがらす。

「それぐらいでちょうどいいの。それに、三人の生理期間を考えてごらんなさい。今日はまたま誰も生理じゃなかったけど、いつもそうとはかぎらないでしょう」

「そうかぁ……」

少女たちも納得して、ほぼ二週間に一度のわりで密会することが決まった。二人は全裸のまま絨毯の上に這わされ、誓わされた。

「宣誓！　私たち草薙絵梨子と水原ユカは、今日から夏川美雪先生のレズペットとなって、先生の求めることなら、どんなことでもいやがらず、奉仕することを誓います！」

# 第三章　〝学園のマドンナ〟は保健室でいったいなにを⁉

## 1

一カ月たった——。

高等部の美人英語教師・夏川美雪が、中等部二年の水原ユカ、草薙絵梨了をレズペットにしたことは、誰にも知られずにいる。

だが、教え子たちは、なんらかの変化が美雪先生に起きたことを敏感にキャッチしていた。

「美雪先生。恋人ができたんじゃないですか？」

そう冷やかす声があとを断たない。

あるときは、体育教師の氏崎和希にも、

「最近はとてもイキイキして、まぶしいくらいですな……。なにかいいことがあったようで……」

からかうような口調で言われたりした。男性の目にも、美雪先生がグッときれいに見えるのだ。

（そうかしら……⁉）

「きれいになった」と言われるたびに、ドキッとしてしまう。言われてみれば最近は自分でも驚くほど肌の色艶がよく、化粧のノリもよい。

恋人ができたり、結婚したばかりの女性が急にきれいになるのは、それなりの理由がある。医学的には、男の精子が体内に入ってきた結果、女の体のなかに精子抗体というものができ、そのために女性ホルモンが活発に分泌される。それが全身を潑剌《はつらつ》とさせるのだ。

自分の場合はどうなのだろうか。あるいは少女たちの愛液を飲むことによって、同様な現象が起きるのだろうか。いや、やはり精神的に愛し愛されるという歓びが子宮を刺激するからだろうか。

（それにしても、あんなかわいい子を二人もレズペットにできたのは、なんて幸運かしら……）

しみじみそう思う、美雪先生だ。

絵梨子とユカ、二人のレズっ子は、彼女のペットになることを誓ってからひと月のうちに、二回、マンションにこっそりと呼びつけられ、狂おしいレズ愛戯の相手となった。

どちらの親も、娘が白萩女学園でも人望のある女教師の家に招かれることに疑惑を抱いていない。とはいえ泊めたりするわけにはいかないから、土曜の午後から夕方まで、あるいは日曜の日中いっぱいというのが、三人に許された時間だった。

そのときのことを思い出すといつも、美雪先生のパンティは、まるでお漏らししたみたいに濡れてしまう……。

＊

最初のときは土曜日の昼すぎ――。

学校帰りの、まだ制服を着たままの絵梨子とユカを寝室のベッドに座らせ、自分はドレッサーのスツールに腰かけ、美雪先生は命じたものだ。

「さあ、いつも二人がやるように抱き合ってレズってごらん……」

少女たちは赤くなって、

「いやぁン……」

最初は抵抗したものの、

「たくさん濡らしたほうを先にかわいがってあげる」

そう言われると、恥じらいながらも抱き合って接吻しはじめた。やがて気分がノッてくるとたがいに舌をさし入れ、からませ合い、唾液を啜りあうディープ・キスになる。半袖のセーラー服の上着の裾から手をさしこみ、乳房をスリップの上からまさぐりあう。

すっかり夢中になってきて、ベッドの上に倒れこむと、おたがいの襞スカートをまくりあい、パンティの上から秘部を愛撫しあった。

「むーん……」

「あ、はあっ……」

悩ましい吐息を洩らしつつ、乳のように白い太腿をむきだしにして絡みあう若い牝の肉体。甘酸っぱい体臭がたちこめ、美雪先生も熱い吐息を洩らしつつ、そうっとスカートの下に手を這わせる。

そのうち少女たちは、相手の着ているものを脱がせあい、どちらもパンティ一枚の裸になってしまった。

（まあ、大胆なパンティをはいて……）

美雪先生は微笑した。二人とも、大人でも顔を赤くしそうなスケスケのTバックショーツをはいていたからだ。絵梨子はショッキング・ピンク、ユカはサックス。どちらも前はギリギリまでカットされ、恥毛がくっきり透けてみえる。愛撫しあううちに、まだ牡に貫かれていない秘花器官はとろっと透明な蜜を溢れさせ、薄いナイロンの股布を汚している。

パンティごしに刺激しあって最初の絶頂を迎えるのが二人のレズり方だと聞いていたから、美雪先生はうわずった声で命令した。

「さわりっこで、イキなさい……」

先生のスカートの下でも、指が妖しく蠢いてニチャニチャという淫靡《いんび》な音がしている。

「絵梨子ぉ。あ、あーっ……！」

「う、ううン。ユカぁ……！」

レズビアンの女教師に見られながら愛しあう二人は、そのことで余計に昂奮したのか、いつもより早く、たがいの名を呼びながら絶頂した。

「まったく、恥知らずなおニャン子たちね。私の見てる前でヒーヒーよがってレズりあうんだから……。懲らしめてやらなきゃ」

彼女たちが陶酔から覚めるまもなく、勝手にお仕置きの理由をつけた独身の女教師は、二人を絨毯の上に這わせた。少女たちのスキャンティをひきおろし、お尻をまるだしにしてから、ヘアブラシの背でピシピシと白い肌が真っ赤になるまで打ち叩いた。

「あーっ、痛いっ！」

「許して、先生……っ！」

涙を流し、おしっこをちょびっと洩らすまでスパンキングしてやって、

「パンティを脱いで、どれくらい汚したか先生に見せるのよ……」

涙で頬を濡らした二人の少女は、そう命令されて、もじもじしながらパンティを美雪先生に手渡した。

「まあ、二人ともすごいわね……！」

目の前で脱がせた、汗で湿ったあたたかいスキャンティを裏返しにし、目をまるくしてみせる。ナイロンの股布の部分には糊をといたような薄白い液体がねっとりと付着して、ムッと鼻をつく、ヨーグルトに似た醱酵臭がたちのぼっている。

「ふうん……、ユカのほうが汚してるわ。それにプンプン臭いし……」

「いやーン」

自分の恥ずかしい部分に密着していた薄布を、年上の女にじっくり見られたうえ、意地悪く指摘されたものだから、ユカは両手で顔を覆ってしまった。彼女はそろそろ生理を迎えるのでおりものが増え、また粘膜も感じやすい時期だったのだ。

「それじゃ、ユカからかわいがってあげる。ベッドにあがって待ってなさい」

美雪先生は用意しておいた荷作り用の縄をとりあげた。

「さあ、絵梨子。こっちへ来て……」

真っ裸にされた絵梨子は、縄で後ろ手に縛られた。乳房の上と下に縄をかけられて、白い

丘をくびるようにされると、はじめて縄で縛られる少女は、

「ああ……」

羞恥と脅えから鳥肌をたて、乳首をツンと尖らせた。自由を奪われた絵梨子は、ベッドの傍に横たえられる。そこから美雪先生とユカの痴態を見せつけられるのだ。

美雪先生はブラウスとスカートを脱ぎ捨て白いナイロンスリップ姿になった。上品なレース飾りのついた裾から手をさしこみ、スルリとナイロンの布を脱ぎおろした。総レースの透け透けパンティだ。股布はじっとり濡れて、成熟した牝のかぐわしい芳香がたつ。

「アーンして」

美雪先生はその布きれをまるめて、絵梨子の口に押しこんだ。

「む……」

大好きな美雪先生の、子宮から溢れでた蜜の匂いを噛みしめてうっとりした表情になる絵梨子。

「そうやって待ってるのよ……」

スリップも頭から脱ぎ捨て、ブラジャーもとって一糸纏《まと》わぬ全裸になった女教師は、ベッドの上で待つ、自分の年齢の半分しかない少女の発育ざかりの股間にしゃがみこみ、

「ユカ。脚を開いて膝をかかえなさい」

赤ちゃんが母親におしめをあてがわれるような、あられもない姿勢をとらせ、完全にまる見えになった秘部と肛門を、薬用アルコールをしみこませたガーゼできれいに拭ってやる。もちろん、色素の沈着も薄い可憐な陰唇のはざまからは、飢えたものの流す涎のような愛蜜が、拭ったそばから溢れてきてピンク色の粘膜を濡らしてしまうのだが。

——濃厚なキスと愛撫のあと、美雪先生は見事なヌードを少女の体の上に逆向きにかぶせた。ハレンチなまでに広げさせた両腿のあいだに顔を埋めた。

ピチャピチャ。

猫がミルクを飲む音がして、

「あーっ、ひっ、ひいい」

蜜の溢れる源からアヌスまでを舐められ、たくみな指技と舌技で責めたてられたユカは、お返しをする余裕もなく乱れきって、快感のうねりのなかで気が遠くなってしまった。

「ふふ。だらしないのね……」

ぐったりと伸びたユカが、今度は縛りあげられる。口には絵梨子の濡らしたスキャンティが押しこめられた。

「さあ、今度は絵梨子が泣く番……」

縄をといた絵梨子を同じように肛門まで清めてやってから、すっぱだかのふわふわとやわらかい肉を抱きしめ、甘酸っぱい体臭を思いきり吸い、唇に唇を押しつける美雪先生。絵梨子もたちまちすさまじい快美の嵐の渦にまきこまれ、啜り泣き、悶え狂い、若い子宮から蜜をほとばしらせて年上の女に飲まれるのだった。

少女たちに失神するほどの快楽を与えてやったあとは、美雪先生が奉仕される番だ。

「きょうは、あなたたちにこれを使ってもらいたいの……」

独身女教師はタンスのひきだしから下着にくるんだものを取りだした。

「わ、バイブレーター……。それも二本も……」

ユカが目をまるくする。大小二本、流線形のプラスチックでできたバイブレーターだ。美雪先生が数年前、アメリカ留学の自分のためのお土産にロサンジェルスで買ってきたものだ。一人寝の寂しさをこれで解消してきたのだ。

「この小さいの、アヌス用ですか……？」

絵梨子が訊いた。この前、クラスメイトの勅使河原愛とレズったとき、彼女が持ちだしてきたアヌス用バイブレーターと似た形をしていたからだ。

「そうよ。よく知ってるわね。一人でこれを持って、同時に先生を責めてほしいの……」

そう要求する美雪先生の頬がポッと赤くなる。

「へえー、先生ってわりとマゾなんですね」

ユカが遠慮なく言う。

「そうよ。本格的なレズビアンと愛しあうときは、先生、ネコなのよ」

〝ネコ〟とは受身にまわる側のレズビアンのことだ。逆に、攻める側のタイプは〝タチ〟と呼ばれる。

タチならタチ、ネコならネコでとおすレズビアンもいれば、相手によってタチ、ネコの両方をやれるレズビアンもいる。女子中高生のような一過性のレズビアンの場合は、愛しあいながら役割を交替してゆくことも多く、タチとネコは局外者が思っているほど固定しているものではない。

美雪先生はキリッとした外見から想像すると典型的なタチに思える。たしかに、かわいい少女たちをいじめて嬲《なぶ》りたいというサディスティックな衝動にかられているときはタチなのだ。しかし逆に、二人がかりで思うぞんぶん責められたいという被虐的な欲望を覚えるときもあり、そのときは自分でもびっくりするほどマゾヒスティックなネコに変身する。

「じゃ、いじめられたぶん、たっぷりお返ししようよ。ね、絵梨子」

ユカは嬉しがっている。彼女は絵梨子をかわいがるときはタチだ。サディスティックな気質なのかもしれない。自分が縛られた縄をとりあげ、

「さあ、美雪先生を縛っちゃおう」

自分より倍も年上の女教師を膝立ちの姿勢にして、両手を頸《くび》の後ろで組ませる。その手首を縛りあわせると、両脇を無防備にさらけ出す姿勢で自由が奪われた。

「キレイキレイにしてあげるからね」

全裸の美雪先生の股を開かせ、ユカが性器を、絵梨子が肛門をアルコールで拭い清めた。秘唇からは拭われても拭われても愛液が溢れてくるのは少女たちと同じだ。

「最初は私が前よ」

ユカはそう絵梨子に言い、美雪先生に抱きついて唇を吸った。絵梨子は後ろから抱きしめ、年上の女性のみっちり充実した乳房を揉みあげ、乳首を刺激したりしながら自分の下腹の繁みを先生のお尻に押しつけ、すりつける。

「む、……。あっ。すてき。はうっ……！」

少女たちの大胆な愛戯の展開に驚かされながら、たちまち甘美な性愛の渦にまきこまれてゆく女教師だ。

ユカが乳房に吸いつくと、今度は絵梨子が、先生の首をねじまげさせて接吻する。彼女の指は豊かなヒップをくっきり縦に割る谷間へ侵入し、排泄するために設けられたひそやかな肉の弁をいじりだした。ユカの指は溢れる秘唇を広げ、煮えたぎる蜜壺をかきまわすようにする。

「あ、あうっ！　す、すごいわ！　あなたたち。大胆な淫乱メス猫ね……！」

「先生こそ、淫売女だわ。なぁに？　この濡れようは……」

言葉ではずかしめながらユカは太いほうのバイブレーターをとりあげた。

「む、むうっ。あああ……」

みだりがましく開花した花びらをいっぱいに押し広げ、太い性具がぐりぐりと押しこまれた。絵梨子は自分の蜜をたっぷりなすりつけ、アヌス用のバイブレーターを美雪先生の後ろのすぼまりにあてがう。

「先生。いきます……」

「こっちも、いきます」

「あ、あわわっ！」

大小二つのバイブレーターにスイッチが入った。

ビイイイン。

ブブブブ……ン。

モーターが淫らに蠢きだすと、牝の粘膜を刺激された女体は狂ったように悶えだし、美雪先生の唇からは激しい嗚咽《おえつ》、喘ぎ、悲鳴がほとばしりでた。

「う、ううっ。わあ、ああっ！」

まるで、殺される者があげる絶叫だ。

「これじゃ隣に聞こえちゃうよ。絵梨子。さるぐつわ……」

ユカに指示され、絵梨子は自分のはいていたスキャンティをまるめて、美雪先生の口に押しこんでやった。

「ぐ、ぐあ、がふふふ……」

「ふふ。気持ちよさそうね。こうやってやるわ……」

ユカもすっかり昂奮している。膣と直腸に押しこまれたバイブレーターが、薄い筋肉と粘膜の層を隔ててこすれあう。それが激烈な反応を子宮内部に呼び起こし、美雪先生の肉体はすさまじく乱れ狂う。

「わ、わぐ。ぐげげ、げえあは、はぐふふがあああ！」

「すっごーい！　バイブレーターの二本責めって、こんなに効くの？」

「信じられなぁい……」

自分たちはまだジュニア用のタンポンでさえ挿入するのが怖く、膣のなかになにも入れたことはない。V感覚がA感覚と相互に作用するとこれほど感じるものかと、まだ性愛の世界ではウブな少女たちは、自分たちの手で年上のレズビアンを責めなぶりながら感心し、昂奮し、よけいサディスティックになるのだった。

可憐な中二の少女にたっぷり二十分ほども責めなぶられただろうか。

「あ、ぐう、ぐあはぐうがあああ！」

すさまじいオルガスムスの爆発が連続的に襲いかかり、美雪先生は尿をしぶかせながら裸身をがくがくとうち震わせ、最後にはベッドから転がり落ちて失神してしまった。

＊

二回目は日曜の午前中からだった――。

十時半、二人の少女は美雪先生のマンションのドアチャイムを鳴らした。

「待ってたわ。さあ、入って」

ドアを開けてくれた女教師の恰好を見て、ユカと絵梨子は歓声をあげた。

「わあ、先生！　すっごーい！」

美雪先生は下着だけしか身につけていなかった。それもふつうのランジェリーではない。

黒くて薄くてスケスケのナイロンで作られたブラとTバックのペア。しかも驚いたことに、ブラは乳首の部分が丸くくりぬかれていて、ぽってりしたオーキッドピンクの乳嘴《にゅうし》をのぞかせている。Tバックは、

「ほら、こうなってるの」

先生が腿を広げてみせると、繊細なレースで覆われた股布の部分が割れ、黒々とした秘毛に隠された婀娜っぽい秘唇も見えてしまうではないか。つまり、寝室用の股割れパンティなのだ。

「スケベね。真っ昼間からそんな乳首もお股もまる見えの下着だけでいるなんて……」

ユカはオーバーに「いやらしいわ」という顔をしてみせた。もちろん目は嬉しがっている。

「どこで買ったんですか？　こんなの買うとき、恥ずかしくなかったですか？」

興味しんしんの表情で訊くのは絵梨子だ。

「青山のL――というお店。こういう下着だけ売ってるところ。そりゃあ先生だって恥ずかしかったわよ。でも、二人を喜ばせてあげたいから、恥ずかしいのがまんして選んできたのよ。どう、すてき？」

「うん、すてき。美雪先生……」

二人のレズっ子は、うっとりした表情でレズビアン教師のセクシィなランジェリー姿に見とれるのだった。

「今日は、早くからこういう恰好して待ってたの。鏡に映る自分の姿見るたびにドキドキして濡れちゃったわ……」

「うらやましいな……、先生は自分の家に誰もいないから好きな恰好でいられて……。絵梨子は兄貴がいるから、寝衣だって気にしちゃう」

絵梨子がさかんに羨ましがる。

「今日は、いつもと順序をかえない？　先生が先に、みんなに責められるの」

敬愛している年上の女の提案にレズっ子たちは異論があろうはずがない。

「じゃ、まず前戯よ。二人で両方からなぶって……」

ベランダに面した窓から明るい光がさしこむ居間のソファで、美雪先生を真ん中に、両脇にユカと絵梨子が座る。二人は交互に先生にキスする。弾力性に富んだナイロンで包まれたブラジャーの窓から突きだした乳首は少女たちの悪戯な指や唇でつままれ、嚙まれ、みるみるうちに薔薇色に充血し、硬くふくれあがった。一人が乳房をいじっていると、もう一方が下腹に手を伸ばし、

「美雪先生、お股を広げて」

股割れTバックの隙間から指を入れ、たっぷり蜜を湧かせている秘花器官をなぶる。

「む、うう……ン」

二人にかわるがわる唇を奪われ、舌の根が痺れるほど吸われる美雪先生は甘く呻き、魅惑的な香りをはなつ肉体をくねらせる。

「さあ、先生のお股はもう洪水。寝室に連れてゆこうよ」

ユカが言い、もう足元がおぼつかないほどに昂っている年上の女を寝室に追い立てる。

少女たちは服を脱ぎ捨てパンティ一枚になった。やはり考えぬいて選んだセクシィなスキャンティやサイドをリボンで結ぶバタフライ型だ。もちろんどちらも股布をじっとり湿らせている。

「絵梨子。この前みたいに縛っちゃおうよ」

「そうね」

この二人、好奇心の強いユカがリードし、絵梨子がそれに従うのがパターンだ。

縄も、二本のバイブレーターも、消毒用のアルコールも、化粧用のカット綿もすでにベッドサイドの小机に用意されている。

「下着、脱がす必要ないわね」

「うん。今日はこのまま最後まで着せておこうか」

美雪先生はエロティックなランジェリー姿のまま、後ろ手に縛りあげられた。

「お仕置きしなきゃ」

「そうね。私たち、いつもさんざんぶたれてるんだから、今日は美雪先生が泣く番よ」

「猿ぐつわ、しなきゃ」

「ちょっと待って」

ユカが洗濯機を置いてある脱衣所へ行き、汚れた衣類が入っている籠《かご》のなかをひっかきまわした。今朝まではいていたらしいラベンダー色のビキニパンティが見つかった。

「ね、これ見て。ほら……」

美雪先生は自分の分泌物を吸って汚れたパンティを少女たちが裏返して広げたので、真っ赤になった。

「やめて、私のパンティを調べるなんて……」

「わあ、すっごく汚れている」

「きっとオナニーしたんだよ、昨夜」

「いやらしいわ……」

「私たちがかわいがってあげる前に、自分一人で慰めたなんて許せないわ」

「そう。だからたっぷりお仕置きしてやらなきゃ」

「先生。アーンして。さあ、ご自分の匂いを吸ってごらんなさい」

自分の汚れたパンティを嚙まされた美雪先生は、被虐感で子宮がじわっと熱くなるのを覚えた。

うつ伏せにされた。股割れパンティの背後のほうは、ほとんど紐状になって臀裂に食いこんでいるので、ひきおろす必要もないほど、豊かなまるみは露出されている。

「私はこれを使おうっと」

ユカは寝室用のスリッパを手にした。

「私はこれ」

絵梨子はプラスチック製の三十センチ定規を机の上から持ってきた。

「さあ先生、お尻をあげて……」

ベッドの両脇に立った少女たちは、それぞれの尻打ち道具で、美雪先生のプリプリ張り切った弾力のあるまるい肉の丘を叩きだした。

パンパン！

ビシッ、ビシッ！

まるで干した畳の埃を叩きだすときのような景気のよい音が断続し、

「む、ふが、ぐ、ぐふう！」

パンティを詰めこまれた口から苦痛の呻き声が洩れた。白いグラマラスな肉体がねっとり脂汗を浮かし、うねうねとヒップがくねる。みるみるうちに赤く染まってゆくミルク色の皮膚。残酷な美が少女たちを激しく昂らせ、さらに激しいスパンキングとなっていった。

「あっ、いやだ……」

ジュルジュル……。

あらかじめかけ布団をのけ、マットレスの上に敷いてあった白いシーツにしみが広がる。

「美雪先生、おしっこ洩らしたわ」

「やったね！」

いつもは自分たちが絨毯の上に尿をちびっていた。復讐がひとつすんだ。

「まあ、かわいそう……」

つい夢中になりすぎた絵梨子は、真っ赤どころか、ところどころドス黒くなった美雪先生のお尻をさわり、撫でる。ユカがスプレー式消炎剤を吹きかけてやる。

スパンキングのあとはバイブ責めだ。美雪先生は今度はあおむけにされた。両手両足を広げさせられて、四本の手足をそれぞれベッドの四本の足に縄と紐でくくりつけられる。大の字の仰臥縛りだ。ヒップの下に枕がさし入れられて、腹部がもちあがり、黒い股割れパンティのちょうど割れた部分が上向きになる。ねっとり白く濁った液で濡れまみれた赤く充血してぼってりふくらんだ秘唇も、セピア色に色づいているアヌスも、エロティックな寝室用下着は隠すことができない。

「すごい淫らな眺め……。これが白萩女学園高等部の生徒たちの憧れの的、あの夏川美雪先生かしら……」

ユカが感に堪えるような声を出して先生の頰を桜の色に染めさせる。絵梨子はベッドサイ

ドのドレッサーの鏡を調節して、

「ね、先生。ご自分の恥ずかしい恰好、じっくりごらんになるといいわ」

秘部をむきだしにして大の字に縛りつけられているあられもない姿を映しだして見せつけ、年上のひとを羞恥に身悶えさせるのだった。

それから二人の少女は一本ずつバイブレーターを手にして、股間にかがみこんだ。

「ぐ、ぐうっ。む、むぐぐ……」

アルコールで清められた二つの肉孔にシリコン製の性具がふかぶかと埋めこまれると、美雪先生はまた脂汗を全身に噴き浮かせ黒髪をふり乱して悩ましい声を猿ぐつわの奥からほとばしらせたのだった……。

そうやって正午すぎまで二人の少女の淫ら責めは続いた。最後は猿ぐつわをとり、かわるがわるに先生の体の上に跨《また》がり、自分たちも絶頂したレズっ子たちだ。

シャワーを浴びた後、先生は全裸のままでスパゲティを作り、少女たちも真っ裸でそれを食べた。そのあいだじゅうもひっきりなしにおたがいの体をさわりっこしながら。

食事で元気を取り戻すと、今度は美雪先生が二人を責める番だ。

「よくも、あんなにひどく叩いてくれたわね。先生に対する礼儀と言うものを知らないの⁉

教えてあげる！」

少女たちは床に四つん這いにされ、お猿さんのようなお尻になるまで洋服のベルトで鞭打たれた。悲鳴と苦痛を訴える泣き声が、残酷な鞭音と交錯し、室内にはまた甘酸っぱい汗と尿の匂いがたちこめた――。

「さあ、これからはお尻の穴の訓練よ」

全裸の少女たちを後ろ手に縛りあげてひざまずかせたレズ教師は、それぞれの口に相手のパンティを詰めこみ、声をふさいでしまってから言った。

冷たい乳液が二人のアヌスに塗りこめられ、先生が人さし指を根元まで埋めて直腸の奥までマッサージしてやると、ユカも絵梨子も喉を反らせるように呻きを洩らした。排泄する穴をそうやって弄ばれる恥ずかしさと苦痛とがないまぜになり、不思議な昂奮を呼び起こす。二人の秘唇からは新鮮な蜜が噴きこぼれ、また腿を濡らすのだった。

「ふうん、ユカはちゃんとウンチを出しているね。……あら、絵梨子はちょっと便秘気味じゃない？　硬いウンチがここにあるわよ」

そう言って微妙に指で直腸の粘膜をくすぐってやると、絵梨子は貝殻のような耳朶《じだ》まで赤く染め、羞恥の涙を溢れさせた。

括約筋を充分にマッサージしたあとは、バイブレーターの出番だ。細い肛門刺激用バイブを埋めこまれると、十四歳の少女たちは、激しく苦悶し、のたうちまわって尿を洩らした。

「残念ね。キミたちはまだ貫通式が終わってないから」

太いバイブレーターをクリトリスにあてがい、小刻みの律動を少女たちの子宮まで及ぼしながら、そう呟く美雪先生だ。

強引に自分の手で処女を奪う気にはなれない。だから、前のほうはバイブの振動で秘核を責めてやるだけにとどめる。それでも、指の与える刺激よりもっと強烈なので、二人の少女はすさまじい快感を味わって絶頂した。

2

ある日の午後、授業がないので教員室に残って仕事を片づけていた夏川美雪は、少女たちとのレズプレイのことを思い出し、いつものようにパンティを濡らしていた。もう一週間たてば、ユカも絵梨子も生理を終える。今度の日曜日にはまた彼女たちを呼びよせるつもりだった。

（そうだ。私の車で海岸か山に連れていって、人のいないところで野外プレイしてみようか……）

そんな計画を考えたりしているうちに、子宮が甘く疼き、体は火照って、どうにもたまらなくなってしまった。

(こんなに濡れちゃって……。パンティをはき替えないと……)

美雪先生は自分のロッカーにしまってある紙袋のなかから替えのパンティを一枚とりだした。その紙袋のなかにはつねにタンポンを数本、生理用ショーツを一枚、パンストと替えのパンティを二、三枚入れてある。最近は生理の汚れより、そうやってレズっ子たちのことを考えて愛液で汚してしまうことのほうが多い。

彼女は授業中で人気《ひとけ》のない廊下を、職員用トイレに急いで行き、いつも使う一番奥の仕切りに入った。洋式便器が置かれていることもあるが、廊下から一番離れているということもある。

しっかり内鍵をかけ、スカートをまくり、パンティをパンストごとひきおろして便座に尻をおろすと、ホッと安堵の吐息を洩らす。この仕切りのなかに入ると心がやすまるのだ。しばらくジッとして、職員用女性トイレに自分以外の誰もいないことを確認すると、

(さあ、涎をながしてる可哀そうな私のプッシーちゃん。慰めてあげるからね……)

タイトのスカートをまくりあげ、パンティをパンストごとひきおろしてトイレのなかで自分を慰めるのは、美雪先生が教生をやってた頃に覚えた習慣だ。

教生になった最初の日は、授業のときにあがってしまい、前の日に準備したことの半分も

的確に教えることができなかった。うまくやろうとする意識が過剰すぎて、緊張しすぎるからだ。

（なんとか緊張をときほぐそう……）

思えば思うほど、緊張してしまう。

困った彼女に、レズメイトだった先輩が忠告してくれた。

「美雪。授業の前にトイレに行ってオナニーをしてごらん。そうしたら、ずっとリラックスして授業に入れるから……」

神聖な教壇に立つ前に淫らな自慰行為をする——ということに抵抗があったが、実際にやってみると驚くほど効果があった。気持ちが落ち着き、あれほどコチコチになっていた緊張から解放されたのだ。

もともとオナニーが嫌いなほうではなかったから、教師になっても父母参観などの大事な授業や、はじめて受け持つクラスの授業などの前に、かならずトイレにこもって指で自分の秘部を刺激し、オルガスムスを得てから教室に入るようにしている。もちろん、ふつうの授業のときでも、わりと頻繁に行なっている。

美雪先生の授業が生徒たちに人気があるのは、あるいはオナニーのあとのけだるさと関係あるのかもしれない。いつもシャキッと背筋を伸ばした印象の彼女が、オナニーの直後はやはり体の線が微妙にやわらかくなり、声も潤み、視線から鋭さが消える。女らしいやさしさが重たげなヒップから匂いたつようだ。

生徒たちに一番嫌われるのは、女性特有のヒステリックな態度なのだが「美雪先生はふだんはボーイッシュなキリッとした雰囲気なのに、授業で生徒に接するととてもやさしい」と、慕われている。

（授業の前にトイレでオナニーしてるなんて知ったら、みんな、どう思うかしら……）

じっとり濡れて秘められた部分にねばりつくようなパンティを意識しながら授業すると、スカートやスリップをとおして秘部に少女たちの視線が感じられるようで、また新しい愛液が溢れてくる。

もともとマゾ的な露出願望が強い性格なのかもしれないが、不埒《ふらち》というか不謹慎なストレス解消法がこれまで役に立っているのは事実だ。

もちろん狭い仕切りのなかで、いつ隣にほかの教師が入ってくるかもしれない状況では、思いきって声を出し、身をうちゆすって快楽を充分に味わうようなオナニーはできない。

いまも、美雪先生は二本の指を一番感じるクリトリスと膣前庭のあたりにあてがい、あわただしく摩擦する。左手はブラウスの前をはだけてスリップの上から胸のふくらみを揉むようにする。乳首はピンと尖り、

「む……」

甘い呻きが洩れる。

ユカと絵梨子のことを思いながら、指がさらに細かなリズムを刻み、独身女教師は一気にオルガスムスに到達する。

「あ……！」

吐息に似た絶頂の声をはなち、のけ反り、ぶるぶると内腿を痙攣させ、濡れた指をはさみつけたまま、しばらくは快美な余韻が弱まっていくのを待つ。仕切りのなかに、成熟した牝の匂いが強く香っている。

ふいに哀しみにも似た感情が美雪先生の熟れた肉体を襲った。

（いまは、あの子たちも私に夢中になってくれているけど、そのうち、離れてゆくんだわ……）

ユカも絵梨子も、自分のように本格的なレズビアンにはならないことを、美雪先生は一番よく知っている。男子との交際が禁じられている環境にいるからレズに興味をもっただけで、少女たちの心の奥には男性への関心が熾《おき》のようにくすぶっている。

その証拠に、ユカは絵梨子の兄との密会を続けて、会うたびに若い牡の精液を飲みほしている。絵梨子はそのことを羨ましがっている。機会があれば彼女も、男の子と燃えるような恋に走るにちがいない。

（でも、仕方ない。いまはいま、若い子の肌を楽しめれば充分じゃないの……）

自分に言い聞かせながら、

「ふうっ」

ようやくリラックスした美雪先生は、紙で念入りに濡れそぼった部分を拭い、汚れたパンティを脱いで新しいパンティにはき替えた。

トイレを出るとむかいにある保健室のドアが開き、女生徒が出てきた。

「あ……」

美雪先生を見てあわてて会釈し、顔を赤らめながら小走りに去っていった。

（保健室で手当てを受けたのね……）

授業中に保健室にやってくる生徒の大半は生理が突然はじまったのにタンポンやナプキンを持っていないので狼狽した子だ。恥じらった様子からして、いまの子もそうにちがいない。

そのとき、ふいに美雪先生は思いだした。この前、桑野美保に浣腸をほどこしてやったときのことを。

（そうだ。ちょっと養護の須田《すだ》先生にあのことを訊いてみよう……）

保健室のドアをノックして入った。

「あら、夏川先生。どこかおかげんでも悪いのですか？」

彼女よりずっと年上の養護教諭、須田フミが机からふり向いた。

「いえ。お訊きしたいことがあって……。桑野美保という子をご存じですか？」

「ええ。高等部ⅠAのきれいな子ね。人気ものの……」

「あの子、この前私が日直のとき、放課後に『便秘でお腹が痛いから、浣腸してください』って言いにきて、ここで浣腸してあげたんです。そのとき、保健室では須田先生に何度も浣腸を受けたと言ってたんですが、本当でしょうか？」

「あの子が？　いいえ。私は一度もありませんよ」

養護教諭は怪訝そうな顔をした。処置簿のノートを指で叩いてみせる。

「中等部時代からもですか？」

「ええ。どうしてそんなこと言うのかしら。この記録を見れば一目瞭然です」

ノートをひっくり返す。

「えーと……、桑野美保は、よく顔は出してます。それもただの胃痛とか風邪で喉が痛いとか、そんなことですね……。浣腸をしてあげたことはありませんが……」

言葉をとぎらせ、首をかしげた。眉をひそめるようにして考えこむ表情。

「なにか、あるんですか？」

「ええ……、いま、処置簿を見直してはじめて気がついたんですけど、あの子が来たときは決まって前後に浣腸の処置をやってるんです。一番最近は二週間前ですけど、このときも。ほら……」

指で示された欄に記されたのは昼休みの時間だった。桑野美保は捻挫《ねんざ》したかもしれないといって湿布薬をもらっている。その直前の欄には高等部IIBの女生徒が〝便秘による腹痛〟で浣腸の処置を受けていた。

記憶と記録をつきあわせて養護教諭がノートを調べてゆくと、そういう一致が去年の後半からいままで、なんと十数回にのぼった。

浣腸は保健室でそうそう行なわれるものではない。恥ずかしがり屋の子は養護教諭の前にお尻を出すことに抵抗があるので、イチジク浣腸を手渡し、生徒用トイレで自分でやらせることが多いのだという。

「不思議ですわね。去年から急に……。まるで桑野美保が浣腸するための子を連れてきたみたい……」

養護教諭のひとり言にハッとして、美雪先生は浣腸された子の一人一人の名を調べていった。勅使河原愛、中野《なかの》ちはる、加納弥生《かのうやよい》、沢《さわ》えつこ、杉原香織《すぎはらかおり》……。

（まあ……！）

息をのんだ。それらの名前は、学園のマドンナと呼ばれる桑野美保をとり巻いている、一種の親衛隊のような娘たちだ。ほとんどがレズペットだと噂もされている。

「偶然ってあるものですね……。じゃ、お邪魔しました」

うなずいてはみたものの、いま一つ釈然としないままに、保健室を出た美雪先生だ。

3

（不思議だわ、桑野美保の態度は……。私に浣腸をせがんだことも、保健室で誰かが浣腸されているときに、かならず顔を出していることも……）

桑野美保がレズビアンで、しかも肛門に異常な執着をもっていることは、最近になって絵梨子から聞かされている。

美雪先生もアヌスやその周辺を愛撫したりされたりするのは嫌いではない。というより好きなほうだ。しかしそれは、女子大生の頃から何年もかかって、さまざまなパートナーから少しずつ教えられたことだ。わずか十六歳の少女が、肛門や浣腸に執着するというのは、異常と言わねばならない。

しかし、浣腸マニアだとすれば、桑野美保の不思議な行動がわかりそうな気がする。

保健室はそう広くはない。診察台が衝立で目隠しされているとしても、浣腸される少女がスカートをまくり下着を脱ぎおろし、お尻を出して肛門を露出し、浣腸器の嘴管を挿入されて薬液を注入され、その後、じっと便意を堪える——という一部始終の気配をうかがうことはできる。いや、その気になればいくらでも衝立の陰からのぞいて見ることだってできるのだ。

（美保は自分の周りに集まってくる女生徒たちを、強制的に保健室に送りこみ、浣腸される屈辱を味わわせ、それをのぞき見て満足感を得ている異常性格なのだろうか？）

ありえないことではない——と美雪先生は思った。

（とにかく、あの桑野美保の可憐な外見の裏には、なにか歪んだものが感じられる……）

自分に浣腸をせがんだのは、たしかに誘惑するためだったのだ。彼女はレズビアンの本能として、直観的に夏川美雪が肛門を愛撫し、されることを好む女だということを知ったのかもしれない。

（だとすると、シルクのパンティをはいていたのは、私に見せるためだったのね……）

彼女は全校生徒憧れの的、美雪先生に自分の尻を露出し、肛門を捧げることで、逆に自分を愛させようとしたのではないだろうか。

（なんて倒錯的な……）

美雪先生は身震いした。

＊

その日の放課後、美雪先生は体育館に行ってみた。中等部のバトン部の練習の日だったので、ユカがレオタードを着て跳ねまわる姿を見たかったからだ。

噂にならないよう、学園のなかでは二人のレズっ子に近づかないようにしているのだが、花形のバトン部の練習には、高等部から大勢の生徒や教師が見にゆく。そのなかに混じって見れば大丈夫だろう。

だが、その日は結局、練習を見ることができなかった。体育館に入ろうとしたとき、バレー部のユニホームを着た、愛くるしい小柄な少女とすれちがったからだ。

（あ、この子……⁉）

中等部でユカや絵梨子らと一緒のクラスにいる勅使河原愛だった。

高等部の美雪先生が中等部で覚えている数少ない美少女のうちの一人だ。しかも、彼女の名はさっき見た処置簿のなかに、桑野美保と並んでいた。

（この子も、美保に命令されて浣腸を受けに保健室へ行かされてた……）

去年は美保のレズペットだった子だ。いまは中等部にとり残されたかたちで、美保とは接触がないようだが……。

　思いきって美雪先生は声をかけてみた。

「ね、ちょっと……。勅使河原さん」

「はい？」

　足をとめた愛は、パッと顔を輝かせた。中等部にもファンの多い美人の英語教師に、ちゃんと名前を呼んでもらったのだ。嬉しくないはずがない。

「なんですか、美雪先生⁉」

「あの、ちょっと聞きたいことがあるんだけど……、時間、ある？」

「はいっ、あります。中等部のバレー部の練習は終わったところですから」

　バレー部の部室に戻るところだったという。美雪先生は周囲を見まわした。廊下で自分に関係のない生徒に、浣腸のことを訊くのはためらわれた。

「じゃ、立ち話もなんだから……」

　考えついたのが、英語科の準備室だった。教材や資料、英会話学習のための視聴覚機材が保管されている小部屋だ。教師がくつろげるように机や長椅子も置いてある。

　英語科の主任教師が管理しているが、美雪先生も鍵を預かっている。それに、この時間はもう、ほかの教師はやってこないはずだ。

「ここでいい？　あまり時間はとらないから」

「はい……」

美雪先生が休憩用の長椅子に腰をおろすと、いぶかし気な表情を浮かべながらも、愛はなれなれしく肩をすりよせるようにして彼女の隣に座った。激しい運動で流した汗を吸った体操着とブルマから健康な少女の肌の匂いがむせかえるように発散していて、美雪先生の鼻をくすぐった。

「ちょっと聞きにくいことを聞くんだけど、あなた、去年は桑野美保さんと仲がよかったでしょう？」

「ええ……」

キョトンとした顔になる。

「それで……、去年、一度保健室に行ったわね」

「え？　あ、はい……」

ちょっと狼狽した表情を浮かべた。

「じつはその……、私、いま保健室の利用状況について理事会から頼まれて、生徒たちの声を聞いたりしているんだけど……」

でまかせの嘘をついた。英語科の女教師がどうして保健室のことを調べるのか、そこを突っこまれると弱いが、無邪気な少女は一応、美雪先生の言葉を信じたようだ。

「はい、行きました。あの、お浣腸をしてもらいに……。それがなにか？」

ちょっと赤くなったが、正直に答えた。

「うん、それで奇妙に思ったんだけど、調べてみると桑野さんと仲が良かった子が、みんな保健室でお浣腸を受けているのね。そして、そのとき必ず、桑野さんも保健室に来ているの。偶然かなあ……と思って」

「あ、そのことですか」

愛くるしい少女は、ちょっと頰を染めた。

「桑野先輩、お浣腸が趣味っていうか、好きなんです。だからあの人を好きになって集まってきた女の子、私もそうだったけど——にも、お浣腸をさせたがるの」

「やっぱり……。でも、それは自分たちだけでやればいいでしょう？　わざわざ学校の保健室で須田先生にやってもらうのは、どういうわけ？」

「それを言うんですかぁ……？」

勅使河原愛は唇を嚙むようにして俯《うつむ》いた。

「桑野さん、私に『このことは誰にもしゃべるな』って言ってたから……」

案の定、彼女は口止めしていたのだ。美雪先生の胸はドキドキ高鳴った。

「ね、教えてくれない？　あなたがしゃべったなんて、先生、誰にも言わないから」

「でも……」

まだためらっている。ふいに、その目に悪戯っぽい光がきらめいた。

「先生？　交換条件出していいですか」

「交換条件？」

「ええ。だって、先生が知りたいことは私の一番恥ずかしいことなんだもの……」

体をよじるようにして媚態を作る。

（この子、無邪気な顔してるけど、けっこうずるいところがあるのね）

ヘンなところで感心してしまう。

「どんな条件？」

「教えてあげたら、キスしてください」

ちょっと顔を赤らめながら、それでも女教師の目を見つめながら言う。このレズっ子はとっくに、彼女がレズビアンなのを見抜いているのだ。

「キス？　うーん……」

美雪先生はたじろいだ。学園内で生徒を誘惑するような行為は絶対にしない、と誓ってきたからだ。もっとも、ユカと絵梨子の場合は破ってしまったけど。

（ま、いいか。一回ぐらいのチュッというキスなら……）

条件をのむことにした。桑野美保のまわりに漂っている謎を、なんとか解きあかしたいという思いが、それほど強かったということだ。

「いいわよ。でも、絶対にほかの人には内緒よ。でないと先生、クビになっちゃうから」

「わかってます」

中等部の生徒たちも憧れている美雪先生がキスをＯＫしたので、嬉しそうに笑った。ビーバーのような白い前歯がとても愛らしい。

ようやく愛は、桑野美保とのことを話しだした。

「美保先輩は、私と最初に会ったときから、お浣腸が好きで、家に呼ばれてゆくとかならず彼女の部屋でお浣腸されました……」

両親が離婚したあとの都合で、母方の祖父母に預けられている美保は、精一杯に甘やかされて育てられているという。

貿易商をやっている祖父は、城西地区でも有数の大邸宅に住んでいて、屋敷の庭はまるで森のように鬱蒼《うっそう》と木々が茂っている。

美保は、かつては使用人たちが暮らしていたという別棟を改造してもらい、そこを自分専用の生活空間にしている。ちゃんと専用の居間、浴室、トイレ、勉強部屋、寝室があり、ふつうの一軒家とかわらない。電話も自分専用のをひいているくらいだ。

母屋とは廊下でつながっているが、美保は自分が通るとき以外は錠をかけて、母屋から入ってこられないようにしている。母屋との連絡はすべてインターホンが使われる。

友人たちは玄関からではなく、裏の通用門から庭の小径づたいに別棟に案内される。つまり、美保が自分の部屋でなにをしているのか、誰を連れてきているのか、家人はまったく知ることができないわけだ。

「美保先輩は、高校を卒業したら、すぐに大手のプロダクションに入って、芸能界でデビューすることが決まっているんです。スターになることが子供の頃からの夢だったし、『いまのうちから、スターの雰囲気になれておかなくちゃいけない。私はふつうのアイドルじゃなくて、グレタ・ガルボみたいな謎めいた雰囲気のスターになるんだから』って言うと、おじいちゃんやおばあちゃんはあの人の要求をなんでもOKしちゃうんですって」

勅使河原愛が語る桑野美保の私生活は、美雪先生の想像を絶するものだった。

（いくらお金持ちの家の孫だからって、そんなことを許すなんて……）

保護者である祖父や祖母に呆れてしまうのだった。そういう贅沢な生活をしていたら、シルクの下着を平気で身につけられるわけだ。

「で、私たちはいつも寝室で遊んだんです。遊んだというのは……」

愛は「わかるでしょ」というようにウィンクしてみせた。中一の下級生が処女を奪われたのも、その寝室のベッドの上だった。

「お浣腸も、そこでされました。ベッドの横には大きな鏡があって、それに自分の姿が映って、とても恥ずかしくて、最初なんかワンワン泣いちゃった……」

寝室の隣にはトイレつきのバスルームがあり、便器のそばにも大きな鏡があって、排泄する自分の姿が映る。

鏡はナルシズムの象徴である。

（そんなにあちこち鏡を置くなんて、桑野美保はすごいナルシストなのね……）

美保には、自分を慕ってくるものをいじめたくなる性癖があったのか、愛もいろいろなことをされた。裸にされて縛られ、バイブレーターや張形で秘部や肛門を責められたりもした。

さらに、いろいろハレンチな恰好をとらされ、ビデオカメラで記録された。

「もし私たちのことを誰かにしゃべったら、この恥ずかしいビデオを裏ビデオ屋に売るからね。そうしたら、日本じゅうの男が愛の裸を見ることになるんだから……」

愛との交際を打ち切るとき、美保は年下の少女にふざけ半分の口調だが、そう脅かしたという。

（口止めの材料にしていたのね……）

愛のように、美保にかわいがられたあとにふられた女の子がずいぶんいるようだが、彼女の私生活が秘密のベールに包まれているのは、そういう脅しがきいているのだろう。

「でも、どうして勅使河原さんは美保さんにふられたの？」

レズ愛の奴隷として仕込んだキュートな少女を、平然として捨てさる美保の気持ちがわからない。

「はい……」

とたんに愛も、哀しげな顔になる。やはり桑野美保に捨てられたことはショックなのだろう。

「理由はハッキリ言わなかったけど、飽きられたんじゃないかなぁ。先輩は『あんたのお尻が、私好みじゃないから……』って言ってたけど」

美雪先生は隣に座っている美少女のブルマに包まれたヒップをチラと見た。たしかに、ムッチリと肉がついて張り切ったお尻ではないが、コリコリとした青い果実のような、キュッとひきしまったまるいお尻だ。

「そんなことないわ。かわいいお尻よ」

「うふ。そう言ってくださってうれしいです」

「ところで、保健室の件だけど……。そうやって自分のお部屋で楽しめるんなら、なぜわざわざ、保健室で他人にお浣腸してもらうわけ？」

「私には『これはテストよ』って言ってました。先輩は、自分をどれだけ好きか、それを行動で示せっていうんです。その行動というのが、保健室で須田先生にお浣腸してもらうことなの……」

「やっぱり……」

年頃の少女たちには、美保の寝室のような密室のなかでも、浣腸という行為は恥ずかしいことだ。ましてや、白昼、学校の保健室で、衝立ひとつで申し訳ていどに仕切られた診察台にのぼり、養護教諭の手によって浣腸されるなんて、考えただけでも耐えがたいにちがいない。

桑野美保は自分に対する忠誠の証しとして、レズペットたちにその屈辱を強いたのだ。

（なんて暴君なの……⁉　桑野美保、あなたは自分が世界で一番きれいだと思っている、白雪姫の継母みたいなイヤな性格の女ね……！）

思わず怒りさえ覚えた美雪先生だ。

愛が語ったところによれば、意図的に二、三日排便させずに、無理に便秘状態にさせた生贄《いけにえ》を、指定した時間に保健室に行かせるのだという。たいていは放課後だった。しかも、こまかく指示を与えたという。

「ひとつは、パンティのことなんです。須田先生が怒るといけないから、って、お浣腸されるときはかならず少女っぽいパンティをはけって、私たちに念を押すんです。私のときなんかキティちゃんのパンティはかされて、まいっちゃった！　それと、姿勢もできるだけお尻がよく見えるように、四つん這いでやってもらえって……」

「四つん這い？　横に寝てじゃなくて？」

看護学の知識のない美雪先生だって、思春期の少女たちに四つん這いで浣腸するのは苛酷なことだとわかっている。

「うん。でも、須田先生は『そうしたいなら……』って、四つん這いでやってくれました。私、もっのすごく恥ずかしかったけど……。それに、一番恥ずかしかったのは、差しこみ便器って言うんですか？　おまるがあるでしょ。あのなかに出すとき」

「えーっ⁉」

美雪先生は内緒話をしていることを忘れて大きな声で叫んでしまった。

「保健室でそのまま出したの？　職員用のトイレがすぐ近くにあるのに？」

「トイレに行ったらダメだっていうのよ。ギリギリまで我慢して『もう、洩れそうです』って言って、便器を出してもらい、そのなかにウンチしなさいって、こわい顔で命令するんだもの……」

「……」

あまりにも異常だ。では、これまで養護教諭の手で浣腸された少女たちは、みな、桑野美保の命令にしたがって、保健室のなかで排便させられたのだ。屈辱と羞恥の涙に頬を濡らしながら……。

「それに、美保先輩は別の用事のフリをして保健室に来て、衝立のむこうからのぞいているんです。私が言われたとおりにするかどうか、こわい顔で監視しているんだもの……」

しかし、愛が言われたとおりの処置を受けると、美保はすごく喜び、それから少しのあいだは、舐めるようにして愛撫してくれたという。

「プレゼントもいっぱいくれるし、お小遣いだってくれました。一万円だったけど。私、それで好きなパンティをたくさん買っちゃった」

しばらくは夢を見ているようだったが、やがて美保は、冷酷にもレズペットに別れを宣告する……。そして、新しい崇拝者を同じように調教し、同じような屈辱的な行為を要求したのだ。

「わかったわ。ありがとう、愛ちゃんの秘密を教えてくれて……」

美雪先生が礼を言うと、

「約束よ。キスして」

抱きついてきた。

「いいですよ……」

桑野美保のことを訊いているうちに、美雪先生も昂奮していた。

二人はぴったり抱き合った。少女の体からたちのぼる甘酸っぱい汗の匂いがとても官能的で、女教師の脳を痺れさせ、子宮を甘く疼かせる。

「む……！」

愛のほうが積極的に唇に吸いついてきた。最初は、唇を軽く触れあわせるキスと考えていた美雪先生も、ついレズの本性を露わにして強く唇を吸い、さしこまれてきた舌に舌をからめて迎えうつ。口中に溢れかえる甘い蜜のような唾液を啜りあい、歯茎のすみずみまで舌先を這わせる愛撫を与えあう。

「はあっ」

「ふーっ」

ようやく唇が離れたとき、深呼吸してしまった二人だ。愛のほうはもう一度、唇を寄せてきた。一度だけと思っていた美雪先生も、またそれを受けとめてしまう。ふくよかな唇を上と下、別々に軽く嚙んでやったり、突然相手の隙をうかがっていきなり舌の下側に攻撃をかけたり、ディープキスのテクニックを駆使すると、たちまち十四歳の少女は理性も痺れたようになって、しがみつきながら女教師のブラウスの上から、豊かな胸のふくらみをつかみ、揉んでくる。

「だめ、それは……」

自分の手を摑まれ、ブルマの股間に導かれたとき、さすがに美雪先生はためらった。愛はとてもかわいいが、すでにユカと絵梨子を愛欲の世界にのめりこませている彼女としては、もう一人、レズペットを加えたら収拾がつかなくなりそうだ。

「やぁン……、ここまで昂奮させて」

太腿で年上の女性の掌をぴったりはさみこんで、自分の秘部がどんなに潤っているかを教えながら、甘えた鼻声でダダをこねる愛。下にはパンティを着けているのだが、ブルマの厚ぼったい生地をとおして熱い湿り気がハッキリ感じられる。

「だって、先生がこんなことしたら、いけないのよ……」

「ここもかわいがってくれたら、もっといろんなことを教えてあげます」

驚いたことに、ユカはまたもや交換条件をもちだしてきた。

「え？　何のこと」

「お浣腸のこと。先生、この学園でお浣腸が行なわれているのは、保健室だけじゃないんですよ……」

美雪先生はびっくりした。

「ほかに、どこでお浣腸してるの⁉」

愛はニンマリ笑う。ほんとうにこの娘はずる賢い。

「教えたら、ここもかわいがってくれる？」

太腿でさらに美雪先生の掌を強くはさむ。

「わかったわ。でも、先に教えるのよ」

溜息をついて交換条件をのんだ。毒をくらわば皿までという気分だ。いずれにしろ、自分もこのまま愛を帰す気にはなれなくなっている……。

「バレー部です。部員がお浣腸しあうの」

「バレー部？」

「うん。部員の私が言うんだから、まちがいない情報でしょ。もっとも、お浣腸しているのは、いまのところ高等部のほうだけですけど」

白萩女学園バレー部は体育教師、氏崎和希が両方の面倒を一緒にみている。練習も合宿も共同でやる。

「ことし、バレー部の主将に杉原先輩が選ばれたんですけど、あのひとが『便秘だったりしたら体の動きが鈍るから』って、練習の前に、部員全員にお浣腸することを決めたんです」

「まあ……」

杉原という名を聞いて、美雪先生はドキッとした。杉原香織は高等部の二年生だが、一年下の桑野美保といつも一緒にいて、最新のレズメイトだというもっぱらの噂だ。しかも、ついいましがた、彼女の名を保健室の処置簿のなかで見てきたばかりではないか。彼女もまた、保健室で美保に見られながら浣腸をされた一人なのだ。

「でも、スポーツ選手って、お浣腸をするのはわりとあたり前のことじゃないの？　そう聞いたことあるけど……」

疑惑をおさえて質問してみた。

「はい。杉原先輩もそう主張したんです。水泳とか陸上競技とか、体操競技なんかでも、試合の前にお浣腸する選手が多いって……。そう言われたら『恥ずかしいからイヤだ』って言えなくて、高等部の部員はみんな、練習の始まる前に部室でお浣腸することになったんです」

中等部はさすがに騒然となって「それだったら部をやめる」という子も続出し、杉原主将も中等部の部員には強制することはできなかった。だから、浣腸は中等部の部員が全員コートに出たあと、部室を閉めきって行なわれる。

愛も、その現場は見たことがないのだが、もれ聞くところでは、部員全員が二列になって向かいあい、まず最初の列が後ろを向いてブルマを脱がされお尻をさらけだし、むかいの者の手にしたイチジク浣腸を注入されるのだという。我慢ができなくなった者から順に体育館に付属したトイレに駆けこみ、最初の列の全員がすむと、今度は二列目の者が同じ形で浣腸される……。

「あまり早く出してしまった人は、今度は杉原先輩に、罰としてもう一度お浣腸されるんですって。そのときは、環になったほかの部員に見られながらバケツのなかにウンチさせられるんです……」

話を聞きながら、美雪先生は頭がクラクラしてきた。

ただでさえ体臭のきつい年頃の少女が、汗くさい体操着とブルマの恰好で一列に並び、チームメイトの手でブルマと下着をひきおろされ、白くてまるい尻を並べながらイチジク浣腸をされる――。ブルブル震え、鳥肌をたてながら足ぶみしたり、下肢をよじったりして便意を我慢する少女たち。部室のなかは、甘酸っぱい体臭と、襲いくる便意と戦う少女たちの呻きに充ちるのだ。

「で、主将の杉原さんは、誰にされるの?」

若い鹿のような、いかにも瞬発力にすぐれたようなひき締まった肉体をもつ十六歳の女生徒のことを思い浮かべながら聞いた。杉原香織も学園で十指に入る美少女だ。

「杉原先輩には、誰もがしたがるから、クジびきなんです。クジをひいて当てた子が杉原先輩にお浣腸する権利を得るんですって」

「まあ……。部員がそういうことをしてるって、氏崎先生は知ってるの？」

「カズキ先生？　うーん、どうかなあ。知ってるのかもしれないけど、知らんぷりをしてるのかもしれない。一応、先生たちには内緒っていうことになっていて、中等部の私たちも口止めされていますから……」

「そうなの……」

「ね、これだけ秘密のことを教えたんだから……」

またすり寄ってくる愛。

「わかったわ。よーし、とことん可愛がってあげる。さ、体操着もブルマもみんな脱いで、そこに横になって！　先生が愛ちゃんの全身を舐めてあげる」

「わ、嬉しい。肛門も？」

「そうよ」

勅使河原愛はすっぱだかになってソファに横になった。準備室が内側からロックされていることを確かめ、美雪先生も着ているものを脱いだ。

（ユカ、絵梨子、ごめんね。先生、ちょっと浮気しちゃうけど……）

そう呟いて、まだ子供子供したようないたいけない裸身を待ちきれないようにくねらせている中二の少女の股間にひざまずく美雪先生だった……。

4

それから二、三日後――、
夏川美雪先生は、また日直がまわってきたので、放課後遅くまで教員室に居残りしていた。

（ひょっとして、また桑野美保が来るのではないかしら……）

そんな気がして、もし来たらどう対処しようかなどと考え、思わずドキドキしてしまった。

だが、そんなこともなく、時間は刻々と過ぎてゆき、夕闇が校舎を覆いだした。

全員下校まであと三十分というとき、陸上部の選手がやってきた。グラウンドで転び、膝を擦りむいたというのだ。

美雪先生は鍵で保健室を開けてやった。

とりあえず傷口を消毒し、化膿止めの薬を塗ってからガーゼでおさえ、包帯をしてやる。

それくらいの処置は任せられている。

「美雪先生。ありがとうございます……」

処置を終えた少女が出ていくと、後片づけをすませ、処置簿にボールペンで記入する。出ようとするとき、ふと診察台が目にとまった。

(ここでみんな、お浣腸されるのね……)

なんとはなしに近寄り、緑色のビニールレザーで覆われた診察台を眺めていると、ふいに、

(この上でお浣腸されると、どんな気持ちかしら……?)

浣腸される者の心理状態を自分で確かめてみたくなった。パンプスを脱ぎ、診察台の上に上がって四つん這いになってみる。

頭は廊下側の窓、お尻のほうは校舎の外の芝生に面した窓に向かう。どちらも内側をのぞかれないよう、三つに分割されたうちの下とまん中のガラスは曇りガラスだ。一番上だけ透明なのは、採光を考えてのことだろう。

透明ガラスの部分はそうとう高いから、梯子《はしご》でもかけない限り、廊下側からも校庭側からもむりだ。もしいま、入口から突然に誰かが入ってきても、診察台は布の衝立で隠されている。

だから、ここで浣腸される少女は、養護教諭以外の視線からは遮蔽《しゃへい》されているわけだが、それは形ばかりのものだ。なによりも、保健室は誰がいつ入ってくるかわからない場所だし、衝立は完全に診察台を囲んでいるわけではないから「なにをやっているの?」とのぞかれる

ことだってある。

（たしかに恐怖だわ……）

美雪先生でさえ、たとえ便秘がひどくなっても、ここで浣腸してもらう気にはなれない。

しかし、なぜか自分でスカートをまくりあげ、パンティストッキングとパンティを脱ぎおろし、裸の尻をさらけだしてしまう。

外の廊下を大声で笑いはしゃぎながら女生徒たちが通ってゆく。部活を終えたのだろう。

そのなかの誰かが、なにかの用事で入ってこないともかぎらない。

美雪先生は、豊かなヒップをまるだしにしたまま、しばらくジッとしていた。誰かに浣腸される自分の恥ずかしい姿を想像していると、ジワッと秘唇が潤うのがわかる。

（マゾ的な感覚が刺激されちゃう……）

やがて、下着をひきあげて床におり立ったとき、美人教師の顔はうっすらと紅潮していた。

スカートをなおす。もうすぐ警備員と交替しなければならない。

（あら……⁉）

そのとき、ギクッとした。視線を感じたのだ。どこからか誰かに見られているような……。

（そんなバカな……）

周囲を見まわした。室内には誰もいないし、ドアはきっちり閉まっている。廊下側の窓を見ても、校庭側の窓を見ても、のぞいているものなどいない。

いや、そうではなかった。

（あれは……）

そのときはじめて気がついたのだが、校庭側の一番上の透明ガラスの向こうに、見えるものがある。

塔だ。

白萩女学園が創立されたのは明治中期だが、そのときに本館だった建物は、赤レンガ積みのゴシック・スタイル三階建て洋館で、蔦がからまっていかにも古びた外見を呈している。戦後、生徒数が多くなったため、古い校舎は壊されてモダンな鉄筋コンクリートの本校舎が建造されたが、この本館だけはカソリック系ミッションスクールの典型的建築として取り壊しをまぬがれ、現在は学校の歴史を物語る記念館として残されている。賓客が訪れたときのために、昔の校長室、会議室が貴賓室に改造されていて、入学式、卒業式、学園祭のときなどに利用される。しかし、ふだんはほとんど閉鎖されているといってよい。

この建物を特徴づけているのは、本館の切妻屋根中央部に聳えたつ塔である。

もともとは鐘楼だったのだが、のちにチャペルが造られたので鐘は取りはずされている。

眺めを楽しむにしても本校舎の屋上のほうが高いので、その塔屋は現在、上がる人もいない。

その塔が、保健室の窓――一番上の透明なガラスがはめこまれている部分から見えるのだ。

（まさか、あそこから……）

美雪先生は診察台のところに立って、塔を眺めた。直線距離で五十メートルほども離れているだろうか。もし塔のなかに誰かがいて、この保健室をのぞいたとしても、ハッキリとは見えないだろう。

（だけど、望遠鏡とかそういうものを使ったら……）

それだったら、診察台の上にのぼった女生徒たちの姿を見ることができる。

（まさか……）

そう思ったが、いま感じた「誰かが見ている」という視線が放たれるところというと、あの塔しか考えられない。

（だって、本館はいつも閉めきられているじゃないの。誰もいないうえに、塔にのぼる人なんているわけがない……）

気のせいだと打ち消そうとしたが、なんとなく落ち着かない。たしかに、一番上の窓ガラスだけが透明というのは盲点だ。どうしてそこだけ透明なのか。誰かが意図的にそうしたのではないだろうか。

思いに耽りながら教員室にもどると、すでに警備員が来て、引き継ぎを待っているところだった。

「ごめんなさい。ちょっと保健室に用があって……」

学園内の鍵を保管しているロッカーに保健室の鍵を戻す。そのなかには、本館に入るための鍵もかけられている。正面玄関のと横の通用口のと。どちらも正式のとスペアと二本ずつかかっている。ということはいま現在、本館は施錠されているということだ。

(ほら、やっぱり気のせいよ……)

自分に言い聞かせる。だが、見たところ非常に簡単な旧式の鍵だ。こんなものなら複製を作ることも容易だろう。職員なら誰でも鍵のロッカーに近づけるのだ。

「本館のほうの警備はどうなっているの?」

美雪先生は初老の警備員に訊いてみた。

「あそこはほとんど使われていないし、貴重品もないので、夜の巡回のときに、外から施錠だけをチェックします。なかには異常がないかぎり入りません」

警備員は不思議そうな顔をして答えた。なぜ英語科の女教師がそんな質問をするのか、見当もつかなかったからだろう。

(では、合鍵を持っていれば、誰でも自由に出入りできるってことになる……)

美雪先生は、帰りがけに本館の建物に寄ってみた。窓の鎧戸はすべて閉じられ、古い洋館のなかはシンと静まりかえって人の気配はない。

玄関の扉を押してもビクともしない。裏手の通用口にまわってみた。鍵がかかっている。上着のポケットから鍵を取りだした。警備員が席をはずしたときにすばやくスペアの鍵を無断拝借してきたのだ。警備員でさえなかに入らないという建物だ。明日返すまでに誰も気がつかないだろう。

ギギーッ。

油の切れた蝶番《ちょうつがい》が軋《きし》み、古びた扉が開いた。ぶうんと黴《かび》くさい匂いが鼻をつく。

夕闇がだいぶ迫ってきてはいたが、建物のなかはおりから強烈な西陽を浴びて、明かりとりの窓からさしこむ光で充分に明るかった。

なんとはなしに盗賊になったような気がして、つい足音を忍ばせながら、美雪先生は赤い分厚い絨毯を敷き詰めた廊下を歩き、正面玄関に面した階段を三階まで登った。そこから鐘楼だった塔屋に登るには、ほとんど梯子に近い、急で狭い階段を登らねばならない。下に誰かいたらパンティをのぞかれてしまうだろう。

塔にあがると、二間四方ほどの広さの空間は、なにも置かれてなくてガランとしていた。もちろん誰もいない。西陽がモロにあたるので窓を閉めきった塔屋の内部はムッとする熱気がこもっていた。

美雪先主は本校舎の側の、ステンドグラスをはめこんだ重い鉄枠の窓を開けた。意外とスムーズに開き、サアッと爽やかな風がふきこんできた。

（おかしい……？）

聡明な女教師は、その瞬間に疑惑を抱いた。年に数回しか使われない建物の、人が来るとも思えない無用の塔に取りつけられた窓にしては、スムーズすぎる。

目を凝らして窓框《まどがまち》の部分を見てみると、鉄のレールにうっすらと油が光っている。誰かが滑りをよくするために油をひいたのだ。

（不思議だわ……。いったい誰が、なんのために……）

そう思いながら外を眺めると、意外と近くに保健室の窓が見えた。どういうわけか、保健室から眺めるよりも近く感じられる。見下ろす位置にいるからだろうか。望遠鏡などなくても、彼女がついいましがた四つん這いになってみた診察台が、一番上の透明ガラスをとおして見える。

（いやだ……！）

美雪先生はぶるっと震えた。さっき感じた視線は、やはりここから放たれたのではないだろうか。少し隙間さえ作ればよいし、ステンドグラスなので外側から内部はのぞけない。

だが、まだ確信はなかった。第一、入ってくるとき、建物の出入り口にはしっかり鍵がかかっていた。

（ほかの窓からはなにが見えるかしら……）

正反対の側の窓を開けてみる。それもスムーズに開いた。

「あっ」

開けたとたん、美雪先生は声を出してしまった。体育館と、それに付属する建物が眼前にあったからだ。すぐ眼下に、バレー部の部室の窓も……。

運動部の部室は更衣室も兼ねているから、やはり窓は曇りガラスだ。それなのに、バレー部の窓は一番上だけ透明ガラスが使われている。保健室と同じに。

そのガラスをとおして、バレー部の廊下側の部分がよくのぞけた。もしあそこで部員たちが浣腸しあったとしたら、ここからはお尻をまるだしにした少女たちの姿が一目瞭然だ。望遠鏡を用いたら、肛門から秘部まで、手にとるように見えるだろう。

（これは偶然ではない……！）

桑野美保のたくらみで保健室で行なわれる美少女たちの浣腸と、バレー部の主将が提唱して部室で行なう選手たちの浣腸は、まったく無縁なものではない。その両方が、両者の中間に聳えるこの塔から眺められるのだ。

ミシ。

背後で音がした。床板が軋む音だ。
塔と保健室、バレー部の部室の相互関係に気をとられすぎていた。
ハッとしてふり向こうとしたとたん、
ドン。
強い力で背をつきとばされた。
塔屋の窓框は腰より低い。
「きゃっ！」
叫んだとき、女教師の体はすでに宙に舞っていた。

# 第四章　パパへの誕生日プレゼントはユカの〝か・ら・だ〟

## 1

本館の塔屋から墜落した女教師の体は、真夜中に巡回にきた警備員によって発見された。

警備員が驚いて駆け寄ると、美雪先生は微かに呼吸をしていた。二階の窓庇《ひさし》に当たってバウンドし、建物の周囲に植えられていた松の枝をへし折りながら落ちたので、墜落の勢いが削《そ》がれたのだ。

落ちたところも良かった。ちょうど植え込みのある、やわらかい芝生の上だった。

意識不明のまま救急車で総合病院に運びこまれ、緊急手術が行なわれた。右肩と左足、左の骨盤を骨折していた。

頭もひどくぶつけているし、内臓もかなりダメージを受けているようだ。

かろうじて命はとりとめたものの、今度はいつまでも意識が回復せず、周囲をあわてさせた。頭部を激しく打った影響もあるが、手術時に用いた薬品に対するアレルギーショックのせいかもしれないという。

生命維持機能に異常はなく、脳波は睡眠時のパターンを示している。植物状態とまではゆかないが、深い眠りの状態にとどまったまま覚醒しない。美雪先生は眠れる王女のようにこんこんと眠りつづけた。

医師もいろいろ試みたが「あとは本人の回復力に期待する以外、手の打ちようがありませんな」と匙《さじ》を投げる様子だった。

本人がそんな状態だから、なぜ本館の塔屋から墜落したのか、そもそも、なぜそんな場所に登ったのか、誰にもわからなかった。

自殺の線も検討されたが、遺書もなく、それまでの行動になんら不審の点はない。

腕時計がショックで止まっていたのは午後六時半。全員下校の時刻をとっくに過ぎて、学園内には警備員しか残っていなかった。当然、目撃者はひとりもいない。警察は自殺、事故どちらともいえない事件の究明にまったくお手あげだった。

＊

事件から二週間たった——。

ユカの部屋。セーラー服のままベッドに寝転がっている少女は、しきりに不思議がっている。

「美雪先生、どうして、あんな所に登ったのかなあ。お化け屋敷の塔なんて……」

蔦がからまり、赤煉瓦も苔《こけ》むして黒ずんでいることから、由緒ある本館の建物も、いつか生徒たちに〝お化け屋敷〟と呼ばれるようになっている。

「かわいそう……。あんな恰好でベッドに縛りつけられて……。グスン」

その傍で、絵梨子がしゃくりあげている。二人のレズっ子は、今日も学校の帰りに美雪先生を見舞ってきたところなのだ。

集中治療室から回復病室に移された美雪先生だが、依然として眠りつづけていた。手と足はギプスで固定され、頭にも包帯が巻かれ、顔はビニールカバーで覆われて酸素吸入を受けているので、表情も定かではない。ただ青ざめた肌の色がいたいたしい。

点滴の管が二本も三本も腕にさしこまれ、膀胱にも導尿管がさしこまれている。何日か血尿が出ていたが、いまは元通りになった。落下のショックで傷めた内臓は順調に回復しているのだが、肝心の意識のほうは依然として回復する兆しが見えない。

その哀れな姿を思いだすと、絵梨子は泣かずにいられないのだ。

「泣かないでよ、絵梨子。あんたがいくら泣いたって、美雪先生がよくなるわけじゃないんだから……」

あんまり絵梨子が泣きじゃくるので、ユカがとうとう苛立った口調で叱った。

「だって……」

絵梨子は泣きやまずに、

「あんなにすてきな美雪先生が、このまま植物状態になっちゃったら、どうするのよぉ」

またワーッと激しく泣き伏してしまう。

「どうして悲観的に考えるのぉ？　お医者さんも看護師さんも言ってたでしょ。脳波は植物状態のものじゃない、って。まるでぐっすり眠っている人のそれだって。眠りだったら、そのうち覚めるわ、きっと……」

「だって、同じような例で、永久に覚めない人だっているらしいわよ。二十年たってようやく目が覚めた人もいたというし……。二十年たったら、美雪先生、もうおばあさんじゃないの」

「あーあ、やめなさいよ。悲観的なほう、悲観的なほうにって、ものごとを考えるのは」

「ユカこそ、どうしてそう、楽観的でいられるのっ⁉　美雪先生を愛してないのっ⁉」

涙で頬をぐじゃぐじゃにしてしゃくりあげる絵梨子。ユカは溜息をつき、彼女を抱きしめて背中をやさしくさすってやる。

「よしよし、わかったから。さあ、もう泣かないで……。いい子、いい子……」

まったく、絵梨子はどうしてこう、保護欲をそそる少女なのだろうか。ユカは泣き濡れたレズメイトのほっぺたから塩からい涙を舐めてやる。するとたちまち絵梨子は泣きやみ、ごく自然に二人は接吻をかわし、やがてベッドに倒れこんでしまう。

絵梨子のセーラー服を脱がせにかかったユカが、突然、手をとめて叫んだ。

「どうしたの、絵梨子。いいスリップ、着てるじゃん？」

「えー……。あ、これ？　うん……」

スリップなんて男性にはみな同じように見えるが、高いものはやはりちがう。

絵梨子の身につけているスリップは胸元と裾まわりにレースをたっぷり贅沢にあしらってある。女子中学生が着けるスリップにしてはゴージャスもいいところだ。

「あれ。ブラもパンティも共布かあ。へぇ、三点セットなんだ。すごいおしゃれなの！」

しかもグンゼとかワコールとか、せいぜいヒミコとか、そういった国産ブランドではなく、タグにはしっかり〝メイド・イン・フランス〟と書いてある。すくすく伸びた絵梨子の肉体はもう、輸入品の高級下着がフィットするほど成熟してきたわけだ。

「ちょ、ちょっとぉ！　どうしてこんな高い下着、着られるの⁉」

フランス製と知って、さすがにユカもぶったまげた。

「パパに買ってもらったの。この前、東京に帰ってきたとき、日曜日に買物に連れてってくれたから……」

「だけどさあ、なんで絵梨子のパパがこんな高いスリップとかブラを買ってくれるわけ？うちのママだってこんなの持ってないよ、きっと……」

「あのね、セーラー服のおかげなの……」

ちょっと顔を赤くしながら、父親が高価な下着を買ってプレゼントしてくれた理由を話す絵梨子だ。

絵梨子の父、草薙大二郎は大手の広告代理店の社員だが、去年、福岡支社の支社長に昇進し、家族を東京において単身赴任している。

二カ月に一度ぐらいしか帰ってこられないが、休日だけだから、娘の絵梨子がセーラー服を着ている姿をなかなか見ることができない。

この前、父親が突然帰ってきたとき、母親の信子と熱烈なセックスをしている現場を見て不思議な嫉妬にとらわれた絵梨子だが、その後、父親は娘のセーラー服姿を見て目を細めて上機嫌になったものだ。

「それだったら、パパのいるあいだ、セーラー服を着ていてあげる」と言うと、喜んだ大二郎は妻に内緒で、かわいい娘に一万円ものお小遣いをくれたのだ。

「それに味をしめた――といっちゃナンだけど、こないだ帰ってきたときも、なるべくパパの前ではセーラー服でいたの。そしたら、久しぶりに買物に行こう、って新宿まで一緒に出て、デパートで『好きなもの、買ってあげる』って言うから、これを買ってもらったのよ。あと、パンティが三枚とブラが二枚、それにワンピースとスカートと、えーと夏の水着も……」

「な、な、なんなんだよお！　絵梨子のパパはセーラー服マニアのロリコンなのぉ!?」

ユカはひっくりかえってしまった。

草薙大二郎は、お腹がぷっくり出てきたのが玉に傷だが、渋さが光るいかにも温厚篤実そうな中年紳士だ。それが、中二の娘がセーラー服を着てくれるだけでバカバカとプレゼントしてくれるというのだから……。

「セーラー服だけで、下着も洋服も水着も買ってくれるなんて……。うわぁお。男はいくつになってもわからん」

「うちのパパだけじゃないと思うけどな……。ユカのパパだって、きっとセーラー服が好きだと思うよ」

そう言われてみると、ユカも思いあたることがある。彼女が白萩女学園に入学が決まり、はじめて校章入りのセーラー服を着たとき、

「うーん、セーラー服かあ……」

ちょうど仕事から帰ってきた父親の達男は、娘を見やり、口ひげをひねりながらいかにも感にたえるように唸っていたものだ。

「それは、言えてるかも……」

「じゃ、ユカもやってみたら？　会うときがあるんでしょ？　そのとき、セーラー服着て行ってごらんよ」

父親の達男は、妻の織絵と猛烈な夫婦げんかをやらかした後、家を出て青山のマンションに一人暮らしだ。妻は、夫が娘に会うことまで拒否しているわけではないので、ユカは母親の了解を得て、ときどき、青山で父親に会う。そのときはいつも私服なのだが……。

「なるほどねー、やってみる価値はあるかも……」

ユカが考えこむと、絵梨子が、

「あのね……、これは私じゃないけど、お父さんのバースデー・プレゼントに、一緒にお風呂に入ってあげる子がいるのよ。そうしたら、それこそなんでも言うことをきいてくれたんだって」

「誰よ、それ？」

「キッティカットの愛ちゃん。内緒で教えてくれたから、秘密だけど……」

「ひゃー、あの子、お父さんとお風呂に入るの？」

「ちょっと抵抗、あるよね」

「あるもないも、こりゃ恥ずかしいよ。死んじゃうよぉ」

「でも、愛ちゃんのパパにしてみたら、うれしいんじゃない？　娘のヌードなんか、大きくなってから見たことないから」

「そうだよねー。私なんか小学校四年か五年で、もうやめたからね」

　ユカはまた考えこんだ。

「なに考えてんの、ユカ。さあ、裸になって……」

「うん」

　ユカもスリップ一枚になった。

「処女膜検査よ」

「またぁ⁉　一昨日《おととい》もしっかり見たじゃないの……」

「だって、あれは兄貴と会う前でしょ。そのあとでCしたかもしれないわ」

「してないよー。まいっちゃうな、絵梨子の疑いぶかいのには……」

　ぶつぶつ言いながらパンティを脱ぎ、ベッドの上にあおむけになる。

　ユカは、ずうっと圭介と密会しつづけている。

「Bはいいけど、Cは絶対ダメよ」という絵梨子の条件つき承認を得てのことだ。

さすがに最近は、バトン部での練習もあるので、一日おきか二日おきになっているが、圭介は一日おくと二回、二日おくと三回、会ったときにしっかり精液を出してユカに飲ませる。さすがに若い牡なのだ。

最近は絵梨子がやたらに「Cしたんじゃないの？」と疑いだすようになり、ときどき、ユカのパンティを脱がせて処女膜に異変がないか調べる。それがそのまま、レズっ子たちの前戯にもなっているわけだが……。

――しばらくして、ユカの愛液をたっぷり飲んだ絵梨子が満足した顔で帰ってゆくと、ユカはフーッと溜息をついた。しばらく真っ裸のままでいて、壁にかかっている夏の制服を見あげた。

「セーラー服とお風呂かぁ……」

ポツリと呟き、そうっと自分のおっぱいをさわってみたりする。

瞼を閉じると、前の日に見た、母親のショッキングな姿が浮かびあがる……。

＊

前日のいまごろ、ユカは、やはりいまのように自分の部屋のベッドに寝転がって、うたた寝していた。バトン部の練習疲れだ。

ブルルル。

独特な自動車の排気音が聞こえてきた。家の前でとまり、ガレージに入る。エンジンが止まり、シャッターが降りる。

（ママが帰ってきたんだ……）

目がさめた。学校から父母への連絡事項があって、母親に話しておくことがあった。トントンと階段を降り、居間をのぞく。キッチンをのぞく。どこにも母親の姿はない。

（まだ着替えしているのかな……）

寝室をのぞいた。そこにも母親はいない。

（あれぇ……？）

たしかベンツの帰ってくる音がしたのだ。

（まちがえたのかなぁ……）

ユカは玄関ホールの横にある階段を降り、ガレージに通じるドアをそっと開けてみた。シャッターを下ろしたガレージのなかに、アイボリーホワイトのベンツが駐車していた。

（やっぱり、帰ってるじゃないの……）

ガレージは半地下で、照明をつけないときの光は天井近くの換気用小窓からしか入ってこない。母親の織絵はまだ運転席に座っていた。リクライニング・シートが後ろに倒れ、薄暗がりのなかで仄白い顔が上向きになっている。瞼は閉じられているようだ。

(何してるんだろう。クルマのなかで眠ってんのかな……?)

声をかけようとして、ユカは声を呑んだ。織絵は眠っているわけではない。唇を半ば開け、ハアハアと荒い息をついている。左手がジャケットとブラウスの前をはだけて胸にさしこまれている。乳房を揉んでいるのだ。

ドアの陰になっていて右手の位置はわからなかったが、おそらくタイトスカートの裾をたくしあげ、股間に伸びているはずだ。

(ママったら、オナニーしてる!)

ガアン!——と頭を殴られたようなショック。ユカはそうっとドアの陰に身を隠した。織絵は娘がすぐ傍にいるのに、まったく気づいた様子を見せない。やや苦悶に近い表情で熟れきった肉体に、自分でエロティックな刺激を与えている。

考えてみれば織絵もまだ四十代なかば。性欲だってまだまだ旺盛なはずだ。それなのに、半年前から夫とは別居中だ。ほかの男性とセックスしているのかどうかユカにはわからないが、店の経営に忙しく、家に帰れば母親役もこなさねばならず、男と遊びあるく暇もなさそうだ。

だとすると、子宮が疼いたとき、オナニーで解決したとしても不思議ではないが、場所が場所だけにユカもぎょっとしてしまう。母親がいま恍惚境をさまよっているすぐ後ろのシートで、娘が夜、親友の兄と裸で抱き合っているのだから。

（うーん、ママがクルマのなかでオナニーするなんて……。私たちがあんまりあのなかで楽しみすぎたから、エッチな雰囲気が室内にしみこんじゃったのかなぁ……）

そんな気さえする。

「あ、あっ、う……。お、おおおう……」

ウィンドウからのぞかせる織絵の上体がさらにのけぞり、がくがくと上下し、美貌のヘアサロン経営者は娘の見ている前で絶頂した。

「パパ、パパァっ……むう……ン」

ハッキリと夫のことを口にだした。つまり別居中の夫、ユカの父親である達男のことを思い浮かべながら指をつかっていたにちがいない。

（うわ。イキながらパパを呼ぶなんて……。ママはまだパパを愛してるんだ……！）

自分もねっとりパンティの底を濡らしてしまっているのを自覚しながら、ユカは孤独なオルガスムスの余韻にひたっている母親を哀れむような気になった。

（ママ。こんなとこでオナニーするんじゃなく、パパと仲直りして、ちゃんとセックスして楽しめばいいじゃないの……)

＊

「セーラー服とお風呂かぁ……」

ユカはもう一度呟いた。カレンダーを見る。父親の達男は蟹座で、七月七日が誕生日だ。あと数日で四十七回目の誕生日がやってくる。頭のなかで計算すると、その日のユカは、次の生理が始まるまで二、三日あるはずだ。

(よーし! 一丁、やってみよぉ!)

ユカの顔に、悪戯っぽい笑みが浮かんだ。

2

七月七日がきた。

夕方、ユカは青山にある父親のデザイン事務所に行った。いったん家に帰ったが、着替えはせず、白萩女学園のセーラー服姿のままだ。

業界では売れっ子のグラフィック・デザイナー、水原達男のオフィス〝ミンク・スタジオ〟は、一階に大きなスーパーのあるビルの三階で、複写機やら高級なプリンターやら、さまざまな機械が置かれた仕事場はちょっとした工場のような感じで、かなり広い。

「いらっしゃい」

ドア・チャイムを鳴らすと、父親のアシスタントをやっている若いデザイナーがドアを開けてくれたが、

「おーっ、ユカちゃん、今日はセーラー服!?　びっくりしたなあ!」

目をみはった。考えてみれば、ユカが父親に会いに青山に来るときは、原宿に寄って買物をしたりするので、いつも私服だった。事務所の人間は誰もユカのセーラー服を見ていないわけだ。

「ほんとう?　あ、ほんとだ。ユカちゃん、かわいいね、白萩の制服着てると……」

長いこと父親のもとで事務と会計をやっている女性も目をまるくして見る。

「おお。ユカ、来たか」

奥の部屋で誰かと打ち合せしていたらしい父親の達男が顔を出した。その目がすーっと細くなって、

「うーん、セーラー服かぁ……」

ほれぼれとしたように見る。事務所にいる二、三人のデザイナー見習いといった若者たち

も、ポケーッとしている。

「ん、もー！　なによ、みんな。そんなにユカのセーラー服が珍しいのっ⁉」

「あはは。いや、意外だったからさ。うん、まあ、そういうことだ。わっはっは」

達男が自慢の口ひげをひねりながら、とってつけたように笑った。照れているのである。

「そうだな、パパはもう少ししたら終わるけど、待っててくれるか。うまいものを食べに連れてってやる」

「いいよ。パパの誕生日のために、お料理作ってあげる。ケーキも買ってきたし」

ユカは大きな紙バッグを見せた。

「好物のビーフ・シチュー。下ごしらえはすませてるから、パパの部屋で作ってあげる」

「ほー、そーか、そーか。じゃ、先に行っててくれ。ほら、鍵」

父親は相好を崩した。彼が妻のもとを出てから暮らしているのは、この事務所のすぐ裏手にある賃貸マンションだ。

「おーい、秋山クン。ちょっと紀ノ国屋《きのくにや》まで行ってシャンパンを買ってきてくれないか。今日は私の誕生日を娘が祝ってくれるから、盛大にやんなきゃ」

「いいんですかぁ。ユカちゃん未成年でしょう。お酒飲ませて？」

アシスタントの一人がひやかす。

「うるさい。父親が飲ませるんだ。文句あるか」

達男は上機嫌である。

(ユカのセーラー服のせいかなぁ。だとしたら、えらい効き目だわい……)

そう思いながら、父親の住むマンションに入る。もとは2DKだったのをぶち抜いて、広いワンルームに改造してある。ベッドではなく、板張りの床にじかにマットを置いて寝床にしていた。ユカは〝近代万年床〟と冷やかしているのだが。

達男はいまビデオの映像にこっていて、部屋中に、ステレオだのDVDデッキだのパソコンだの、ほかにもわけのわからない道具がいっぱいひしめいていて、足の踏み場もない——ようだが、じつはちゃんと計算して置いてある。さすがデザイナーである。

クンクン。

ユカは部屋に入って匂いをかぐ。

懐かしい父親の匂いがする。子供の頃から嗅いでいる煙草とブランデーとコロンの入りまじった匂い。それと、やはり男の体の匂い。

(女の匂いは……、しないな)

灰皿に残っている煙草の吸殻にも口紅がついたものは一本もない。洋服ダンスにも女性の衣類はない。

別居中の父親の性生活がどうなっているのか、まったく見当もつかないユカだが、少なくともこの部屋に女性を招き入れたりしていないことがわかって、なんとはなしにホッとする。その点は、兄の圭介とセックスしていないか、しつこくユカの秘部を検査する絵梨子の心理と、似ていないこともない。

「さあて……」

ユカは持参した紙バッグのなかからエプロンを取りだした。

一時間後、達男が冷えたシャンパンを手に帰ってくると、ユカはもう準備万端ととのえていた。

ビーフシチューは鍋でグツグツ煮えているし、テーブルの中央にはバースデーケーキ。オードブルの生ハムもコールドチキンのサラダも、達男の好きなカマンベールチーズも、皿にきれいに盛りつけられて並べられている。

「おおおおお！」

父親はオーバーに感動してみせた。

「こりゃ、そこらへんの料理屋よりすごいや。なんてったってユカの手作りだ。わしゃ幸せもんだぜぃ！」

娘を抱きしめて泣くまねをしてから、額にチュッとキスをする。子供の頃からの習慣だ。

（うーん、この年になって額にキスなんて、バカにすんな）

腹ではそう思っても、にこやかに笑って、

「パパ、さきにお風呂に入ってね。そのあいだにユカがびっくりプレゼントを用意しておくから」

「えっ。これ以上、まだプレゼントがあるのかい？」

「そうよ。そんじょそこいらにはない、ユカならではのプレゼント。パパが感謝感激雨あられになること、まちがいなしのね」

「うーん、なんだかあとがこわいな」

笑いながら浴室へ入ってゆく。

ユカは耳をすませた。浴槽にはもう湯を張ってある。ざんぶり浴槽につかる音がした。

（よーし）

ユカはエプロンを外した。そうっと脱衣所に入り、すばやくセーラー服を脱ぎ、パンティも脱いで全裸になった。

「パパ、湯かげんはどう？」

「あ、最高、最高。言うことなし……」

「じゃ……」

ガラッと浴室のガラス戸を開けてなかに踏みこむ。

「ん⁉　背中を流してくれるのか」

ふり向いた父親の目が点になった。

「ユカ……」

「はい、パパ。これがユカのプレゼント。心をこめた贈りもの……」

湯気のなかに、一糸まとわぬ美少女のヌードがあった。

ボッティチェリ描くところの、誕生したばかりのヴィーナスのように、片手で乳房を、片手で下腹の翳《かげ》りを隠して立っている。頬は紅潮しているが、目はヒタと浴槽につかっている父親を見て、

「どう、パパ？　ユカのヌード……」

ちょっとかすれた声で言う。

「うーん。トランジスタ・グラマーが、もっとグラマーになったなあ……」

みずみずしい娘のヌードを上から下まで見て、それから招いた。声がうわずっている。

「さあ、おいで……」

ユカはざんぶりと浴槽にとびこみ、父親の膝に腰かけるようにしてしがみついた。ざあっと溢れる湯。

「もう、大人だなあ……。うん、りっぱなおっぱいだ。ヒップもいい。うーん……」

まるで市場に出された牛を値踏みする業者のように、達男の手がやわらかい娘の肌を撫で、揉むようにする。

「やだー、くすぐったぁい！」

「この前、一緒にお風呂に入ったのはいつだっけ……」

「んーと、四年生のときが最後だから、もう四、五年ぐらい前になるかなあ」

「そうかぁ……。いやぁ、こりゃ最高のプレゼントだ」

達男はもうデレデレである。ユカは湯のなかで父親の膝に押しつけているお尻に硬いものがあたるのを感じている。

（あれ、これ、パパのペニスかな……。勃起してるのかしら……？）

さわってみたい欲望に駆られる。でも我慢する。父親と二人っきりの夜は、まだ始まったばかりだ。

ひとしきり湯のなかでふざけあってから、ユカはまんまるなお尻を見せて浴室を飛びだした。

「パパ、早く上がってね。ごちそうのあとは、またプレゼントがあるんだから……！」

風呂あがりの火照る肌に、またセーラー服を着ける。スリップとブラジャーは省略して、下はパンティだけ。ノーブラだと夏の上着はわずかに透けるので乳首のありかがうっすらとわかる。

（うーん、ちょっと恥ずかしいけど、これもわが家の幸福のためだわい……）

そう言い聞かせるユカだった。

――ユカが心をこめて作った料理を、達男は旺盛な食欲を見せて全部平らげた。

ユカの言うことにはよく耳を傾け、自分もおもしろおかしいことをよくしゃべる。まるで年齢差などないように自分に対してくれる父親が、ユカは大好きだった。それだけに、別居してからの寂しさはひとしおだ。

（ミカ姉さんが遊びまくってるのも、家に帰ってもパパがいなくてつまらないからよ、きっと……）

そう考えているユカだ。

「ああ、よく食べたな。おいしかったよ、ユカ……。ありがとう」

「無理して食べてくれたんじゃない？」

「そんなことはない。まぁ、最近は、家庭の料理らしい料理ってのは食べたことがないから、とくにおいしく感じられた、ってことはあるかもしれないが……」

父親は満腹し、ブランデー・グラスを手にソファに移った。ユカは手早く後片づけをすませた。

「あら……」

後始末を終えてふりかえって見ると、達男はコックリコックリと居眠りしている。景気よく開けたシャンパンの酔いと、満腹のせいだろう。

（じゃ、いまのうちに着替えちゃお……）

ユカは持参した紙バッグのなかから、ネグリジェを取りだした。青山に来る途中、原宿のランジェリー・ブティックで買ってきたやつだ。白い、薄手のナイロン製で、大きく開いた胸もとにはフリルがあしらってある。新婚旅行に花嫁が持参するような、かわいくてセクシィな寝衣だ。

セーラー服は洋服ダンスのハンガーにかけ、素肌にネグリジェを纏う。ナイロンのすべすべした感触が、少し飲まされたシャンパンのおかげで火照っている肌に心地よい。

（うーん、かなり透けるなあ……）

壁に掛けてある鏡に、ネグリジェ姿を映してみて、ポッと顔を赧らめてしまう。布地が薄いから乳首もおへそもすっかり透けて見える。パンティをはいてなければ、黒い翳りもすっかり見えるだろう。いや、いまはいているパンティも白い総レースの透けるパンティだから、それでもモワッと黒い部分が見える。

（まあ、いいか……）

バッグから香水の入った小瓶を取り出し、首筋、胸元、お臍、それからパンティをおろして下腹にもふりかけた。

父親の寝床は、ちゃんと清潔で真っ白なシーツに取替えてある。ユカは天井の照明を消し、枕許のスタンドの明かりだけにした。それからシーツの上に横たわり、毛布ははねのけたまま、

「パパ……」

そっと呼びかけた。

「ん……!?」

娘に甘く囁かれるように呼び起こされて、達男はキョトンと目を開けた。

「ああ、ちょっとウトウトしてしまっ……」

声が呑みこまれてしまう。

自分の寝床、白いシーツの上に横たわっている、薄布をまとった妖精の姿を認めて、目がまた点になった。

「ユカ……」

「パパ、これがもう一つのプレゼント……」

ユカは自分の横のスペースを叩いて、

「一緒に眠ってあげる、今夜は……。パパの腕に抱かれて……」

（おれは夢を見ているのじゃないか……）

達男は頬をつねってみた。夢ではない。

（それにしても、なんてセクシィなんだ。まだ、たった十四の娘なのに……）

薄いネグリジュから透けてみえる肉体は、もう一人前の大人の肉体だ。胸もヒップも豊かに張り出している。大きな瞳、濃い眉が印象的な子供っぽい顔だけに、肉体とのアンバランスなところが中年男性の欲情をなぜか強烈にそそるところがある。

達男は自分が激しく勃起していることに気がつき、狼狽した。風呂からあがって、上はアロハのシャツ、下はジョギング用のボクサーショーツをはいていたのだが、彼の男根はショーツの布地をテントの支柱のように突きたてている。

「うふ」

それを見て、美少女が笑った。無邪気なようで、男のことをすべて知っているとでも言いたげな嬉しそうな笑み。

（やれやれ、この子が実の娘でなければ……）

犯してしまうところだと思いながら、四十七になったばかりの男は、ゆっくり立ちあがった。勃起をいまさら隠しても仕方がない。ユカはもう、そういったことを知っているにちがいない。

「ママには泊まるって言ってきたのかい」

そう訊くと、

「うん」

こっくりとうなずく。

「よし。それだったら泊めてあげる。ここはパパのお城だからね、ふだんは絶対に女の人は泊めないのだが……」

もったいぶって言い、着ているものを脱いだ。下は濃紺のスーパービキニだ。ポリエステルと木綿の混紡だから肌ざわりがよく、伸縮性に富んでいる。だから、充血してふくらみきっている牡の器官がくっきり浮き彫りになって見える。

「わ、すごい……」

ユカの目がまるくなる。男性の器官は圭介のを見慣れているくらいだが、父親のそれはもっと威圧感を与えるほどたくましい。

下着一枚の裸で、達男は中二の娘の横に滑りこんだ。

「ママの匂いだな……」

若い肌であたためられた〝ダブー〟の官能的な香りがユカの寝衣姿からたち昇っている。

「わかる？」

「わかるさ。なんてったって、その匂いと一緒に二十何年暮らしてきたんだから」

「来るとき、ママのお化粧台から失敬してきちゃった」

「悪い子だな」

「うん……」

チラと父親の顔を上目づかいに見て笑う。

「せまいな。このマットに二人が横になると……」

「大丈夫。こうやって寝れば……」

子猫のようにすりよって腕を達男の体にまわし、胸毛のはえた胸板に自分のふくよかな乳房を押しつけるようにしてしがみつく。

高価な香水の匂いと若い肌本来の放つ甘酸っぱいような乳くさいような匂いが入りまじり、父親の鼻をくすぐり、牡の血を本能的に滾《たぎ》らせる。彼も無意識にユカの体に手をまわし、ひきつけるようにした。勃起したペニスに下腹が押しつけられる。性愛のための器官はドクドクと脈打ち、達男は息苦しささえ覚えた。

「ね、キスして……」

「おやすみのキスか」

「そうじゃなくて、ちゃんとしたの」

「おいおい……」

「だって、ユカ、まだ男の子とキスしたことないから、困るんだよね。もし誰かに求められたら。そのときのために、教えてよ」

「キスなんて自然にすればいいんだ。吸いついて、それから舌をからめて……」

「こう……？」

ふいに少女は顔をパッとあげて自分から父親の唇に吸いついてきた。

「む……」

ショックを受けた達男が押しのけようとしても、愛らしいニンフは離れようとしない。マシュマロのようにやわらかい唇は半分開いていて、唾液に濡れたあたたかな口腔が誘う。

達男は一瞬、脳が痺れたようになり、理性が失せた。気がついたときはもう、娘の口のなかへ舌をさし入れていた。少女の舌は、最初はなんの反応も見せなかったが、達男の舌が探索するように動きまわると、おずおずと歓迎するように接触を求め、からみついてきた。

「はあーっ」

ようやく唇が離れると、ユカは大きく息を吐いた。父親のブランデーの匂いがする唾液をたっぷり飲んだのだ。

「こういうふうにするの？　ユカ、頭がクラクラしちゃった……」

もちろんはじめてのキスではないが、父親の手前、生まれてはじめて接吻を経験した少女のように演技してみせるユカだ。達男は全然、疑いもしない。実の娘が濃厚なキスに酔った表情を見せているのが背徳的な欲望を刺激して、また唇を吸ってやり、抱きしめた手で、ネグリジュの上からみずみずしい肌を撫でてやる。

「いい気持ち……。パパ、もっとさわって。ユカの体、かわいがっていいよ」

熱い息を吐きながら、大胆で危険なことを口走る。達男の手はふっくら盛りあがった乳房のまるみ、ツンと尖り、昂奮のあまり可憐な震えを見せているピンク色の乳首、キュッと引き締まったウェスト――と撫でまわしてゆく。そしてパンティの上から下腹の悩ましい丘をさすると、

「ああ……」

少女は目を閉じ、うっとりしたような声を洩らした。達男の指は丘をくだったすぐのところで布地がじっとり湿っているのを感知した。内側から蜜のような液が溢れている。

「濡れてるな……。ママに似て感じやすい子だ、ユカは」

「そう？　ママもすぐ濡れるの？」

「ああ。抱いてキスするだけで、お洩らししたかと思うぐらいパンティが濡れるので、最初のころはびっくりしたものだ……」

しばらく秘部を撫でてから、

「あぶない、あぶない。ユカとこうやっていると、パパは獣になってしまうよ」

「いやあン」

甘い鼻声で拗《す》ね、下腹をもっとすりつけてくる。

「こんなに濡れてるよぉ。パパ、ずるい……」

「おいおい。パパはユカの実の父親なんだぞ」

「わかってるよ。だから、もっとかわいがってぇ……」

彼の手をつかみ、濡れたパンティにもう一度あてがう。

「上からでいいから」

「おい……」

ユカの熱い唇が抗議する声をふさぐ。

(どっちが年上なのかわからん……)

守勢に立たされている父親だ。しかし、牡の本能から、少女の熱い股間を指はまさぐる。

「あ……、あっ……」

びくんとユカの体が跳ねた。

「感じるのか」

「うん……。あっ、気持ちいい！　もっと……。ウーン！」

若鮎のようにピチピチした肉体が、彼の指に敏感に反応して躍動し痙攣する。達男の血は滾った。若い牝を屈伏させたい衝動がつきあげて、下着の下に指をくぐらせる。抵抗はない。ユカは歓迎するように内腿を割った。

「さては……。ユカ、毎晩、オナニーしてるな」

指でさぐりあてた敏感な肉の真珠がたいそう発達していると思い、達男はそう言ってみた。

「やン。ばか……」

「してるんだろう？　ちゃんと言いなさい。言わないとかわいがってあげない」

指をはなすと、

「あっ、パパ。やめないで！　うん、してるよ……」

「そうか……。まあ、オナニーはして悪いことはないが……」

ぬるぬるの唇に似た粘膜をかきわけて指をすすめると、ビクンと強く下腹がうち震えた。

「あっ……、パパ！」

それ以上の探索を拒否するように内腿がぴったり、閉じられる。

(やっぱり処女だ。この娘のここは、男を知らない……)

ホッとした。乳首の清らかさ、頰に残るうぶ毛、乳くさい肌の匂いから、まだ処女だろうとは思っていたが、やはり最後の一パーセントのところで疑惑があった。それが払拭されて、達男はまた昂奮した。

(ということは、ユカにとってここをさわられるのは、はじめてということになる……)

圭介の存在を知らない達男は、昂りを抑えてうわずった声で、

「わかった。ユカはまだバージンなんだね。やさしくしてあげる。心配ないよ……」

熱い息とともに囁きかけ、ゆるやかに指をうごめかした。蜜に濡れた粘膜が淫靡な音をたて、

「あっ、はあっ……! パパ、パパ……」

少女の体はねっとり甘い汗を吹きだしながらくねり、悶えた。やがて啜り泣くような声を間断なく洩らし、若い肉がぐぐっとそり返った。

「あっ、パパ………イク、イッちゃう!」

そう叫んでぶるぶる尻から腿のあたりを痙攣させ、いっそう強く父親の胸にしがみつき、

「ウーン……!」

歯をくいしばるようにして体を突っぱらせていたが、やがて、がっくりと脱力した。

「ユカ……」

「パパぁ……」

父と娘は甘い汗にまみれ、ひしと抱き合い、むさぼるように相手の唇を吸った。

3

父親の胸に顔を押しつけるようにして、しばらくオルガスムスの後の甘美な余韻を味わうようにしていた少女は、やがて顔をあげ、恥じらうような笑みを見せた。

「パパ、ありがとう……。ちょっと恥ずかしかったけど、とっても気持ちよかった。自分でやるより何倍も……」

「そうか。しかし、ユカもすっかり女になったなあ。あんなに感じるんだから……。もう、いつでもセックスOKという体だよ。パパが太鼓判を押してあげる」

そう言いながらも、達男は複雑な感情にとらわれていた。実の娘の秘部をもてあそび、彼女を絶頂させたのは、ほとんど近親相姦といっていい行為ではないのか。

そんな父親の感情など知らぬ気に、無邪気に甘えかかる仕草で、ユカは彼の股間に手を這わせてきた。

「あ」

薄いスーパービキニのブリーフの下で、ドクンドクンと強烈に脈打っている男根の輪郭をさわり、ユカは嬉しそうな声をあげた。

「パパ、こんなになって……。勃起してるのね。あ、濡れてるよ。ふーん、男の人も昂奮すると濡れるんだ」

ブリーフごしの愛撫でも、実の娘のやわらかくしなやかな手指で与えられる刺激はたまらない。達男は思わず呻き、腰をゆすった。

「ユカ……、こら」

「パパ、おかえしにさわってあげる」

ブリーフがひきおろされ、バネ仕掛けのように直立した男根に指がからむ。

「これが男の人のペニス？　すっごーい！」

わざと大げさに驚いてみせる。毛布をはねのけ、父親の股間にひざまずくようにしてペニスを眺め、

（あれ、パパのは最初っからむけてる……）、
圭介とのちがいを知った。硬さは少年のほうが硬そうだが亀頭は赤黒く、あんなういういしいピンク色ではない。太さや全体的なたくましさは達男のほうが上だ。

「パパ、どうすればいいの……。こう……？」

何も知らない少女のように、心もとなげに手を動かすと、

「こうやってごらん……」

達男はふたたび実の娘との性愛遊戯にのめりこみ、男性器の構造と愛撫の仕方を、手にとって教えこむのだった。

やがて、屹立した肉欲器官はたおやかな指でしごきたてられ、抑制の限界点に達した。

「ユカ……、パパはイキそうだよ」

「イッて。パパ。精液を出すんでしょ？　ユカに見せて……」

「わかった。じゃ、ユカがあおむけになって……」

娘を仰臥させ、ネグリジェの前をはだけ、恥毛を透かせていた白いナイロンのパンティをひきおろす。

「ユカ。お腹の上に出すからね……」

「うん……」

自分の腰をまたぐ父親のペニスを、ユカは強く激しい動きでしごきたてた。

「あ、あっ。ユカ……！」

前のめりに両手をシーツについて体重をささえた中年男の腰がびくびくと痙攣した。

「出る」

呻いた。

ビュッ。ドクドク。

ユカは首をもたげて黒いしげみの上に、白いねばっこい液が何度か断続的にほとばしり、ねっとり汚すのを見た。

「ユカ……」

達男が喘ぎつつ呼ぶ。

「パパ、すてき……。これが射精ね。気持ちよかった？」

「ああ。すごく。もう少しさわっていてくれないか」

「いいわよ。あ、まだ出るんだ……」

ミルクを絞るようにやわらかくもみしごいて最後の一滴まで欲望のエキスを吐きださせてやるユカ。栗の花の匂いがたちこめる。

(匂いは同じなんだ……)

精液をしぶかせて果てた男は、ユカの横にあおむけになった。ユカは自分のパンティを脱ぎ、まず自分の下腹に付着した液を拭ってから、父親の萎えてゆく器官をくるむようにして清めた。

（わあ、ずいぶん出た。パパ、溜まってたのかしら……）

そう思いつつ、海底に這う生物のようにやわらかくなったものをいとおしそうにつかむ。

この器官が自分の母親の膣のなかに入って精液をそそぎこみ、それによって自分が生まれたのだ。実の父親の射精現象だけに、生命の神秘さえ感じずにはいられない。

二人はまた横になり、熱い接吻をかわした。

「ユカ……」

貝殻のように可憐な耳たぶを噛むようにして達男が囁いた。

「なあに？」

「そろそろ言いなさい。肝心のことを」

「あーぁ」

妖精のような少女は、バツの悪そうな顔をして吐息をついた。

「わかってたの？」

「あたりまえだよ。いつもは私服で来るユカがセーラー服を着て、料理は作ってくれるわ、一緒にお風呂に入ってくれるわ、最後には一緒に寝床に入ってくれるわ……。まあ、いくらおまえが好奇心の強い子だとしても、ちょっとサービス過剰というものだ。下心がなきゃこんなことはしない。そうだろ？」

「うーん、バレたかぁ……。でも、誤解しないでね。いままでやったこと、私がパパを好きだからしたの。下心だけでやったわけじゃないわ」

「それはわかる。でも、動機はおねだりだろう？　パパになにをしてほしいんだい」

「じゃ、正直に言うわ」

少女は父親の目をヒタと見つめて、ハッキリした声で言った。

「パパ。ママと仲直りして。そして、うちに帰ってきて……」

「そうか。それを頼みにきたのか……」

達男はいささか鼻白んだ。

「そう言われてもなあ……」

——彼が妻と激しく口論し、そのあげくに家を飛びだしたのは、映画や舞台で活躍している女優の松島《まつしま》さなえと噂になったからだ。

彼女が主演する舞台の美術や宣伝ポスターの制作などを頼まれたのが縁で、水原達男は彼女と親しく交際するようになった。といっても、仲間を交えての飲み友達にすぎなかったのだが……。

半年前、ある写真週刊誌がさなえと達男の〝密会現場〟なるスクープ写真を掲載した。

〝松島さなえが不倫⁉　妻子あるデザイナーと深夜のご乱行〟というタイトルで発表された

写真は、深夜、さなえのマンションに、酔って足どりもおぼつかない彼女と、それを抱きかかえながら入ってゆく達男とが隠し撮りされていた。

達男の説明によれば、打ち上げパーティのあとで、酔って気持ち悪くなったさなえをマンションに送り届けただけだという。

しかし、妻の織絵は信じなかった。それで口論になったのだ。

「ママはどうしても私を許せないと怒ってね……。パパは何度も説明したし、松島さなえの側からも『誤解されるようなことになって申し訳ない』という詫びをいれてきたのに、ママは昔からああいうきつい性格だからね、許す気になれないんだな……。いつも口論になってしまう」

水原家では織絵のほうが実権を握り、温厚な達男のほうが尻に敷かれている。そのことは、妻がベンツを乗りまわし、夫がフォルクスワーゲンだということでもわかる。

さらに、織絵の周囲に達男のことを快く思わない人間がいて、あることないことを彼女に吹きこんでいるのも、こじれている原因らしい。

「そいつらがパパのことをプレイボーイだとかなんだとか言うから、ママもすっかりその気になって……。そんなこんなで、いつまでたっても話しあいは平行線なんだ」

達男は苦りきった顔になり、ブフンデーをする。

「私も、パパが浮気したなんて思ってないよ……。でも、ママはショックだったのね」

「まあ、それだけ私を信じていてくれたんだろうが……。それにしても、私もとんだ被害者だ。松島さなえのほうは、これまでも数々のスキャンダルで騒がれ、よけいそれで人気が出たようなもんだからいいけど……。ユカにも迷惑をかけたなあ」

「ううん、私はいいのよ。おかげで一時は、学校でも〝不倫パパの娘〟なんてからかわれたけど、どうってことはなかった。ママだって、時間がこれだけたてば落ち着いてきたんじゃない？　ユカはそろそろパパが戻るタイミングだと思うの。それで今日、お願いにきたのよ」

達男は訝しげな顔をした。

「私が戻るタイミング……？」

「実はね、ママはいま、欲求不満がたまってるみたいなの……」

ユカは父親に、この前、ガレージで見たことを教えた。ふだんは慎み深い妻がそんなハレンチなことをした──という情報は達男を驚かせた。

「それに、イクとき『パパ、パパ』って呼んでイッたのよ。なんだかんだ言いながら、ママはパパに戻ってきてほしいのよ。だけど、もっと時間がたったら、別の男に走ってしまうかも」

「うーむ、なるほど……、そうかぁ……」

腕組みして考えこんでしまった達男だ。

＊

——翌朝、達男はコーヒーをいれる芳しい匂いで目をさました。

時計を見ると午前六時。父親の自動車でいったん家まで送ってもらい、それから学校へ行くので、ユカは早めに起きたのだ。

寝床からまだとろんとした目で、キッチンにいて熱心にコーヒー豆をドリップしている娘を眺めたとたん、達男の眠気はすっとんでしまった。

ユカはネグリジェをまとっているが、パンティは脱ぎ捨てたままなので、透けたナイロンの下からいかにも弾力に富んでいそうな、まるいクリクリしたお尻が見える。キッチンの窓から射しこむ朝日が若々しい曲線を逆光のシルエットで浮かびあがらせている。

(うーン。わが娘とはいえ、なんとエロティックな眺めだ……)

朝立ちしているペニスが、ユカのヒップからの眺めに刺激されて、いっそう硬くなる。

そうっと寝床を抜け出た達男は、ユカがポットを置いたタイミングを図って後ろから抱きしめた。

「きゃっ！　もう、パパったら……。驚かさないで」

「おはよう。ユカ。昨夜はありがとうよ……」

「こちらこそ……。楽しかったわ」

ユカは父親の勃起をお尻の割れ目に感じてキャッキャッと笑った。

「パパ、元気いい！」

「ユカのせいだよ。こら、なんとかしろ」

抱きしめた手で乳房をつかんで揉みしだく。乳首がすぐに尖る。ボーイッシュなショートボブからたちのぼる甘い髪の匂い。

「あ……ン。パパぁ……」

乳房を揉まれ、唇を耳朶やうなじに這わせられると、ユカはたちまちクタクタとなり、流しにもたれかかるようになる。達男はネグリジェの裾をまくりあげ、お尻をまるだしにした。中年男の精力を漲らせた男根を、若い肉の谷に押しつける。早くも透明な液をにじませた亀頭がアヌスの蕾から会陰部、ピンク色の秘唇をこする。

「あーっ。もう……。やだぁ……」

甘く拗ねるような熱い呻きを洩らしながら、父親のほうへお尻を突きだすようにする十四の少女だ。達男の手はユカの下腹に伸び、はえそろった叢のやわらかい感触を楽しみ、繁みの奥で充血しだしたクリトリスを探り、たくみに揉みほぐすように刺激してやる。

（パパったら、女を扱うのがうまいんだから……。これじゃ、松島さなえもメロメロにしたんじゃないかしら……？）

一瞬そんな気がしたほどだ。

やがて、少女は鳥が甲高く鳴くような声をあげて絶頂した。同時に熱い尻肉に濡れた男根を押しつけていた男も、ドクドクッと勢いよく精液を溢れはなち、処女の白いつやつやした肉をねっとり汚した――。

二人は浴室に入り、ふざけあいながらシャワーを浴びた。ユカはタイルにひざまずき、父親のペニスに石鹼を泡立てて塗りたくり、やわらかな指で洗ってやった。すると、ムクムクと牡の器官は勃起してくる。

「まいったな。ユカといるとパパは元気になりっぱなしだ」

「うちに帰ってきてくれたら、ユカ、パパにどんなことでもしてあげるよ……」

父親の顔を見あげて白い歯を見せた無邪気な笑顔を浮かべ、美少女はたくましさをとり戻した性愛器官にキスするのだった。

早熟な娘の大胆な行動にど胆を抜かれた達男は、そのまま娘の口のなかにペニスを突き立てて喉まで犯してやりたい気持ちに駆られるのを必死に自制した。このままではどこまでもエスカレートしてきりがない。

　腰をひいてユカを立たせ、今度はユカの体に石鹸の泡を塗りたてる。

「ところでユカ……、ママのことで訊いておきたいことがあるんだ」

「なーに？　あっ、ふふ。くすぐったーい」

「ママの生理のことさ」

「え⁉　どうして、そんなこと知りたいの？」

「パパは今日、ママを強姦するつもりなんだ」

「えーっ、強姦⁉」

　父親の口からそんな言葉が出たので、目をまるくするユカ。

「そうさ。いくら口で言ってもわからないから、ひっぱたいても殴っても蹴っても、パパの言うことを聞かせ、自分が水原達男の妻であることをわからせてやるんだ」

「その意気だよ、パパ！　が一んとやればいいわ。……あ、そーか。それで生理かどうか知りたいんだね。ちょっと待ってよ、ママがこないだタンポンの封を開けたのはいつだっけ……。うん、思い出した。先週の水曜日だから……。大丈夫よ、パパ！　ママはちょうど終わったころ。安全日だと思う」

「うむ、それは都合がいい。よーし、ユカを送っていったついでにママにキツーイ一発をぶちかましてやるか！」

織絵が店に出かけるのは十一時頃だ。ユカを学校に送って戻っても妻はまだ家にいる。そこをつかまえるつもりだ。

ザアッと湯をかけ、黒々と濡れた恥毛の底のピンク色の割れ目に名残惜しげにキスしてやり、達男はユカのお尻を叩いた。

「さあ、ゆくぞ！」

＊

――その日、ユカは早い時間に帰宅した。父親と母親がどうなったか、一刻も早く知りたかったからだ。

帰りつくとガレージにはベンツと、フォルクスワーゲンが並んでおかれている。

（あれ、二人とも家にいる……）

「ただいまー」

玄関を開けて驚いた。家のなかの家具はひっくりかえり、壁にかけた絵は落ち、花びんは砕け散り、絨毯は水だらけ――という、落花狼藉《らっかろうぜき》のありさまだったからだ。

「なに、これ!?」

居間に入ると、足元にくしゃくしゃになったライラック色の布片が落ちていた。つまみあげると、破かれたパンティである。母親のはいているシルクの高級なものだ。よく見ると口紅がついていて、べっとり濡れたようになっている。

「どうなってんの……？」

龍巻かなにかが通りすぎたのではないかと思うぐらいメチャメチャになった居間を横切ってキッチンに入ると、姉のミカがせっせとなにやら作っていた。見ると卵、ハム、チーズなどを使ってサンドイッチを作っているのだ。珍しいことである。

「お姉さん。どうしたのよ、わが家は!?」

「あ、お帰り。んー、これはね、つまりパパとママの死力を尽くした戦闘の跡であるよ」

まだボサボサ頭、化粧っ気のない顔をした女子大生の姉は、ときどきコーヒーをすりながら答える。様子からして相当の二日酔いのようだ。昨夜は朝帰りだったのだろう。

「詳しく説明してよ。パパとママはどこ？　なんでサンドイッチなんて作ってんの？」

「あー、あまり大きな声でキャンキャン言わないで。頭がガンガンいってんだから。……つまりだね、朝、私が死んだようになって寝てるとだね、下でママがケダモノみたいにギャーギャーわめいてるんで、いったいなんだろうかと思って、ベッドから這いおりて階段のところから下を見てみたわけ。そしたら……」

クスクス、思い出し笑い。

ユカを学校まで送ってから、達男がまた戻ってくると、妻の織絵は店に出かける仕度をしているところだった。

そこで夫が「おれはこの家に戻る」と宣言し「浮気のことを謝らないかぎり入れない」という妻と、またもや大げんかになったわけだ。ミカがジェスチャーつきで解説する。

「今日のパパはすごかったぜぇ。『うるさいっ。てめえの亭主の言うことが信じられねーかっ』てママをひっぱたいて、ぶっとばして、着たばっかりの洋服をひっちゃぶいて襲いかかって……。そりゃあケダモノみたいだったね」

「で、ママは？　どうしたの？」

「ごらんの通りよ。家じゅう逃げまわって、パパが追っかけると花瓶を投げるわ食器を投げるわ、うるさくて私、眠れなかったよぉ」

「なによ、お姉さん。下でそんなドタバタやってるときに、また寝たの？」

「そうよ。もう、すっごい二日酔いだったから夫婦げんかなんて犬でも食らえって思ってね……。そしたら今度は、ママが絞め殺されそうな声で叫んでるものだから、また目がさめちゃって、なんだと思って見に行ったら、縛られてんの。ほら、そこの柱に。真っ裸にされて……」

リビングとキッチンのあいだに立っている柱を指さした。その柱に、水原織絵は四十代なかばという年齢にしては見事なヌードをさらされて、柱を抱くようにして縛りつけられたのだという。

「で、パパがお尻をスリッパやら雑誌をまるめたのやらでパンパンひっぱたいて、ママはもう殺される豚みたいに叫びまくってるわけよ……。で、私は『うるさいわねぇ』って言って、ママのパンティが落ちてたからそれをママの口に押しこんで、静かにさせちゃったの。パパもあれで、心おきなくママをお仕置きできたんじゃない？」

「ひえーっ……」

ユカは呆然としてしまう。どうやらミカは父親に味方して、母親を屈伏させることに力を貸したのだ。内心、彼女も母親のかたくなな態度に呆れていたのだろう。

「私は青山のお店に『オーナーは今日休みますからよろしく』って電話して、また二階にあがって寝たのよ。それで、さっき起きてきたの。パパはここでママを心ゆくまでお仕置きしたみたいよ。ほら、そこ濡れてるでしょ。それ、ママのおしっこ。おしっこちびるほどお尻叩かれて、それから寝室へ連れてったみたいね。ワーとかギャーとか、ママが叫んでるのが聞こえてたから」

「えっ。じゃ、寝室でセックスしてるわけ？」

「うん。……パパもよくやるよ。ずっとママとやりっぱなしだから、お腹が減ってるだろうと思ってサンドイッチを作ってやってるところ。あー、なんとういうやさしい娘心。……さあ、できたわ。ユカ、様子見かたがた、パパたちの寝室に持ってってってくれない？　このミルクと一緒に」

「はーい」

お盆を持って両親の寝室に向かう。ドアは半開きになっていて、ちょっとのぞいただけで、ここもめちゃめちゃに散らかっているのがわかる。

「あー、はあっ。うー……。あなたぁ……」

息も絶え絶えという感じの母親の呻き声が聞こえてきたので、ドキッとした。

（えー、まだやってるの？）

亀の子みたいにドアの隙間から首を突きだしてのぞいてみると、両親はベッドの上にいた。枕もシーツも毛布もどっかにすっとんで、マットはむきだしだ。

織絵は四つん這いに這わされて、後ろから夫を受けいれていた。いや、犯されていた――というべきかもしれない。彼女はスカーフのようなもので後ろ手に縛られていたからだ。

赤黒く怒張し、愛液でヌラヌラ濡れた男根がビチャビチャ淫靡な音を発しながら、わりとゆっくりしたスピードで抽送されている。

織絵のたくましいまでに熟れきって、色っぽい臀部は真っ赤に腫れあがり、何本もの赤い筋が交錯してつけられている。おそらくベルトかなにかで激しく叩かれた跡だ。

(うーん、ママはパパにレイプされてるんだ。それにしてもすっごい迫力!)

思わず感心してしまうユカ。

「あー、あーっ!」

ぶるぶるとヒップを打ちゆすり、首をもちあげながら絶頂の声を吐く織絵の目は、もうとろりとしてどこにも焦点を結んでいない。何度となくオルガスムスを迎えて脳が麻痺したようになっているらしい。

「どうだ、織絵。この家の主人は誰だ? さあ、言え!」

背後からローズ色に割れた肉の秘花を差し貫き、抉りたてる達男。

「そ、それはあなたよ。あなたがご主人さまです、ううーっ!」

豊満な肉づきの白い肌が脂汗でぬめぬめと濡れ、黒髪が額から頬へとべったり貼りつき、たくましい牡に犯されつづける女体は妖しくも不思議なエロティシズムに包まれ、輝くように見える。

「……」

成熟した男女の過激な交合シーンに圧倒されて、少女はしばらく立ちすくんでいたが、達男のほうが人の気配を感じて、男根を抜きさししながらふり向いた。

ユカを見て、ニヤッと笑ってみせ、指でまるい環を示してみせる。

ユカも微笑んで、Vサインをつくった。食べ物ののったお盆を示すと、

（わかった。そこに置いておけ）

目で返事をして、まるで騎手が自分の馬を自慢するように、妻の豊かな尻をピシャと叩いてみせたものだ。

# 第五章　美保先輩はビデオで少女の恥ずかしい姿を——

## 1

別居中だった父親の達男が、ふたたび自宅に戻って家族と暮らしはじめた経緯を、水原家以外の人間で知っているのは草薙絵梨子だけである。

もちろん、親友のユカが教えたのだ。

「えーっ、うっそぉ⁉」

目をまるくしてユカの打ち明け話を聞いた絵梨子は、歩きながらパンティを濡らしてしまった。

「ユカも、すっごいこと考えるのねぇ。私なんかせいぜいパパにお小遣いを余計にもらったり、お洋服を買ってもらうぐらいなのに……」

父親と一緒に入浴し、性的なサービスまで行なってしまうのが、絵梨子には真似のできないユカの大胆不敵なところだ。

「でも、よかったね。これで毎日パパに会えるわけでしょ。うらやましいな……」

「絵梨子のパパだって、もう少ししたら東京へ帰ってこられるわよ」

「でも、うちのパパとママは、ときどきしか会えないのが、かえって刺激になっているのかもしれないよ。帰ってきた夜なんか、そりゃあ激しいんだから……」

ユカと絵梨子は花束を持っている。二人のレズっ子は、美雪先生を病院に見舞う途中なのだ。

あれからほぼひと月。美雪先生はまだ眠りからさめない。それでも肉体のほうは徐々に回復して、手足のギブスはとれ、酸素吸入もやっていない。ただ手に点滴の管、膀胱に導尿管をとおされているのを除けば、見た目にはふつうの患者がぐっすり眠っているのと変わらない。

しかし、山口県の実家では「いつまでも意識が回復しないようだったら、東京におくよりも、こちらへ連れてきて面倒をみたい」という意向だそうで、もう少しのあいだ様子を見て、変化がないようだったら山口へ移送することになるという。となると、ユカと絵梨子はもう先生の顔を見ることができなくなる。それを考えると泣きたくなってしまうレズっ子たちだ。

「美雪先生、なんとかして目をさましてくれないかなぁ……」

「大きな声で呼ぶとか、電気のショックとか与えてみたらいいんじゃない？」

「そんなこと、医者なら当然やってるよ。それでも目がさめないから問題なのよ」

そんなことを言いながら、入院病棟に入ってゆくと、もう顔なじみになった看護師たちがニッコリ笑って挨拶してくれる。

「ねえねえ、看護師さんってレズビアンが多いんじゃないかな……。あそこの大柄な人なんて、私たちを見る目付きがちょっと怪しいんだよね」

「そうかもしれないよ。看護師の学校って、みんな寮でしょう。それに、あそこの毛を剃るとかお浣腸の勉強のときは、友達同士で実際にやるんだってよ。レズビアンになっちゃうかもしれないね……」

「じゃ、私なんか入院したら大変だなぁ。毎日看護師さんに襲われて」

「なに言ってんのよ」

そんなことを言いかわしながら病室を開けたユカが、キャッと叫んだ。

「なにしてんの、あんた⁉」

セーラー服の少女がひとり、眠っている美雪先生の顔の上にかがみこんで、キスしていたのだ。

「あっ」

びっくりしてふり向いた少女の顔を見て、

「あんた……、キッティカット……」

「愛ちゃん……」

ユカと絵梨子は呆気にとられた。級友の勅使河原愛だったからだ。

ユカは我に返ってカッとなった。美雪先生の寝間着の胸元がはだけ、青白く静脈を透かせている形よい乳房が半分のぞけている。愛は二人が敬慕する先生の唇を奪ったうえ、おっぱいまでさわっていたのだ。

「こら、愛！　私たちの美雪先生になにをしてるの。やめてよ！」

小柄でキュートな少女は泣きそうな顔になりながらも、

「美雪先生はあんたたちだけのものじゃないわ。私のものでもあるのよ！」

やりかえした。

「ど、どういうことよ、それ⁉」

聞き捨てならない文句を耳にして、ユカはこわい顔になった。美雪先生は学園の生徒たちを誘惑しないことを誓ってきた。その誓いを破った相手はユカと絵梨子しかいないはずなのに……。

「いいかげんなこと言ったら承知しないわよ！　美雪先生と愛と、どんな関係があったわけ

「……？」

「それは……、こんな所では話せないわよ」

「いいわ。じゃ、屋上へ行きましょうよ。愛の話、聞かせてもらおうじゃん」

三人の少女は入院患者の散歩場所になっている屋上へあがった。

「さっ、どういうこと⁉　言ってごらんなさいよ、美雪先生との関係……」

両手を腰にあてて睨みつけるユカ。愛は臆せずに答える。

「関係って言っても一回しかなかったけど、私、かわいがられたのよ、熱烈に……。先生があんなことにならなかったら、きっといまでもかわいがってくれていたはずよ……」

涙を溢れさせ、丸顔をぐしゃぐしゃにしながら愛は告白した。美雪先生が墜落する二、三日前、体育館への渡り廊下ですれちがいざまに声をかけてきたこと、その後、英語科の準備室で質問されたこと、そしてソファの上で愛しあったこと――。

「うそ……」

ユカと絵梨子は顔を見合わせた。自分たちだけを愛してくれていたと思っていた美雪先生が、同じクラスの美少女を誘惑していたとは……。

「でも、美雪先生は愛の出した交換条件をのんだわけでしょう？　誘惑されたのは先生のほうだわ」

絵梨子が美雪先生を弁護した。

「そうだよ、きっと。あれだけ生徒とは特別の関係にならない、って言い聞かせていたんだから……。それほど美保先輩のことを知りたかったってことね……」

では、なぜ美雪先生は桑野美保のことを、そんなに知りたかったのだろう。

「愛ちゃん。先生が本館の塔から落ちたこととなにか関係があるかもしれない。そのとき、愛ちゃんと話したことをみんなしゃべってみてよ」

美雪先生の行動の謎が、嫉妬よりも強く少女たちの関心をかきたてた。

「最初はね、理事会に頼まれて保健室のことを調べている、って言ったわ……」

「そんなバカな。美雪先生と保健室はなにも関係ないはず。それはウソだと思う」

ユカは断言した。

「そこで、美保先輩が私たちみたいな親衛隊の女の子にお浣腸させていることがわかって、どういう理由なんだって……」

「じゃ、須田先生がつけてるノートを見たわけね」とユカ。

「どうしてお浣腸のことに、そんなに興味があったんだろう？　そりゃあ先生は肛門もかわいがってくれたけど、私たち、お浣腸されなかったよね……」

言ってしまってから、絵梨子はアッと口を押さえた。愛に自分たち三人の関係をしっかり知られてしまった。

「ふふ。やっぱりそうだったのね。私だってうすうすわかってた。あなたたちの目つきや態度で……」

愛はあまり驚いた様子も見せない。

「それはともかく、保健室以外のことで、ほかになにを教えたの？」

「美保先輩のお家のこととか、えーと、そうそう、バレー部の部室で、高等部の部員がお浣腸しあってるってこと……。これ、内緒よ。バレー部以外の人には秘密なんだから……」

「へえー、バレー部の部員はお浣腸してるの？　ふーん」

そのことはユカも絵梨子も初耳だった。

「美雪先生もそれを聞いて、びっくりしてたよ……」

――ユカと絵梨子は、愛からすべての記憶をひきだしたが、そのなかから美雪先生の行動の謎を解く鍵を見つけだすことはできなかった。

「不思議ねぇ、愛ちゃんの話を聞いても、ちっともわかんない……」

愛を帰したあと、絵梨子が溜息をついた。ユカは腕組みして考えこんでいる。

「いずれにしろ、先生は美保先輩とお浣腸のことにすごく興味をもって、なにかを調べていたことはたしかよ。そうだ……、須田先生に聞いてみたら？　美雪先生、須田先生となにか話しあったかもしれないわ」

　翌日、さっそく二人は保健室をたずね、養護教諭の須田フミに質問した。いかにも人のよさそうな養護教諭は中等部の女子生徒二人に包み隠さず事情を話した。

「ええ。たしかに美雪先生は桑野さんのことを訊いてたわ。事故の何日か前のことだけど……。そうそう、日直のときに桑野さんが美雪先生にお浣腸してくれって頼んできたことがあるんですって……」

　二人は顔を見合わせた。

「そのとき、桑野さんが先生に、私によくお浣腸されてるからってウソを言ったのね。そのことを確かめにいらしたの。私は彼女を一度もお浣腸したことない、って答えて処置簿を見直したら、ほかの生徒たちをお浣腸したとき、桑野さんがいつもいることに気づいたんです。それを教えてあげたら『偶然ってあるものなのね』っておっしゃって……。それだけですよ」

　美保が取り巻きの少女たちに浣腸させたがることは、すでに愛から聞いている。

　保健室を出ると二人は校庭の芝生に座った。絵梨子が自分の考えを話した。

「よくわかんないけど、美保先輩は美雪先生を誘惑しにかかったんじゃないかしら……。それでお浣腸を理由に接近したんだわ、きっと……」

「うん。だけどあの保健室がなにかひっかかるんだなあ……。先生が塔から落ちた日も日直で、直前まで保健室にいたようだって警備員が言ってるもの」

「うん。処置簿にも、五時三十分に保健室を開けて陸上部の選手の怪我の手当てをしてるってことが先生の字で書かれてたのよ」

「それから一時間のあいだに、先生を本館の塔の上に行かせるなにかがあったのよ……」

「うーん、わかんないなぁ……」

二人は校庭から見える、本館の塔を眺めながら考えこんだ。

「美保先輩はなにか知ってるかしら？」

ふいにユカが言うと、絵梨子は脅えた表情になった。

「だめよ、美保先輩に近づいたら。あのひと、ユカを誘惑するよ、きっと……」

「ふふ。絵梨子ったらやきもちやいてんの？　でも、美保先輩はなにか知ってるはずよ……」

「知ってたら、そのことを警察に教えるんじゃない？　あのあと、刑事が何人も来て、いろんな人に事情聴取をしてたんだもの」

「ばかね。美保先輩がからんでたら必ずレズのことでしょ。自分を好きになった女の子にわざとお浣腸うけさせたりして……。そんなこと言ったら退学になっちゃうわよ」

「そうかぁ……。でも、美保先輩に近寄ったらダメよ。あの人、こわいところがあるわ。愛も話してたみたいに……」

「裸にして写したビデオを売りさばくってこと？　うそよ、あんなこと。美保先輩がポルノ関係の人間とつきあってるなんて信じられないもの……。だいいち、あのひとはレズだから男の知り合いなんていないいないいんじゃやない？」

「だけど、どっか気味の悪いところがあるのよね。一度誘惑された私が言うんだから、まちがいないよ」

「わかったわよ。会わないから……」

軽く受け流したユカだが、好奇心が強く向こうみずな性格の彼女は、そのときすでに、絵梨子に内緒でなんとか桑野美保に接近してみようと考えていたのだ──。

＊

（さて、どうやって美保先輩に近づこうか……。まさか『先輩、美雪先生のことでお話があるんですけど』とも言えないし……）

午後の授業のあいだ、ユカはそのことばかり考えていた。中等部同士ならともかく、高等部の美保と接近するチャンスはなかなかない。

ところが、チャンスはむこうからやってきた。

放課後、校門を出たところで、
背後から声をかけられたのだ。ふり向くと桑野美保がニッコリ笑いかけている。

「水原さん」

「あ、桑野先輩……」

まったく予想外のことで、ユカはびっくりして立ちすくんでしまう。

「ふふ。鳩が豆鉄砲をくったような顔をして……。なにをそんなに驚いてんの？」

「えっ？　いえ、あの、先輩に声をかけられるなんて、光栄だなぁと思って……」

とっさにユカの口からゴマスリの言葉が飛びだす。

「今日は一人？　絵梨子とは一緒じゃないの？」

「いえ。彼女は合唱部のミーティングがあるといって……」

「そう。じゃ、一緒に帰らない？」

むこうから誘ってきた。ドキンとユカの心臓が跳ねた。

「はい……、いいですけど……」

「私ね、バトン部の練習、よく見にゆくのよ……。バトン部じゃあなたがピカ一ね。レオタードも似合うし。パレードのときなど、ほかのみんなはかすんじゃうわ」

「……どうも」

ユカは赤くなってピョコンと頭を下げた。顔も体もカーッと火照る。

（美保先輩は、前から私のこと、目をつけていたんだ……）

そのこと自体に悪い気はしない。なにせ桑野美保は学園のアイドルスターなのだから。

たしかに美保は、花形スターのように人を魅了し圧倒するような輝きを発している。芸能界のスカウトマンたちが躍起になるのも無理はない。中等部二年のとき、学園祭のクラス対抗演劇で『ロメオとジュリエット』のジュリエットをやったときは、観客の少女たちは全員、彼女を見ておしっこをチビりそうなほど昂奮させられた――という伝説がある。

まだ高等部の一年なのに、上級生でも彼女に声をかけられるとポーッとなる。彼女がいる文芸部は、希望者が入りきれないほど部員が増えたという話だ。

そのアイドルスターが、ニッコリ笑って、

「ね、よかったらウチに遊びにこない？」

と誘ってきた。意味ありげな視線を感じ、ユカは手足が震えるのを感じた。

（このひと、私をレズペットにしたいのかしら……？）

彼女の異常な性癖については、絵梨子からも愛からも聞かされている。自分も同じ要求をされるにちがいない。

（だけど、この人は美雪先生の事件の鍵を握ってるはず……。よーし、虎穴に入らずんば虎児を得ずよ！）

ユカは恥ずかしそうな顔をしながらコックリうなずいた。自分でも呆れるくらいのブリッ子である。

2

「うわぁ……」

桑野美保の部屋に招き入れられて、ユカはしばらくのあいだ、絶句したきりだった。

だいたいのことは絵梨子や愛に聞かされていたが、これほどゴージャスな家だとは思ってもみなかった。

まず裏門から入ったのだが、裏門といっても自家用車が入れるほどの間口があり、ふつうの邸宅の正門と言っても遜色がない。

なかはさまざまな樹木が鬱蒼と生い茂り、美保の祖父母が住んでいるという母屋を覆いかくしている。ちょっとした公園ぐらい広い庭の小道をつたってゆくと、洒落たテラスをもつバンガローふうの別棟があって、そこが美保専用の〝個室〟なのだった。

「さあ、ゆっくりしていって……」

まるで西洋のお姫さまの居室のようなインテリアがほどこされた居間に案内された。窓からは緑の芝生。

（まるで夢みたい……。これ、日本なのかしら……？）

ユカは狐につままれたような感じだ。

インターホンで母屋と話せるようになっていて「お友だちを連れてきたから……」と連絡すると、お手伝いさんが渡り廊下をやってきた。しずしずとお盆をもって入ってくる。

「さあ、紅茶とケーキ。めしあがれ」

ウェッジウッドのポットに用意された紅茶はロイヤル・コペンハーゲン。それにS——堂のシナモン・ケーキ。

「美雪先生、お気の毒ね……。あなたたち、しょっちゅうお見舞いに行ってるんでしょう？

絵梨子も愛も……」

紅茶をすすりながら、高等部の先輩はユカになにげなく語りかける。ドキッとした。

「え？　ええ……」

（どうして私たちが病院にお見舞いに行ってること、知ってるのかしら……？）

怪しまれるといけないので、なるべく高等部の生徒が来ているときは顔を出さないようにしていたのに。

「残念ねえ、あの先生がいなくなるなんて……。まだ授業は受けていなかったけど、とてもやさしくて、親切な先生だから、来年授業を受けるの、楽しみにしていたのに……」

もう、美雪先生が意識を取りもどすことが無いと確信しているような口ぶりだ。

やがて十六歳の美少女は、二つ年下の後輩を自分の寝室に招いた。

「わあ……」

また驚きの声を発したユカだ。

インテリアは優雅なロココ調だが、なによりも、窓を除いた壁という壁に鏡がはりめぐらせてあるのがふつうの部屋とちがう。まさに鏡の部屋だ。部屋に入ったとたん、鏡同士の反射で何人ものユカがいろいろな部分に映しだされた。

「こうすると、ほら、前ばかりじゃなくて、後ろも横も同時に眺められるでしょう？　そうすると自分の体の動きがよくわかって、演技の勉強になるの……」

卒業したら芸能界にデビューすることが決まっていて、いまも週に一度は俳優養成スクールに通っているという美保は、そう説明した。

それから、部屋の中央に置かれた天蓋つきのロマンチックなベッドを指さし、熱っぽい言葉を囁きかける。

「さあ、あそこで愛しあいましょう」

後ろから抱きしめられ、首をねじまげられるようにしてキスされると、ユカはぼうっとなって膝から力が抜けた。あとで考えると、紅茶のなかになにか酔わせるものでも入っていたのではなかろうか。ともかく気がついたときは真っ裸でベッドに横たえられていた。

美保もパンティを脱ぎ捨て、みごとなヌードを惜しげなくさらして覆いかぶさる。

「ふふ、カワイ子ちゃん……。お姉さまがたっぷりとかわいがってあげるわね……」

ユカはレズビアンの先輩に翻弄された。濃厚な接吻。乳房、うなじ、お臍、脇の下、背筋……とキスされると、それだけでユカは気の遠くなるような快感を覚え、啜り泣き、ピチピチした裸身を悶えくねらせた。

(す、すっごーい。こんな愛撫、はじめて……!)

「感じやすい子ねぇ……」

自分のテクニックに過剰なまでに反応するユカを見て、満足そうに笑ってみせる美保。妖しいまでの微笑だ。

「ほら、こんなに濡らして……」

秘毛の叢をかきわけ、ピンク色の可憐な割れ目をあからさまにして唇を押しつけてくる。

「あっ、先輩……。やだ、汚いよぉ……」

狼狽するユカ。

彼女はいま生理の直前なので、おりものの量が多い。朝、新しいパンティにはき替えたのに、昼にはもうじっとりベタベタという感じになっている。しかも何度かトイレに行っているから、当然おしっこの匂いもしみついているわけで、そこを美しい先輩に指で広げられ、顔を近づけられては、羞恥とは別のショックを受けるのも当然だ。しかし、美保はいっこうに気にしない。

「おばかさん。女の子のこの匂いがいいのよ。ああ、たまらないわ……、上質なチーズみたいで……」

目を細めてクンクンとユカの秘部からたちのぼる匂いを嗅ぎ、うっとりした声を洩らすのだ。それから唇を押しつけてきた。

「ひーっ！　いやぁン。あ、あーっ」

「おいしい……」

健康なピンク色、サンゴ色をした粘膜のすみずみまで舌を這わせ、割れ目の奥から溢れでてくる透明な液体をすすり飲む美保。

「う、うー……」

しっかりと下肢をかかえこまれているので腿を閉じることもかなわない。仰臥したユカの裸身は、やがてヒップを持ちあげられ、L、あるいは横倒しのUの形になった。

「ここも、舐めてあげる」

会陰部を隔てたもうひとつの肉穴、アヌスにも舌を這わせてきた。

「きゃー！　やめて、汚いってばぁ」

ユカは絶叫した。

「いいのよ、あんたみたいなかわいい子だったら、ウンチだってかわいいんだから……」

菊襞をなめられ、すぼまりの中心を舌でつつかれた。唾液でぐちょぐちょに濡らして指まで入れてくる。

「やああン。あーっ……」

でも、不潔感がすっとんでしまうと、そこを愛撫される快感がわき起こり、ユカの若鮎のような裸身はまたくねり悶えだすのだった。

「すてきなアヌス、すてきなお尻……。ああ食べちゃいたい」

昂った声で呻くようにいい、美保は後輩のクリクリしたヒップに嚙みつくようにして歯をたてた。ユカにはそれも快感だった。

「う、うあ、ああーっ！　先輩ぃぃぃぃっ！」

指で尖りきったクリちゃんをいたぶられ、アヌスを舐められながら絶頂してしまった。気が遠くなる……。

＊

カチャリ。

冷たい金属の感触を手首に感じて、ユカは我にかえった。全裸にむかれ、美保先輩にクリトリスとアヌスをなぶられてイッたあと、しばらく失神したようになっていたのだ。

「あ」

後ろ手にまわされた手首の自由が奪われている。身をよじって鏡の壁に映った自分の背を見ると、金属製の手錠がシッカリとかけられているではないか。

「先輩……、どうして手錠を……」

叫ぶと、一糸まとわぬ姿のままカーペットの上におり立った学園のアイドルは、ぞっとするような妖艶な視線をユカに浴びせた。

「お浣腸するためよ」

「えーっ、お浣腸……！　いやです、許して……」

ユカは脅えた表情になった。子供の頃に母親からされたイチジク浣腸だって、つらくて苦しくて恥ずかしくて死にそうだった。それ以来、浣腸と聞くと「パス」と叫んでしまう。

「あら、ユカ。私がお浣腸大好き少女だってこと、知ってるんでしょう？」

（そ、それは知ってるけど、その前にはぐらかして逃げだすつもりだったのよ……）

まさか手錠をかけられて自由を奪われるとは思ってもみなかった。

「あなたのお友達の絵梨子も愛も、みーんなここで私にお浣腸されたのよ。それから肛門もかわいがられたの。あなたもそうしてあげる……」

愉快そうな微笑を浮かべ、ベッドの横の小机にガラス製の大きな注射器に似たものを置いた。浣腸器だ。一〇〇CCの目盛りいっぱいに透明な液体がはいっている。

「さあ、お浣腸の前に肛門をモミモミしてあげるわね……」

ユカはうつ伏せにされ、お尻を持ちあげる姿勢をとらされた。いやがると思いっきり尻を叩かれた。

「お姉さまの言うことを聞くのよ、ユカ！　でないと、もっと痛い目にあわせてあげるよ。大事な処女膜をひっちゃぶられたいの⁉」

そのひと言でユカは震えあがり、命じられたとおりの屈辱的な体位をとった。

「もっと脚を開いて、そう。ああ、きれいなアヌス。完全無欠だわ……」

ほうっと賛嘆の溜息をついて、しげしげとながめ、ひとしきり年下の少女に屈辱と羞恥の涙を流させてから、美保は乳液をひと垂らし、可憐な肉の蕾に落とした。

「ひっ」

敏感な粘膜に冷たい液体を落とされ全身に鳥肌がたつ。

「さあ、息を吐いて……」

ツイと人さし指がねじこまれた。

「やーっ!」

「ばかね。ウンチの出をよくしてあげるというのに……」

「いいです。ウンチは自分で出しますから」

「この私が見たいのよ。中等部一の美少女が泣きながらウンチするところを……。私の目の前でね。ふふっ」

やっぱり桑野美保は、サディスティックな歪んだ欲望を美貌の奥に隠していたのだ。

ぐいぐいと括約筋を揉みしごかれ、ユカは脂汗をねっとり浮かべて悶える。

「おや、奥のほうに硬いのが。ウンチのかたまりね。ユカ、あなたこのところ便秘気味でしょう?」

ユカは真っ赤になった。そのとおりだったからだ。

「さあ、これぐらいでよし、と」

美保は透明な液体を飲みこんでいる浣腸器をとりあげ、ぶるぶる震えているユカの背後にひざまずいた。

「いくわよ。グリセリン浣腸」

「あーっ！」

嘴管がズブッと菊襞の中心に突きたてられ、チュルチュルとなまぬるい液体が直腸へと注ぎこまれた。なんともおぞましい感触に、ユカは泣き声をあげ、また全身に鳥肌をたてた。

「ふっふっ。美少女ユカの運命もこれまでね。じきに泣きながらウンチさせてくれって頼むようになるわ」

空になった浣腸器をふりかざして勝ち誇った笑いを見せる美保だ。

「さあ、しばらくそこで我慢してるのよ。そのあいだに……」

素っ裸のまま鏡張りの壁の一隅に行くと鏡のひとつを押す。すると天井から床までの鏡が回転した。鏡自体が物入れの扉になっているのだ。

「よっこらしょ」

美保はなかに入っていた道具をとりだした。

「あっ」

ユカは青ざめた。

「それは……！」

「そう。ビデオカメラよ。ユカがぷりぷりウンチするところを撮影してあげる」

「えーっ⁉」

たしかに美保が、女の子たちの恥ずかしい恰好をビデオに撮る趣味があるのは、愛が告白してくれたので知ってたが、まさかこの自分が撮られるとは……。

「いやです、先輩。許して……！」

「いやもクソもないわ。それだったらいつまでも我慢してなさい」

「う……」

便意の波が襲ってきた。ユカは腸の内側に不気味な怪物が生まれ、暴れながらだんだん成長してゆくのを脂汗を流しながら実感していた。

「どうやら効いてきたようね」

がっしりした三脚の上にビデオカメラを載せ、テープをセットする。美保の手つきは慣れたものだ。

「どれどれ」

ファインダーをのぞき、画面の中央に真っ裸のユカがヒップをくねらせながら苦悶している姿を捉える。

「ああ、いい恰好。かわいい……。さあ、もっと苦しむのよ……」

（わーン、地獄だよぉ、こりゃ……）

ユカが本気でおいおい泣きだしたとき、
ルルルル。

ベッドサイドの電話が鳴りだした。

「ちえっ」

目を細めてうっとりと下級生の泣き苦しむ姿を見ていた美保は、舌打ちして受話器をとりあげた。

「もしもし。うん、私。なんの用？」

電話でなにやら話している。相手が誰だかわからないが、そうとうこみいった話のようだ。

美保の眉間に縦皺がより、表情が険悪になった。

「だって、そんなこと……。話がちがうじゃないの。とんでもないわ……！」

憤然としている。

「そんなことがバレたら、私の人生、めちゃめちゃになる！」

そのとき、ユカはもう我慢できなくなって叫んだ。

「あーっ、先輩っ！　助けて、出ちゃうっ！」

美保はユカの切迫した状態を見て、電話の相手に、

「ちょ、ちょっと待って。いま手が離せないことしてるの。すぐかけなおすわ」

そう告げて受話器を戻し、あわててユカのところに駆け寄る。ユカの噛みしめた唇はもう血の気がない。

「タイミングが悪いわねぇ……。じゃ、トイレでやらせてあげる……」

最初はベッドの上で、オマルに排泄させてビデオに撮る気だったのに、電話がかかってきたので、その気が失せたらしい。ユカをすぐ隣のバスルームに追いたてた。薔薇色の浴槽が置かれているバスルームも、壁は鏡だらけだ。

「さあ、出しなさい」

やはり薔薇色の便器に後ろ手錠のままユカを座らせたとたん、

「アーッ！」

ユカは叫んで、美しい先輩に見つめられながら、ドオッと吐きだしてしまった。

「ちゃんと全部出すのよ」

屈辱の涙で頬を濡らすユカを熱っぽい目で見ながら、美保は手錠の鍵をはずした。ベッドのところに戻りプッシュホンを取りあげる。ボタンを押して、また相手と話しだした。緊急の用らしい。

バスルームのドアは半開きになったままだ。ユカが座っている便器からは直接に美保の姿を見ることはできないのだが、鏡が何重もの反射をくり返しているから、どこを見ても彼女の姿が映っている。お腹のなかのものをすっかり出しきるまで、ユカは美保の姿を見ていた。いらだたしい身振り。険しい表情。電話の相手とのあいだに、なにかトラブルが起きたようだ。

（よかった……。あの電話のおかげでビデオに撮られるのはまぬがれた……）

ユカがふらつく足取りで浴室を出ると、驚いたことに美保は洋服を出して外出の仕度をしていた。まだ青ざめているユカを見て、抱きよせてチュッと軽くキスしてやる。

「どうだった、かわいこちゃん。私のお浣腸は……？」

「恥ずかしくて苦しくて……。もうたくさんです、先輩」

「そう？　でも、そのうち気持ちよくなるわ。また、じっくりしてあげるわね。今日はちょっと用事ができたの。悪いけどこれで帰って……」

ユカは桑野家の裏門を出た。ホッとすると同時になにかものたりないような感じだ。

（うーん、されてるときはお浣腸って苦しいけど、終わってみるとなんとなくセクシィな気分だなあ……。もう少し先輩にいじめられてもいい気持ちがしないでもない……）

それから気がついた。

「あっ、美雪先生のことを聞くの、すっかり忘れてた」

しかし、美保はまた呼んでくれるという。チャンスはまだあるわけだ。

——そのチャンスは永遠にやってこなかった。

3

翌朝早く、ユカは絵梨子からの電話で叩きおこされた。

「ユカ、たったいま、テレビのニュースでやってたよ！　美保先輩が殺されたって！」

ガーン。

頭を殴られたようなショック。

「えーっ、うっそぉー⁉」

「ウソじゃないよ。G——公園の奥の林のなかで、首を絞められて殺されていたんだって」

学校に行くと、すでに警察が美保のことについて教師や生徒たちから聞きこみを始めていた。

美保の死体が発見されたG——公園は、美保の家からなら歩いても五分ぐらいだ。死体は植え込みの陰に隠されていて、早朝に犬を散歩に連れていった近所の住民によって発見されたのだ。

死体は紐のようなもので首を絞められた跡があり、全裸にされていた。服は近くのゴミ捨て場に紙バッグに入れられて捨てられているのが見つかった。

不思議なのは、裸にされているのに暴行のあとがないことである。警察では「殺害現場と死体発見現場はちがう」という見方をしている。つまり、彼女は別のところで殺され、真夜中にでも公園に運ばれたのだろう。

死亡推定時刻は、前の日の夜、七時か八時だという。

(私がお浣腸されたのが、五時半頃だった……。あのあと出かけて、すぐ殺されたことになる……)

孫娘の行動を放任していた祖父母は、彼女が帰らなかったのも知らなかった。それほど美保は、好き勝手な生活をしていたのだ。

全校生徒のアイドル的存在だった桑野美保の殺害事件は、生徒たちに激しい衝撃を与えずにはおかなかったが、一番ショックだったのはユカだ。

(私が、生きてる美保先輩に会った最後の人間じゃないの……！)

昼休み、ユカは絵梨子と屋上にあがった。

「ユカ。人間の運命ってわかんないね。あんなにイキイキしてててスターになるのを夢見ていた美保先輩が、通りすがりの痴漢に殺されるなんて……」

美保が裸にされていたことから、変質者が暴行しようとして、抵抗されたために殺したのだろう――と考えるものが多かった。

「絵梨子、ちがうよ。美保先輩は痴漢とか変質者に殺されたんじゃないと思う」

ユカのきっぱりした口調に、絵梨子は不思議そうな顔になった。

「どうして、そう言いきれるの？」

「だって、私は美保先輩と一時間前まで一緒だったのよ。そのとき、電話がかかってきて、誰かと話してた。なんだかケンカ腰でね、トラブってたみたい。それから急に『出かける用事があるから』って私を帰した。……電話をかけて彼女と話した人が殺したのよ、きっと……」

「ちょっと、ユカ。美保先輩のおうちに行ったわけぇ⁉　私があんなに会っちゃダメと言ったのに……」

絵梨子が頭に来て叫んだ。

「ちがうよ、絵梨子。ユカのほうから近づいたんじゃないんだってば。美保先輩のほうから声をかけてきて、誘われたんだよ……。美雪先生のことを訊く絶好の機会だと思ったから、誘いにのっただけよ」

「でも、美保先輩の家に行ったからには、ただではすまなかったんでしょう？」

「……」

　ユカは頬を赤らめた。仕方なく、彼女の家で浣腸されたことまで、全部話すことになった。

「へぇー……。誰かなあ、その電話をかけてきた人」

　最後まで聞いた絵梨子は、ユカが美保先輩にかわいがられたことに対する嫉妬も忘れ、興味をあらわにしてきた。

「それが、むこうの声は全然聞こえなかったからね……。たぶん友達のうちの一人かな。タメロをきいていたから」

「だとしたら、レズペットの誰かかしら。ふられた腹いせに美保先輩を殺して、痴漢か誰かの仕業に見せかけたんじゃない？」

「そうかなぁ。警察では、美保先輩はどっかで殺されて、現場まで運ばれた——って言ってるよ。だとしたら、そうとう力がある人じゃないと。先輩のレズペットにそんな力もちがいる？」

「うーん、そうかぁ……」

「それより、私、困ってんのよ。だって、彼女と最後に会ったのが私でしょ？　電話のことも私しか知らないし……。そのこと、警察に話したものかどうか……」

「それもそうね……」

　絵梨子もそこに思いいたって顔を曇らせた。警察に詳しく話せば、レズ行為のことが学校側に知れてしまうかもしれない。そうしたら困ったことになる。

「うーん、困ったわね。だけど黙っていても警察はユカを探しあてるかもしれないよ。だって校門の外で美保先輩に誘われたとき、誰かに見られたかもしれないでしょ？」

「そうなんだよね。先輩の部屋でも、母屋からお手伝いさんがお紅茶とケーキを持ってきてくれた。私と顔は会わせなかったけど、誰か女の子が来ていたことはわかってるだろうし……」

　そのとき、絵梨子がハッと息をのんだ。

「あ、あの部屋にはビデオが……！」

　ユカが聞きとがめた。

「絵梨子。やっぱりあんたもビデオ撮られたの⁉」

「うん……」

　しょげかえってはじめて告白した絵梨子だ。

「あんまり恥ずかしいから隠してたけど、最初に連れていかれたとき、昨日のユカと同じことされて、全部、ビデオに撮られたのよ。だからいまも、美保先輩の家にあるはずよ」

「えーっ、そりゃまずいよ。じゃ、キッティカットのもあるわけね？」

「そうだと思う。レズペットの恥ずかしい恰好を映したのが全部……」

「うーん……」

美保を殺した犯人がすぐ逮捕されたらともかく、そうでなければ、警察は美保のふだんの行動を詳しく調べるにちがいない。彼女の部屋も調べられるだろう。そのとき、DVDに保存されていた映像が何枚も出てきて……。

「わーっ、どうしよう!?」

もう泣きだしてしまう絵梨子だ。

「泣かないでよ、絵梨子。こんなときに……」

しがみついてくる親友を抱きかえしてやりながら、ユカも泣きたくなってしまった。桑野美保の死によって、ユカと絵梨子、それに勅使河原愛の運命は大きくゆさぶられそうだ……。

「よし、こうなりゃ先手を打って警察と話すっきゃないよ。隠してたってどうせバレるんだから、それなら協力して早いとこ犯人を捕まえてもらおうよ。でないとますますヤバイ立場に追いこまれそうだわ……」

「でも……」

「警察だって鬼じゃないもの、私たちが頼めば、ビデオのことなんか内緒にしてくれないこともないんじゃない？」

どんな逆境でも楽観的でいられる性分のユカは、放課後、学校の外の公衆電話から、さっそく警察に電話をかけた。

「もしもし、桑野美保さん殺害事件を捜査してる係の人をお願いします。……ええ、白萩女学園の生徒なんですが、昨日の美保さんの行動のことでお知らせしたい情報があるんです。でも、学校に知られると困ることもあるので、秘密を守ってほしいんです。あまり人に知られないように会っていただけますか？」

電話に出た中年の刑事は、案外やさしくユカたちの申し出を聞いてくれた。

「ああ、いいとも。いまはどんな情報でもほしいときだからね……。きみはいま、どこにいるの？　白萩女学園の近く？　じゃ、区立図書館があるでしょう。あそこのロビーで会うというのはどう？　学園のセーラー服を着ている二人連れね。じゃ、三十分後に行くから待っていなさい……」

ユカと絵梨子が指示どおりに待っていると、二人の男が入ってきた。一人はずんぐりした体格の中年で背広を着ている。あから顔で猪首でやや禿げあがって汗っかきのところなど、どこか絵梨子の父、草薙大二郎に似ている。もっともエリートサラリーマンの大二郎とくらべて、こっちはずっと野暮ったいが。もう一人はまだ三十そこそこの、背が高いスポーツマンタイプ。顔もキリッとひき締まってなかなかハンサムだ。

白萩女学園の制服を認めて、ユカたちに近づいてきた。

「きみが電話をかけてくれた子かな？」

「そうです。私、中等部二年の水原ユカです」

「私、クラスメイトの草薙絵梨子です」

「ぼくはＳ――署の福田警部。こちらが長沢刑事だ」

二人とも警察手帳をとり出し、表紙を開けてちゃんと写真と名前を見せる。

「駐車場に車をおいてあるんだ。ここじゃなんだから、車のなかで話を聞こうか。そのほうが人目につかなくていいだろう」

福田警部は少女たちのために配慮してくれた。

（思ったとおり、親切だわ……）

目立たない灰色のクラウンのなかで、ユカは前日、桑野美保の部屋であったことを話した。さらに、保健室で行なわれている浣腸を通じて、美保が夏川美雪先生の墜落事件と関連しているのではないか――という、自分たちの疑問も。

さすがに美保の浣腸趣味のことを話すとき、二人の少女は真っ赤になり、うつむいて汗をかいた……。閉めきった車内に少女たちの甘酸っぱい体臭が蒸れ匂い、二人組の刑事は悩まし気な顔になった。

「……そうか、まぁ、夏川先生の墜落事件についてはあとで詳しく訊くとして、まず、桑野美保に電話をかけてきた人間が誰か——ということだな。男か女か、全然わからなかったの？」

「ええ。私、ちょうどそのとき、おトイレに行くのを我慢してたもので、あまりそっちのほうに神経がいかなくて……」

ますます赤くなるユカ。

「要するに、相手の言ってることに怒っていたわけだね。カンカンに？」

「そうですね。ものすごくこわーい顔でしたよ。ふだんの顔から信じられないぐらい」

「それで、彼女の部屋から解放されたのが五時半頃だというわけだね」

「ええ、そうです」

「どうやら、その電話の主が犯人だと思っていいな」と福田警部。

「警部、どうでしょう？　ユカちゃんを桑野美保の部屋へもう一度連れていったら……。なにか思いだすかもしれません」

長沢刑事が提案した。

「それはいいかもしれんな……。よし、行ってみよう」

刑事たちは車を動かし、桑野美保の邸に向かった。愛する孫を失った祖父母夫婦はガックりきて床に伏しているといい、お手伝いさんが母屋がわの廊下から美保の別棟に案内してくれた。

「ほう、これは贅沢な……」

はじめて足を踏み入れた福田警部は、やはり呆気にとられて周囲の調度を見まわした。

「これが女子高生の部屋とは思えんな」

長沢刑事のほうは午前中にこの部屋に来て、手がかりになるようなものがないか、ザッと調べたという。

「それが、不思議なんだよ。あの年頃の女の子なら日記をつけているはずなんだが、それが一冊もないんだ。住所録とかそういったメモの類もない」

ユカと絵梨子は顔を見合わせた。

「それじゃ、あの、ビデオは……？」

「ビデオ？　デッキならそこにあるでしょう」

「そうじゃなくて、ビデオカメラと、それに保存したＤＶＤです。寝室の戸棚に入っていたはずですが」

「そんなもの、なかったぜ……。来てごらん」

一同は鏡張りの寝室に入った。ユカが示した鏡の扉を開けてみると、昨日は確かに入っていたビデオカメラもＤＶＤの類もそっくり消えていた。

「ないわ!」

ユカが叫んだ。長沢刑事は床にしゃがみこんで埃を撫でた。

「なるほど……、ここに三脚の跡がある。おや、これはビデオカメラの説明書だな。警部、たしかにこの部屋にはビデオカメラがあったようです」

「ということは、桑野美保が殺害されてからすぐ、誰かがこの部屋にやってきたことになるな。鍵は被害者が持っていたはずだから」

「この部屋なら人目につかず入りこめますからね……。それだと日記や住所録の類が見つからないのもわかる。侵入者は自分に都合の悪い記録の類をいっさい、この部屋から持ちだしたんですよ、きっと」

「ところでお嬢さんたち。さっきからビデオのことを言ってるが、そのビデオにはなにが写っているのかね」

福田警部に問われて、またもや真っ赤になって恥じらう少女たちだったが、仕方なく、美保のもう一つの趣味——浣腸されて悶え苦しむ少女たちの姿を撮影する趣味のことを告白した。

「ほほう。これは驚いた。富豪のご令嬢が、そんな趣味をもっているとはね……」

二人の刑事も、驚いたようだ。

居間にもどると、長沢刑事がユカに言った。

「じゃ、ともかく昨日のことを再現してみてくれないか」

「はい。まずここに通されて、お紅茶とケーキをいただいたんです。そのとき、美保さんのほうから『美雪先生は気の毒ね』って言ってきました。いま思えばなんだか、私が美雪先生のことをどれだけ知ってるのか、探りだそうとしていたみたい……」

それから寝室に入る。

「最初にベッドに二人で横になって、あの、仲よくしたんです。そのあと、いきなり手錠をかけられて、お浣腸されました」

手錠や浣腸器は小机のひきだしから発見されている。

「おもちゃの手錠だが、十六の女の子がこんなものを使うとはちょっと異常だな……」

福田警部は首をひねっている。

「美保先輩がビデオカメラをもちだしたのは、私にお浣腸してからです。そこに三脚を置いてセットしているときにベルが鳴って……」

恥ずかしい行為のひとつひとつを、ユカは口ごもったり、頬を染めながら説明した。

二人の刑事も、部屋の雰囲気とあいまってなにやら妙な気持ちらしく、それを押し隠そうとしてわざとらしくしかめっ面を作ったりしている。

「彼女は電話を受けて『話がちがうじゃないの。とんでもないわ!』とか『バレたら、私の人生、めちゃめちゃになる』って言ってました。だけど私がもう我慢できなくなって『助けて!』って悲鳴をあげたら、一度電話を切ったんです。それから私をこっちのバスルームに連れてって、あの……、便器に腰かけさせてから、また電話のところにもどって、相手を呼びだし、話を続けました」

「一度めと二度めの電話は、同じ相手?」

「ええ。美保先輩の声の調子が同じでしたから……。やっぱり怒ってるようでした」

「かけなおしたときの電話番号がわかるかな」

長沢刑事が電話機を眺めながら呟く。

福田警部が身をのりだした。

「もしこの電話機が、そのとき以来使われていないとすると、リダイヤル機能がはたらいているから、そこのボタンを押すだけで昨日話した相手につながるはずだ……」

警部は部下を見やった。

「きみは午前中この部屋に来たとき、この電話にさわったか?」

「いえ、さわってません」

「さっそくリダイヤルしてみようじゃないか。いったい誰が出るか……」

男の声より女の声がよかろうということでユカがリダイヤルのボタンを押した。

ルルル。ルルル。ルルル……

呼出音が鳴りつづけた。

(誰もいないのかしら……)

あきらめようとしたとき、電話線のむこうで受話器がとりあげられた。

「もしもし」

男性の声だ。若い。

「もしもし、タラノメさんのお宅ですか」

言われたとおり、ユカは出鱈目《でたらめ》な名前をあげた。

「はあ!?　ちがいますよ」

「あっ、すみません。……でも、おかしいなぁ……。お宅の電話、〇〇〇—××××じゃないですか？」

相手の電話番号を聞きだすためのテクニックだ。しかし、電話のむこうの声はのらなかった。

「全然ちがうね」

「あっ、あの、お宅の名前は……」

ガチャリ。

切られてしまった。

「相手は男だったね。それに静かな部屋だ。お店とか会社ではない。それがわかっただけでも収穫だよ」

長沢刑事が、相手の名前も電話番号も聞きだせなかったユカを慰めた。

「いまの声に聞き覚えはなかったかね」

福田警部が厳しい表情で訊く。

「ええ、あの……。聞き覚えがあるような気がするんですけど。まさか……」

ユカは口ごもった。

「ほう、誰かに似てるのかい」

「ええ」

「誰によ、ユカ」

絵梨子がじれったそうに訊く。

「うん、それがね……、自分でも信じられないんだけど、口調がカズキ先生みたいだったのよ……」

「カズキせんせいーっ⁉」

　絵梨子が信じられないというように叫んだ。

「誰だね、そのカズキ先生とは……」

「氏崎和希といって、うちの学校の体育の先生です。去年、学園にきたばかりの若い先生なんですけど……」

「その先生は、桑野美保とは関係があったかね」

　そう訊かれると、二人の少女は首を横に振らざるをえない。

「美保先輩とは体育の授業で顔を合わせていたかもしれないけど、担任でもないし部活も関係ないし、私たちにはつながりは思いあたりません」

「そうか……。じゃ、いまの電話に出た相手が氏崎という先生だったかどうか、ハッキリしないわけだ……」

「ちょっと待って！」

　絵梨子がまたさえぎった。今日はどういうわけか絵梨子の頭脳が冴える口だ。

「ユカ、関係あるわ。カズキ先生はバレー部の監督でしょう？　高等部のバレー部員が部室でお浣腸してるって話だけど、それをやりだしたのは杉原先輩よ。あの人、美保先輩の一番新しいレズメイトじゃないの」

「あ、そういえばそうね。でも、たまたまレズメイトの一人がバレー部だったからといって、監督のカズキ先生と美保先輩を結びつけるの無理じゃない？」

「だけど、バレー部はビデオを使って練習しているよ。あれ、カズキ先生が監督になってから取り入れられたんでしょう？」

「……」

二人の刑事は顔を見合わせた。福田警部が言った。

「どうやら、そのカズキ先生とやらの身辺を探ったほうがよさそうだな……。夏川先生の墜落事件との関連も、もう一度調べてみよう。それにしても、ここは、邪魔が入らなくていい場所だ。おい、長沢くん、今度からお嬢さんたちの話を訊くときは、ここを使わせてもらおうじゃないか」

＊

二日後、二人は福田警部に呼ばれて、また、美保の部屋へ行った。長沢刑事が教えてくれた。

「あれからカズキ先生のことをいろいろ調べてみた。最初は、学歴優秀、眉目秀麗、肉体強健、人格穏健……と、言うことなしの体育教師の顔しかわからなかったが、少年時代のことも調べあげると、意外な事実がわかったよ。氏崎和希は湘南のK——高校時代、強制猥褻で補導されているんだ」

「きょうせいわいせつ⁉」

ユカも絵梨子もびっくり仰天だ。

「そうだ。なにをやったかというと、これはキミたちには話しづらいが……、公園で見かけたかわいい少女を公衆便所に連れこんで、むりやり浣腸をして、泣きながら排泄するところを見てオナニーに耽ったというんだ」

「うわー」

「信じられなーい！」

二人の少女は絶叫した。

トレパンの前をモッコリふくらませていることから〝モッコリ〟という仇名でも呼ばれる全校生徒憧れの的、二枚目独身体育教師が、なんと浣腸マニアのロリコン痴漢だったとは……。

「まあ、少女に暴行を加えていなかったことや、初犯だったこと、それに親戚に有力者も多く——たしか、おたくの学園の理事長もそうらしいがね——家裁では起訴猶予処分になってる。つまりお説教だけですんだということだ。その後は同様な事件を起こしていない。ロリコン痴漢は癖になるものだが、やっていないのか、それとももっと上手にやるようになったのか……」

「でも、美保先輩との関係は……？」

「それが、キミたちの言うとおり、まったくと言っていいほど出てこない。学校の先生も生徒も、誰ひとり氏崎先生と桑野美保が話をするところを見たことがないというんだ。体育の授業のときでさえ、めったに声もかけなかったというからな……。桑野美保が殺害された頃は、自分の家に帰っていたというんだが、マンションなので近所の住民に訊いてもアリバイの確認がとれない。彼は赤いヴィッツを乗りまわしているから、死体を運ぶ手段はもっているわけだが……」

長沢刑事が答える。

「じゃ、美雪先生が落ちたときのカズキ先生のアリバイは、どうなってるんですか？」とユカ。

若い刑事は苦笑した。

「きみたちは、どうしても夏川先生の事件と桑野美保の事件を結びつけたいらしいな……。それはタイムカードで調べたが、あの日はバレー部の練習があり、その指導を終えてから午後六時に学校を出ている。ただ、これも同じようにアリバイはない」

「タイムカードを押したあとも残っていて、たとえば本館に姿を隠していた可能性もあるわけですね」と絵梨子が訊く。

　長沢刑事は溜息をついた。

「キミたちは刑事になれるよ。頭がいい。そのとおりだ」

「ただ、それだけの疑いでは、逮捕するわけにはいかん。捜索令状も難しい。なにせ理事長じきじきのご推薦で採用されたらしい優秀な教師に疑いをかけるわけだから、よっぽど証拠を固めてからでないとな……」

　福田警部は腕組みしている。どうも捜査は難航しているようだ。

「カズキ先生が美雪先生を突き落とした犯人なのかどうか、それだけなら確かめる方法はあると思うんですけど……」

　ユカが提案した。

「どういう方法で？」

「こういう方法です」

　ユカが話すと、福田警部は大きくうなずいた。

「やってみる価値はあるな」

　ニヤリと笑い、皮肉めいた口調で言った。

「それにしても頭のいいお嬢さんたちだ。体の発育ばかりじゃなく、ね」

二人は顔を見合わせて、また赤くなった。

*

翌日、白萩女学園のなかに、明るいニュースが流れた。

「ねえねえ、聞いた？　美雪先生が意識を取り戻しそうなんだって……。うまくいけば、明日か明後日にでも目をさますかもしれないってよ」

「わー、ホント⁉」

躍りあがって喜ぶ生徒たち。美雪先生がどんなに慕われていたか、わかるというものだ。

ただ、一人だけ難しい表情の人物がいた……。

——その日の真夜中。

美雪先生が入院している総合病院の入院病棟は、ひっそりと寝静まっていた。

一時。懐中電燈を手にした看護師が病室を巡回し、ナースステーションに姿を消した。

しばらくして、黒い人影が廊下を滑るようにやってきて、「夏川美雪」という患者名を確かめると、個室の扉をスッと開けてなかに入った。バイク用のフルフェイスのヘルメットをかぶっているので、顔が見えない。

ベッドに横たわる美雪先生の寝顔が、闇のなかにぼうっと白く浮かんでいる。

「……」

侵入者はベッドに近づくと、軍手をはめた手を美雪先生の顔にあてがった。口と鼻を押さえつける。

「う」

安らかだった寝顔に苦悶の表情が浮かんだ。空気が肺にいかなくなったからだ。

「死ね……！」

呻くように言い、力をこめて無力な患者の息の根をとめようとする侵入者。突然、病室の電燈がパッと点灯した。黒いバイクのヘルメットをかぶった侵入者は、ギョッとして手を離す。

「おまえを殺人未遂で逮捕する！」

物陰に隠れていた福田警部の胴間声が響いた。長沢刑事が飛びかかって腕をとり押さえようとする。

「くそっ、罠か！」

侵入者は刑事をはねのけ、脱兎のごとく廊下に飛びだした。

「待ちなさい！」

ナースステーションの前で白衣の看護師が立ちふさがった。

「どけ」

腕をつきだして押しのけ、走り抜けようとしたとき、

「やあっ！」

鋭い気合が飛び、腕をつかまれた男の体が一転し、ズドンと廊下に叩きつけられた。看護師の制服を着た婦人警官だったのだ。

「げえ！」

したたかに腰を打って立ちあがれなくなった男の手首に、ガシャリと金属の環が嚙まされた。ヘルメットを脱がせると、白萩女学園の体育教師、氏崎和希の絶望に歪んだ顔が現れた。

「やっぱりな……」

満足気に笑ってみせる福田警部だった。

二人の刑事が彼を連行しようと引き立てたとき、若い体育教師は最後の抵抗を試みた。隙をついて長沢刑事の腕をふり払い、一番近くの『非常口』と表示されたドアめがけて走ったのだ。

「わっ。こら！」

あわてて後を追う長沢刑事。犯人は後ろ手錠をかけられている。そんなに早くは走れない。

逃げてもかならず捕まえられる――と誰もが思った。

しかし、氏崎は捕まらなかった。生きては……。

非常口のドアを開けると、そこは非常階段の踊り場になっている。美雪先生の病室は六階だ。

「わあーっ！」

大声で叫びながら、氏崎和希は非常階段の手摺《てすり》を飛びこえて六階下の駐車場のコンクリートめがけてダイビングした。

# 第六章　眠れる美人教師を病室でイカせちゃったら……

## 1

「氏崎和希は駐車した車のボンネットに当たり、バウンドしたためにグチャッと潰れずにすんだ。実際、病院の人が彼を手術室に運びこんだときは、まだ息があったんだ……」

——次の日の午後だ。ユカたちが〝捜査会議室〟と呼ぶようになった。桑野美保の部屋だ。

長沢刑事が昨夜の出来事を教えている。

「死ぬまでに彼は、ぼくにすべてのことを告白したよ。美雪先生を突き落としたこと、彼女が意識を回復したら自分が犯人だということのほか、もっといろんな秘密がバレてしまうので、窒息させようと病室に侵入したことなどをね。キミらの推理は見事に的中したわけだし、罠もうまくかかった」

長沢刑事にほめられて、ユカと絵梨子は顔を見合わせて照れた。

「それに、『自分が桑野美保殺しの犯人だ』と自白したよ。自分の部屋を探せば、すべてわかる——といって息をひきとった」

彼のマンションを捜査すると、美保の家から持ちだした日記、メモの類や、おびただしい量の自作ＤＶＤが出てきた。

それらのビデオは、浣腸をテーマにしたポルノや裏ビデオのソフトが多かったが、なかには、白萩女学園の女生徒たちが保健室で浣腸されている光景や、バレー部の部室で、白シャツに紺のブルマという部員たちが、相互に相手のお尻にイチジク浣腸をさしこんでいる光景などが写っているＤＶＤが何枚もあった。あきらかに、本館屋上の塔から望遠レンズを使ってのぞき撮影したものだ。

さらに、絵梨子や愛をはじめ、これまで桑野美保に誘惑された少女たちが、彼女の部屋で浣腸され、さまざまな辱めを受けるシーンを収録した映像も……。

そして、決定的だったのは、氏崎との関係を赤裸々に綴った美保の日記だった。

「この日記には、二人が最初に知り合ったのは、白萩女学園ではなかったことが記されていた。二人は五年前から知り合いだったのだ」

福田警部がもったいぶって説明する。

「どこでですか？」

「湘南さ。桑野美保は両親が離婚する前は父親の姓で、湘南に住んでいた」

「あっ。じゃ……」

「そうだ。姓がちがっていたのでうっかり見落としたが、氏崎が高校時代、公衆トイレに連れこんでいたずらをした被害者の少女というのは、じつは、桑野美保だったのだよ」

――氏崎和希が、なぜ、女性が浣腸される姿に魅惑されたか、あきらかではない。なにかの機会に目にした光景が、彼の心を歪ませてしまったのだろう。

「誰かに浣腸してみたい」という欲望が嵩《こう》じたあまり、公園で目についた美少女、美保を誘い、公衆トイレのなかでイチジク浣腸をほどこした。

最初は苦痛、羞恥、屈辱に泣きむせんだ美保だったが、不思議なことに、いつも同じ時間に公園に現れて、和希少年に誘われるまま公衆トイレに入り、スカートをまくられ、パンティを脱ぎおろし、素直にイチジク浣腸の嘴管を幼いアヌスに受け入れていた。

少女が便意に耐える姿を見ながら少年はペニスをしごきたて、排便と同時に射精したという。ときには少女の口のなかにも。

同じことが何度もくり返されて、やがて公園の管理人に怪しまれて警察に通報され、和希少年は児童福祉法違反で補導されてしまった。

そのとき問題になったのは、被害少女である美保が、抵抗しなかったことだ。ときには彼女のほうから浣腸をねだる素振りを見せることもあった――と、和希少年は警察での訊問に答えている。彼の処罰が説諭だけですんだ陰には、そういう理由も斟酌《しんしゃく》されたらしい。

それから五年ほどは、両者は離れればなれになっていた。そして二年前、体育大学を卒業した氏崎和希は、ホヤホヤの体育教師として白萩女学園に赴任し、そこでかつて自分が辱めた美少女、桑野美保と出くわした。

再会したときは、どちらも目を疑ったにちがいない。強制猥褻事件の加害者と被害者が、教える者、教えられる者という形で出会うとは、まったく運命の皮肉としか言いようがない。

だが、二人のあいだで、すみやかに暗黙の了解が成立した。どちらも昔の秘密を明らかにされて得なことはない。過去のことは絶対に口外しないこと、そして五年前と同じ行為を、今度は絶対に誰にも邪魔されない、美保の部屋で行なう――という了解が。

美保は公衆トイレのなかへ見知らぬ少年に誘いこまれ、浣腸という辱めを受けて最初は激しい羞恥と屈辱にむせび泣いたが、その後で不思議な昂奮と快感が身内にわき起こるのを覚えた。氏崎少年が、美少女の肉体の奥に眠っていたマゾヒスティックな願望を覚醒させてしまったのだ――。

それから後も、自分ひとりでこっそり浣腸したり肛門に器具を挿入したりして楽しむようになっていた。

それを知らされた氏崎は狂喜した。そして、美保は彼の肛門愛パートナーになった。

二人は性交も行なったが、それよりも頻繁に肛門性交――アナル・セックスを好んで行なったという。そうやって、氏崎も美保も手に手をとるようにして、目くるめく倒錯の世界にのめりこんでいったのだ。

しかも、美保は類まれな美少女だったから魅惑されて慕ってくる少女たちがひきもきらなかった。彼女はレズビアンの傾向も強く、中一の頃からそういう少女たちと愛撫を交わすようになっていた。

その頃からビデオ撮影に凝りだしていた氏崎の頭に、悪魔的なアイデアが閃いた。

「美保に美少女たちを誘惑させ、浣腸をさせよう。そして、その姿をビデオに撮るのだ」

その悪魔的アイデアの、最初の犠牲者が絵梨子だったわけだ。

このときは絵梨子が必死になって抵抗したので、あまりよい映像がとれなかった。それで絵梨子を浣腸モデルにすることをあきらめ、勅使河原愛を第二の生贄に選んだ。

氏崎には責められるのを好んだ美保だが、美少女たちに対しては屈伏させ、支配したがった。悪魔的な体育教師は、美保の二面性をもっと活用することを思いついた。それが保健室での強制浣腸であり、バレー部部室での集団浣腸だった。

偶然、この二つの部屋が本館の塔から見下ろせる位置にあることを知った氏崎は、ここに望遠レンズをセットし、保健室では美保に強制されて自ら浣腸を志願した少女たちの羞恥にむせぶ姿態を一部始終克明に録画することに成功した。バレー部も、美保にたくみにそそのかされた杉原香織に練習前の浣腸を提唱させたのだ。窃視するために、氏崎はどちらの部屋の窓ガラスも、上段を透明にしてしまった。あとは定められた時刻に、合鍵を使ってこっそり本館に入り、塔に登ってビデオカメラを回すだけだ……。

「でも、美保先輩はなぜ美雪先生にお浣腸をねだったのかしら？　それはビデオに関係なかったのでしょう？」

「ああ、あれは桑野美保の、いわば浮気みたいなものだったらしい。彼女も美雪先生には惹かれていたし、そういう人に浣腸されたい欲望もあったし、できれば、それをきっかけに浣腸仲間に引き入れようという考えもあった。だが、美雪先生はあまり浣腸が好きじゃなかったようで、誘惑の試みは失敗したようだがね……」

だが、美保のあらたな魔手は、別のピチピチした生贄を求めて伸びていった。それがユカだった。

ところが、予想外のことが起きた。美保が浣腸をねだったことから疑問を抱いた美雪先生が保健室の記録を調べたりした結果、氏崎と共謀して行なっていた保健室での浣腸遊戯がばれてしまったのだ。しかも、勅使河原愛が美保の部屋でのビデオ撮影や、バレー部での相互浣腸まで秘密を洩らしてしまった。

ますます疑惑を抱いた美雪先生は、自分が保健室の診察台に乗ってみて、ついに本館の塔からのぞけることを知った。

かねてから美雪先生の行動を監視していた氏崎はパニックに陥った。

体育教師が生徒たちの浣腸される姿をビデオカメラでこっそり撮影していたなどとわかったら、学園を放逐されるだけではすまない。

そこで、塔を調べに登ってきた美雪先生のあとを追い、塔の窓からつき落としたのだ。

ところが、美雪先生は死なず、意識不明のまま命をとりとめた。つき落とすとき、氏崎はふり向いた美雪先生に自分の顔をしっかり見られている。「もし意識を回復したら……」と、彼は怯えねばならなかった。

そこにユカの発案で警察が罠をしかけた。

「まもなく意識を回復しそうだ」という噂にふたたびパニック状態に陥った氏崎は、深夜、病室の美雪先生を襲って殺そうとした――。

「じゃ、カズキ先生が美保を殺したのはどういうわけ？　二人は浣腸ゲームの共謀者でしょう？」

絵梨子が訊いた。それが一番最後に残った謎だ。

「そうだ。だが氏崎は、共謀者の美保には内緒で、別なことをやっていたのだな。それもまた、キミらには話しにくいことだが……」

福田警部は説明しだした。

強度な浣腸、スカトロ、美少女マニアになってしまった氏崎は、同じような趣味の持ち主と連絡をとりあい、〝少女スカトロの会〟なるけったいなグループを作っていた。

そのグループのおもな目的は、ビデオ・スワップ——つまり自分の撮ったビデオ・コレクションを他人のそれと交換することである。

会員たちは会報を通じて、それぞれのコレクションの内容を知らされる。なかには、開業医が自分の診察室における患者たちの浣腸シーンを撮影したものもあったし、父親が自分の娘を浣腸した記録もあった。

氏崎の撮影した、女子中高生の保健室における浣腸と、美保の部屋で行なわれる少女同士の浣腸ビデオはなかでも人気が高く、ビデオ・スワップの申し込みはひきもきらなかった。

美保に対する配慮から、彼女の顔がわからないよう編集して送っていた氏崎だが、あるとき、うっかりして美保の顔がはっきり写っているDVDをスワッパーに送ってしまった。

「ところが、その相手というのが大阪でこっち系統のひとでね」

長沢刑事が頬に傷をつけるジェスチャーをしてみせた。

「つまり、ヤクザということですか？」

「そう。しかも、彼らは資金源としてポルノビデオの制作をやっていた。美保の少女レズと浣腸プレイがあまりにも刺激的なので、彼らはそれをコピーして、全国的に販売を始めようとしたんだ」

「ひどい……！」

絵梨子が息を呑んだ。顔が真っ青だ。彼女の写っているビデオがコピーされたと思ったからだ。

「ああ、心配しなくていい。キミの写っているのはコピーされていないから。売られたのは杉原香織という子のだったんだ。もちろん美保の顔も体もバッチリ写っている……」

――その事実を、氏崎和希は同じ〝少女スカトロの会〟の会員から教えられて仰天した。

もっと驚いたのは、桑野美保である。これから芸能界にデビューし、スターになろうとしている彼女にとって、そんなスキャンダルは致命的だ。氏崎に対して、ビデオ製造元と交渉して、そのDVDを回収するように強硬に要求した。でないと、彼の前歴をばらすと脅かして……。

氏崎も大金をはたいて在庫のビデオを全部処分させることに成功したが、すでに市場に出たものはもう手遅れだった。しかも動画は簡単に複製できる。日本じゅうに美保の写っている浣腸ＤＶＤが何本出まわっているか見当もつかない。

ユカが浣腸されているときにかかったのは、氏崎がそのことを伝えた電話だった。当然美保は怒り狂った。美保を帰したあと、氏崎のマンションで彼に会って、自分の秘密を世間に洩らしていたことをなじった。最後には激昂のあまり「あんたの前歴をばらしてやる！」と叫んだ。

「それで氏崎はカッとなったのさ。我を忘れて美保にとびかかり、首を絞めて殺してしまったんだ。それから死体を車でＧ——公園に運び、変質者の仕業に見せかけるため全裸にして放置した。その後で彼女の部屋の鍵を手にして忍びこみ、自分たちの秘密を記録したものをいっさい、運びだした……」

氏崎と美保の関係は、第三者には絶対に知られないように気をつけていたから、もしユカや絵梨子たちの情報提供がなければ、永遠にわからないまま、彼は罪を逃れたかもしれない。

「そういうことで、キミらは本来なら警視総監賞ものだが、なにせ浣腸ビデオなどというものがからんでるだけに、被害者の少女たちの人権を考えなければならない。とくに、彼女たちはみんな、未成年の良家のお嬢さんたちばかりだからね……。警察も神経をつかって、この部分に関しては極秘にすることになった」

「私たちは表彰なんてどうでもいいです。ただ、絵梨子のビデオがほかの人に見られると困るんですけど……」

ユカが言う。絵梨子も泣きそうな顔でうなずく。

「その点は心配ない。流出したのは一本だけだ。大阪府警の協力で売られる前にほとんど回収されている。残りはマニアのコレクションのなかにしまわれてしまって、もう世に出ることはあるまい。知ってのとおり、今は、法律が厳しくなって、このようなロリコン動画は持っているだけで罪になるからね。残りのＤＶＤは私の独断でもう焼却処分してしまったよ」

ホッと胸を撫でおろす少女たち。

「ということで、被疑者死亡ということですべては終わったわけだ。裁判も行なわれない。キミらの協力には感謝するよ」

刑事たちが去ってゆくと、ユカと絵梨子は抱き合って小躍りした。

「ばんざい！」

だが、ハッと我に返った。

「まだ、美雪先生が……。喜んでばかりいられないわね」

そう言って暗い顔になるレズっ子たちだった。

＊

そしてとうとう、眠りからさめない美雪先生は、実家のある山口に運ばれることが決まった。

明日は東京を去る――という夜、ユカ、絵梨子、愛の三人は美雪先生との別れを惜しんで病室を訪ねた。

「ほんとに、呼べばすぐに目をさましそうな気がするんだけどなぁ……」

ユカは美雪先生の寝顔を見て呟いた。肌が青ざめているだけに高貴な感じがして、まさに伝説のなかの眠れる王女を思わせる。

「先生……」

絵梨子が啜り泣く。

「起きてよぉ」

愛が身を屈め、白い歯をすこしのぞかせている唇に接吻した。

「こら、愛。自分ばかりそんなに熱烈なキスをするな……」

なかなか離れようとしない愛に嫉妬して、ユカが引き離そうとする。それに逆らって吸いついていた愛だが、

「きゃっ」

突然びっくりした声を発して唇を離した。

「どうしたのよ」

「せ、先生の舌が……。私が舌を入れたら、まるで迎えるように舌を動かしてくれたのよ」

「うっそー。そんなぁ……」

「ほんとだってば」

「じゃ……」

今度はユカが接吻した。唇をこじあけるようにして舌をさしこみ、先生の舌の先端をつつく。そうすると、いつもそうしてくれたように舌がやわらかく動き、少女の舌にからみつくような動きを見せる。

「ほんとだ。キスには反応するよ」

「条件反射じゃないの？　いまだって流動食を入れてやると飲みこむけど、それは無意識の反応だって看護師さんが言ってたよ」

絵梨子が言う。

「そんなら、絵梨子もキスしてみたら」

「うん」

絵梨子も長いあいだ、唇を押しつけていた。

「ほんとうだわ……」

確かに美雪先生の舌は少女たちのキスに反応して動く。まるで意識があるときのように……。

「見て」

愛が先生の頬に手をあてた。

「ほら、赤くなってる。喜んでいるみたい……」

「夢を見てるとしたら、キスされてる夢よ、きっと……」

実際、眠りつづけている美雪先生の表情には微笑が浮かんでいる。枕許のレズっ子たちの声が聞こえるかのように。

「アニメの白雪姫は王子さまのキスで目をさましたんだよね。あれと同じことが起きないかな」

少女たちはかわるがわる接吻してみたが、白雪姫のような奇蹟は起きなかった。

「でも、もしキスに反応するとしたら、おっぱいやあそこはどうかしら……？」

こういうことになると、いつも突拍子もないことを考えるユカが、突然に言いだした。

「先生の体をさわってみるの？」

絵梨子がびっくりして訊いた。

「そう。白雪姫は毒りんごのせいで眠ってしまったと思う。そこに王子さまが来てキスしたけど、彼がしたのはキスだけかしら？　かわいい女の子がぐっすり寝てたら、男のひとっていろいろさわってみたくなるはずよ」

「じゃ、ユカは王子さまがいやらしいことをした――って言いたいわけ？」

「ほんとうはね。で、さわられて感じてしまった瞬間、お姫さまは目をさましたのよ」

「じゃ、私たちが先生を感じさせたら、ひょっとして……？」

絵梨子と愛は顔を見合わせた。

「やってみようか」

巡回が終わったあとだから当分看護師はこない。レズっ子たちは美雪先生の布団をめくり、浴衣の寝間着の前をはだけた。転落したときに受けた傷はほとんど治って、肌はすべすべした大理石のようにまぶしい。懐かしい肌の匂いがした。

「おしめをしてるわ」

「さっき取り替えていったばかりだから、汚れていないはずよ」

病人用のおしめカバーをはずし、紙おむつをのけると、下腹がむきだしにされた。治療の都合上なのか、ヘアは一度剃られたらしくあの密林はいまや灌木の林といった状態だ。肛門はアルコールで拭い清められたあとなので、清潔そのもの。消毒薬の匂いがする。

秘唇のなかに尿を排出するための留置式カテーテルがさしこまれ、粘着テープで内腿に固定されている。

「やっぱり、とらないとね……」

ユカが管を抜き取った。秘唇の奥も清らかな眺めだった。

三人はじゃんけんをして順番が決まった。最初が愛、次がユカ、最後に絵梨子。

「じゃ、私が腕によりをかけて……」

美雪先生の下腹に顔を埋めた。猫のようにぴちゃぴちゃ音をたてながら熱烈なキスを秘唇に浴びせる。

「私はおっぱいよ」

ユカが乳房に吸いつく。絵梨子は唇だ。

「乳首が勃起するわ」

「クリちゃんも硬くなる……」

少女たちはうわずった声をかけあった。

「濡れてきたわ……」

ようやく顔をあげた愛がいった。みんながのぞきこむと、たしかにサーモンピンクの粘膜の奥からトロリとした蜜状の液が溢れだしてきている。

「感じてるのよ、子宮が」

「よし、選手交替」

ユカが顔を埋めた。愛が唇、絵梨子が乳房を愛撫する。

「あっ！」

ユカと絵梨子が同時に声を発した。

「どうしたの⁉」

愛が訊く。

「いま、先生の体がピクンと震えたのよ。ね？」

「うん。私たちがクリちゃんをさわられて感じたときみたいに……」

「じゃ、眠っているけど、先生は気持ちいいんだわ、きっと」

「もっと気持ちよくしてあげよう」

また、美しい女教師の裸体に覆いかぶさるレズっ子。気のせいか美雪先生の白い肌がうっすらと赤みをおび、肌がしっとり湿ってきたようだ。

「……」

やがて、美雪先生の肉体は、あきらかに快感を感じている女性が見せるのと同じ、悶えくねる動きを見せだした。少女たちに熱烈に吸われる舌は、ときどき反撃するかのように絡みつき、逆に吸いかえそうとしたりする。なめしゃぶられ、つままれたり嚙まれたりする乳首は最大限までふくらみ、硬くなった。

胸と腹はしだいに早く、ふいごのように上下する。

クリトリスも愛、ユカ、絵梨子の順にしゃぶりついてきて熱烈に舌で愛撫されたので、ふっくらと膨張して包皮をおしのけて真珠の形を見せている。そして秘唇は溢れる蜜でしとどに濡れ、発情した女体特有の香りを発散しだした……。

絵梨子は指を膣口からさし入れた。すると第二関節のあたりがググウッと強く締めつけられるではないか。

「先生の体は、もうとっくに目ざめているよ……！　もう少しでイクと思う」

絵梨子はそう言い、また顔を伏せた。

彼女の言うとおりだった。一分もたたないうちに、ぶるぶる太腿が痙攣し、ぐぐっと上体が反りかえった。

「あ、はあーっ……！」

先生の唇から快感を訴える喘ぎが吐きだされた。絵梨子がさらに激しく膣の奥とクリトリスにリズミカルな摩擦を与えると、

「う、む、ううーっ！」

苦悶に似た声をあげ、成熟した感じの肉体がぴくぴくと痙攣し、跳ね躍った。

「イッたわ！」

ユカが叫ぶ。

そのとき、ドアが開いた。夢中になった少女たちの声と患者の苦悶するような声に、通りがかった看護師がとびこんできた。

「あんたたち、患者さんになにをしてるの⁉」

叱りつけられ、ハッと顔をあげたレズっ子たち。白衣のナースは寝間着の前をはだけられ、乳房もお臍も下腹もあらわにされた美雪先生が、オルガスムスのために淫らに腰をうちゆするようにしているのを見て、呆然と立ちすくんだ。

「あ、あーっ……」

先生の腰のうねりがおさまった。

レズっ子も看護師も、美雪先生の顔を見守った。その表情は徐々に、菩薩さまのように穏やかなものに変化してゆき、やがて、

パチッ。

瞼が開いた。

室内灯だけなのに、強い日差しの下でもあるかのようにまぶし気な顔をして、いぶかし気に訊いた。

「あら、ここはどこ？　私、どうかしたの……？」

2

一カ月半、昏睡しつづけて入院していた美雪先生は、三人のレズっ子たちに裸身を愛撫されて目ざめた。

病院は、その瞬間を目撃した看護師に固く口止めし、本人にも自然覚醒ということにしてくれと言っている。医師たちがあれだけ努力してできなかったことを、三人の少女たちが容易にやってのけた――と噂にでもなったらメンツがたたないからだ。

さまざまな検査のためにもう二日、病院にとめおかれたが、どこも異常がないとわかり、三日目に退院を許された。

――一週間ほどして、ユカ、絵梨子、愛のレズっ子トリオは、夜、美雪先生のマンションを訪れた。もう夏休みに入っているし、それぞれの親には、美雪先生の全快祝いに招待されたから、今日は泊まると伝えて出てきている。

「いらっしゃい。待ってたわ」

ドアを開けた美人教師は、少女たちが予想していたとおりのエロティックな恰好で出迎えた。

「わ、エッチ」

「うーん、これがあの、お上品な美雪先生？　露出狂の変態じゃないの」

「頭をぶつけても、いやらしい根性は治らないみたいねぇ」

勝手なことを口にして美雪先生をからかう。

「どうぞ好きなことを言って。あなたたちのおかげで眠りの世界からひき戻されたんだから、私にとっては白雪姫の王子さま。なんでも言うことを聞くわ」

ずっと年下の少女たちに殊勝なことを言う女教師だ。

彼女の肌を覆っているのは、ストリッパーがつけるような、猥褻な黒いバタフライショーツ一枚だけなのだ。

それも、前面は透けるナイロンだから黒々としたアンダーヘアが白い肌に押しつけられている様子がすっかり見える。股布は後ろにゆくにつれて細くなり、お尻の谷のところでは一本の紐になってしまう。だから股間の食いこみも激しく、大陰唇がぷっくりと両側にはみだしている。

「過激だなぁ」

いつも大胆なパンティをはいているユカでさえ、溜息を洩らす。

「今夜はひと晩じゅう楽しめるわね。みんなも服を脱いで、裸で宴会よ」

少女たちもいそいそと洋服を脱ぎ捨てた。閉めきってクーラーをきかせた室内に、たちまち甘酸っぱい匂いがむせかえる。

ユカはピンク色の総レースTバック、絵梨子はフリルつきの白いスケスケじキー、愛は黒にピンクの水玉がついた、サイドストリングの紐パンだ。

「そういうあんたたちだって、そうとう凄いじゃないの」

レズっ子たちのかわいいヌードを見やって楽しそうに笑ってしまうレズビアンの女教師だ。

四人はテーブルを囲み、冷えた白ワインで乾杯した。美雪先生はアルコールに強いが、少女たちは一杯ですぐにほんのり頬を染め、目がとろんとしてくる。手が三方から伸びてレズ教師はおっぱいやヒップをさわられ、たちまち淫らな雰囲気が盛りあがる。

「なんだか、浦島太郎になったみたい。目がさめてみたら、なにもかも解決してるんだもの。ほんとうにキョトンとしてるわ。ただ、美保さんが殺されたのはいたましいことだけど……」

美雪先生が顔を曇らせると、

「彼女は自業自得よ」

「そうよ。自分勝手なことをやりすぎたのよ」

「誘惑された子こそ被害者だわ」

少女たちは口をそろえて言った。考えてみれば、三人とも美保の手で浣腸されるという辱めを受けている。しかも愛と絵梨子はビデオに撮られ、そのビデオは氏崎の手でロリコン・スカトロ愛好者のところへ送られたりしたのだ。あまり美保に同情の念がもてない。

「それもそうね……」

「先生だって美保先輩の誘惑に乗ってたら、〝女教師レズ浣腸〟なんてタイトルつけられて裏ビデオになってたかも」

それを考えると笑いごとではない。

「じゃ、今夜は感謝の意をこめて先生がみんなに奉仕するわ。なんでも要求して。どんなことでもしてみせるから……」

年上の女がマゾっ気たっぷりで言うと、

「じゃ、オナニーをしてみせて。先生が自分をどんなふうにかわいがるのか、見たいわ」

ユカが要求した。

「いいわよ。見せてあげるわ。女の一番恥ずかしい姿を」

先生はソファに座り、絨毯の上に座りこんで目を輝かせているレズっ子たちに向かって脚を広げてみせた。頬がバラ色だ。もう欲情している。

まず最初は乳房を揉み、乳首を刺激して勃起させる。ついでバタフライショーツの上からもっこり盛りあがった悩ましい丘を撫で、秘裂がじっとり濡れて匂いたつさまを見せつける。

腰を浮かせるようにして、バタフライショーツを脱ぎおろす。

「愛ちゃん、ワインの瓶をとって……」

熱に浮かされたような声で頼む。空になったワインの瓶が手渡されると、美雪先生は瓶の口を自分の秘部につきたてた。

「わぁ、すっごーい」

ぬらぬら愛液で濡れた瓶の口が抽送される。ぐちょぐちょ、ズブズブ、淫靡な音がして一糸まとわぬ美雪先生は、あられもないよがり声をはりあげながら腰をうちゆする。

少女たちはいやおうなしに昂奮させられる。残酷になる。

「先生、これも入れてよ」

コーラの瓶が渡された。

「いいわよ。でも、ユカちゃんに頼むわ」

ワインの瓶を突き立てたまま、二十九歳の独身女教師は、豊かなヒップを見せて四つん這いになる。

「いくわ」

唾液でコーラの瓶の口を濡らし、ユカが菊襞の中心にそれを突きさした。

ズブリ。

「あ、あうっ」

「どう、先生？」

「ああ、いいわ。感じる……。もっと突き刺して……」

「本当に淫乱な女教師ね。生徒の目の前でこんなことして自分を慰めるなんて……」

「今度、学校の教室でこういう恰好、させようか……」

言葉で嬲りたてると、美雪先生はいっそう昂奮してワインの瓶を激しく動かすのだった。

「あ、あう、ウーン……！」

最初のオルガスムスに達すると、昂りきった少女たちはビショビショに濡らしたパンティを脱ぎ捨て、全裸になって女教師の裸身にとびかかった。秘部をなめさせ、股を広げたあいだに顔を伏せ、あるいは濃厚なアナル・キッスを行なう。

美雪先生は三人の早熟な少女たちの手が自分を嬲り、辱めるがままに、絨毯の上で汗まみれの裸身をのたうたせ、よがり狂った。

「ああ、最高に幸せだわ。先生、もう失神しそうよ」

「まだまだよ、先生。これからもっと責めてあげる。お浣腸もしてあげる。みんなの前でおしっこもウンチもしてみせるのよ。そうそう、レズ用の張形があったわね。あれで思う存分えぐり抜いてあげます」

少女たちは縄を持ちだし、素っ裸の女教師を縛りあげ、嬌声をあげながらバスルームに追いたてるのだった。

3

学園に平和が戻り、レズっ子たちと美雪先生の関係は、愛を加えて秘密のまま続けられていった。

ユカは圭介と二、三日に一度のわりでガレージで会い、彼の欲望を鎮めることに協力しつづけた。もちろん絵梨子との約束で、バージンを奪うことは許さない。

しかし、夏休みが終わったあと、ユカは別の男性を相手に選び、処女を捧げることに決めた。

処女喪失は十四歳の誕生日を迎えたその日のことだ。

「バースデー・プレゼントはなにがいい？」

父親の達男が訊くと、めっきり色っぽさを増した少女は、父親のズボンの上から股間を撫で、

「これ」

と言ったものだ。

「この前のようにかい」

「ううん。入れてもらうの」

「だっておまえ……」

父親は絶句した。

「ユカの処女を奪って。それが最高のプレゼント」

美少女はニッコリ笑い、勉強机のひきだしから一枚の布片を取りだした。

「でなきゃ、これをママに見せるわよ。パパの車の後ろの座席にあったたって……」

「あ。そ、それは……!?」

かつて有名女優との仲を噂されたこともある中年のグラフィック・デザイナーは、ユカが見せびらかしたものを見て、愕然とした。

「ふふ。Ｓ・Ｍってイニシャルが刺繍されてるわ。特注のパンティをはける身分の人なんて、そうたくさんいませんからねー」

ユカはいたずらっぽく笑って見せる。

──そのパンティは父親の車のなかで発見したのだ。

いつもは圭介との密会に母親の車を使っていたユカだが、ある夜、どうしたわけかロックがかかっていて入れない。そこで父親のフォルクスワーゲンのシートで抱き合った。

「圭介兄さん、今夜はユカのお尻をかわいがって……」

濃厚なフェラチオを行なってから、少女は四歳年上の少年にベビーオイルの瓶を手渡した。

その意味を理解して圭介は激しい昂奮に震えた。

「ユカちゃん……。いいのかい？」

「うん。圭介兄さんだっていつまでもおフェラだけじゃつまんないでしょう？　それに今日は生理だから、ユカのあそこも舐められないし……。だからお尻のなかで思いきりイッて」

あくまでも大胆な言葉で誘惑するユカだ。美保先輩にアヌスをマッサージされ、浣腸器を突きたてられたときのスリルを忘れられなくなってしまったのだ。

「じゃ……」

圭介はベビーオイルを受けとった。ユカは助手席側のドアを開けて床に脚をつけ、前かがみになって上体をシートに預ける。

少年は震える手でユカのベビードールの裾を思いきりまくりあげ、白いパンティをひきおろし、お尻の割れ目をまるだしにした。前のほうに白い糸が垂れている。

この夏からようやく、ユカもジュニア用のタンポンを使いだした。処女の部分に挿入する不安はあったが、ナプキンだと、薄いレオタードを着るバトン部の練習にさしつかえてしまうからだ。

セピアの色素をにじませた菊状のすぼまりがひっそり息づいている。可憐な眺めだった。圭介はそれが排泄口だということを忘れて顔をちかづけた。異臭はしない。爽やかなコロンの香り。ユカはそこに圭介を受け入れる準備をすませているようだ。

「かわいいよ、ユカちゃん……」

そう言って圭介はアヌスに接吻した。

「あ、う……ン」

ユカの口から悩ましい声が洩れる。

「こんなかわいい穴に、入るかなあ」

眺めが可憐であればあるほど、圭介も不安になる。

「大丈夫よ。先にオイルでマッサージしてくれれば……。充分にね、圭介兄さん」

「いいとも」

人さし指でオイルをすくい、菊状の肉環に充分に塗りつけてから指の先端を中心につきこみ、「あ」「ひっ」とユカが声を洩らすのもかまわず、ぐりぐりと揉みほぐすように内側の粘膜に潤滑油をなすりつけた。

「あー」

やがて、それだけの行為で感じてきたような声を出したユカだ。

「じゃ、いくよ」

「いいわ」

ユカはさらに高くお尻をもたげ、脚を広げた。その股間に立ち、両手でヒップを抱きかかえるようにした圭介は、いきり立って先端から透明な液の滴を垂らしている亀頭を、アヌスの蕾にあてがった。彼の若い逞しい器官は鋼鉄のように硬く怒張している。

「うぬ」

突き立てると、いともやすやすと貫通した。

「あ、あうっ!」

さすがにユカは悲鳴をあげた。じっとり額に脂汗を噴き出し、体をくねらせる。前に滑ってゆく体を押さえつけるようにして、

「うぬ」

さらに力をこめると、ペニスは根元までユカの粘膜の奥に埋没した。

「はあ、はあ」

「あう、んっ……！」

荒々しい呼吸音、呻き、切ない喘ぎが交錯し、やがて圭介は噴いた。どくどくどくと白濁の液を妹の親友の直腸に……。

引き抜いた後、パンティで拭ってやりながらユカは約束した。

「今度の生理のときも、ここで楽しませてあげるね……」

圭介は満足して帰っていった。ユカはしばらく父親の車のリアシートに横たわり、肛門を親友の兄に捧げた余韻を味わっていた。アヌスからはとろとろと精液が洩れ出てきて、犯されたという実感がひしひしと湧く。タンポンをつめているのに蜜液があふれてきて会陰部まで濡れている。

(うーん、アナルセックスって、あとをひくなあ……)

シートの上でひとり悶えていると、ふとシートのすきまに白い布がのぞいているのが目についた。

(なんじゃ、これは……？)

なにげなく引っぱりだしてみて驚いた。それは薄いナイロンのパンティだったからだ。白い総レースのもので、瀟洒《しょうしゃ》なデザインはかなりの高級品だということがわかる。母親のではない。

「えーっ。これは誰のよぉ⁉」

ユカはあわてて飛びおき、ルームライトを点けてまじまじと見つめた。すると、内側にイニシャルが縫いこまれているのに気づいた。赤い糸で〝S・M〟と――。

「松島さなえのパンティじゃん！」

ユカは声を出して叫んでしまった。

＊

「うーむ、不覚だった。まさかそんなものが残っていたとは……」

松島さなえが自分の愛車のなかに忘れていったパンティを突きつけられ、父親の達男は絶句してしまった。

「このパンティ、お股のところがこんなに汚れているわ。彼女が昂奮した証拠よ。パパ、白状しなさい。松島さなえと浮気したんでしょう？」

これまで断固として否定してきた達男だが、とうとう告白した。

「仕方がない、白状するか……。あの張り込み写真を撮られた夜のことだけど、酔った彼女は『送ってくれ』と言って強引にパパの車に乗りこんできたのさ。まあ、悪い気はしなかったし、打ち上げパーティが終わってしまえば二度と会えない——という淋しい気持ちもあったのは事実だ。すると彼女も同じような気持ちだったのか、『一度でいいから』ってにじり寄ってきたのさ」

「つまり、松島さなえのほうから口説いてきたってこと？」

「ああ。決して私が誘ったわけじゃない。M——公園の駐車場に入れるように言ったのも彼女だ。そこでリアシートに移り、抱き合ってしたんだよ。その……、セックスを」

「何回やったの？」

「ユカ、なにを訊くんだ」

「知りたいもん」

「うーん、二回だ。彼女は酔ってたからなかなか満足せず、三回めも要求されたが、それは断ったよ。で、終わってからマンションの前につけたら、いきなりフラッシュをパカッさ」

「じゃ、あのときに彼女がふらふらしていたのは、酔いじゃなくてセックスしたあとだったからなのね？」

「そうさ。腰が抜けたようになっていたな……」

その夜の快楽を思い出す目つきになった達男だ。ユカはいまいましげに、

「フンだ。娘の私までだまして……。そのこと、ママが知ったらさぞ喜ぶでしょうねぇ」

また、パンティをヒラヒラさせる。達男は苦りきった顔になって、

「わかった。誕生日にはおまえの言うとおりにしてあげる」

「やったね！」

ニンマリ笑うユカ。

「だけど、こっちも条件を出すぞ」

「どんな条件？」

「ユカを抱くのは一度だけだぞ」

「そんなぁ……」

「まあ、聞きなさい。これはおまえのためでもある」

「どうしてぇ？」

「おまえは自分で気がついてないかもしれないが、いまから男をおかしくさせるような魅力をもっている」

「そうかな」

「私が言うんだからまちがいない。松島さなえでさえフラフラにした私だぞ」

「……」

「で、パパがおまえと何度もセックスすると、たちまちユカに夢中になってしまう。寝ても覚めてもユカのことで頭が一杯になる。ママなんかどうでもいい。邪魔だから毒殺してしまおう——という気になるかもしれん」

「よしてよ……」

「ユカのまわりには、そのうち男の子がワンサカ集まってくる。絶対そうなる。そうしたらパパは気が狂う。おれのユカを誰にも渡すものかと、近よってくるやつは機関銃で撃ち殺す」

「オーバーだなぁ」

「おまえだって、自分から好きになる男ができる。そうしたらパパは嫉妬で頭がおかしくなる。ユカを殺して私も死ぬ。きっとそうする」

「……」

「だから、私をあんまり夢中にさせないほうがいい。だいたい父親というのは娘のことになると頭がおかしくなる」

「だって、ミカ姉さんに対しては全然そんなことないじゃない。あんなに毎日、男の子と遊び歩いてんのに」

「ばか。平気なもんか。パパの腸《はらわた》は煮えくりかえってんだぞ。とくに、あの白いレクサスに乗ってるドラ息子なんか」

「へえ……」

「そのうち、ミカもしっかりお仕置きしてやる！」

「わかったわ、パパ。そんなに昂奮しないで……。ふーん、そうかぁ。パパには冷静でいてもらわないとね」

「そういうこと」

「わかった。じゃ、一回だけでいいよ。パパの手でユカ、一人前の女になりたいの」

交渉は妥結した。ユカが父親に処女を捧げるのは、誕生日の当日にした。

——誕生日は日曜日だった。

昼、ユカは父親と一緒に車で都心に出た。達男が誕生日のお祝いを買ってあげるという名目である。

彼は愛車をシティホテルの駐車場に入れた。ホテルのスイートルームをデイ・ユースで使うことにしたのだ。いくらなんでも自宅の屋根の下で娘を抱く気は起きない。それに、夜、二人で外泊するわけにもゆかない。

「わー、すてきなお部屋！」

豪奢なインテリアのダブルベッドのある部屋に案内されると、ユカは嬉しそうに叫び、さっそくあちこち開けたりいじったりする。

達男は冷汗をかいていた。ホテルマンの目には、見るからにいたいけない少女を真っ昼間からスイートルームに連れこむ、スケベな中年男として見られたにちがいないからだ。

（ま、誰も私たちが父娘《おやこ》だと信じちゃくれまい。もっとも、父娘がこれからセックスするところだと説明しても、もっと信じないだろうが……）

二人は裸になり、バスルームに入った。ユカは石鹸を泡立て、父親の体、とくにペニスをていねいに洗ってやった。

「うーん、覚悟はしているけど、こんなに太いもんが入ると思うと、さすがに怖《お》じ気づいてしまうなぁ……」

自分の手に握りしめたものがムクムクと膨張し、硬度を増してゆくのを畏怖の念で見守るユカだ。

「なあに、大丈夫だ。パパにまかせなさい。ユカをちゃんと女にしてあげるから」

ホテルの一室に入り、ユカのヌードを目の前にすると、今度は達男のほうがあとにひけない気持ちになる。逸《はや》る心を抑えて、ユカの処女の部分を洗ってやるのだった。

「さあ」

「うん」

バスタオルで拭ってやった実の娘の体を抱き上げ、達男はベッドの上まで運んでやった。全裸のままシーツの上に折り重なる。

「パパ……」

「ユカ……」

熱烈な接吻。たくみな舌と唇の技巧に娘のほうが先に酔う。乳房を揉みしだかれ、背から脇腹、ヒップ、そして下腹の繁みを撫でまわされ、その日十四になったばかりの少女は秘唇をしとどに濡らした。

（パパはほんとうに愛撫が上手だわ……！）

ユカはぼうっとなってしまう。

中年男は秘部に唇を押しあて、舌で充分に前戯をほどこす。ユカは潤みきった。

「今度はパパを……」

「はい」

素直にひざまずく姿勢をとり、仰臥した父親の股間に顔を埋め、直立した牡の器官を頬張る。舌をつかって全体をなめしゃぶり、唇をすぼめて顔を上下させ、一生懸命に奉仕する姿はいじらしいほどだ。

達男も昂りきった。やわらかで弾力性のあるユカの体を仰向けに横たえ、やわらかく、乳くさいような匂いのするヌードに覆いかぶさった。

「パパ、優しくしてね……」

昂奮と怯えが入りまじって、少女の声は震えている。

「安心しなさい。少し痛いだけだよ……。パパにしっかりしがみついて」

ユカの両足を思いきり広げさせ、父親はズキズキと脈動している熱い怒張を割れ目の部分にあてがった。蜜液で亀頭をまぶすようにひとしきり上下させてから、ぐい。

突き刺した。

「ひっ」

ユカの体がのけ反る。敏感な部分の粘膜を切り裂かれる痛みにかわいい顔が歪み、涙が溢れる。ペニスの攻撃力をかわそうと体が枕のほうへずりあがる。

「力を抜いて。パパの首に腕をまきつけなさい……」

やさしく囁きながら、またぐいと力をこめて貫く。抵抗は一瞬にして破れた。実の娘の処女を奪う――という異常な状況に達男がかつてないほど昂奮していたからだろう。

「あ、ああっ！」

矢を打ちこまれた小動物のようにユカはうち震え、悲鳴をあげ、それから静かになった。父親と一体になったことを確認するかのように薄目を開け、

「パパ……」

熱っぽく囁いていてきた。

「そうだよ。ユカはもう、一人前の女だ」

「うれしい」

ひしとしがみついてくる。はじめて男根を受けいれたそのための器官が、達男にまとわりつき締めつけてくる。たとえようもなく甘やかな緊縮感。

「う、うっ……」

抽送もそこそこに達男は限界点に達した。

「ユカ、イクぞ」

「いいわ」

「む……、うっ！」

ドクドクと牡のエキスをしぶかせた。実の娘の子宮口へどっぷりと。

抜去すると、精液にまじって赤いものがトロリと糸をひき、ティッシュを汚した。

「やったね！　パパ、ありがとう。一番大好きな人にバージンをあげられて、感激！」

ひしと抱きつき、達男に熱烈なキスを浴びせた娘だ。

しばらく休んで、今度は娘を四つん這いにさせ、父親は後ろから挑んだ。狭い膣口をおし広げるとき、ユカは切ない呻きを洩らしたが、結合すると痛みは消え、自分からヒップをうちゆすり、父親にえも言われぬ快楽を与えてくれるのだった。

夕刻、二人が帰宅すると、母親の織絵はすでに娘の誕生祝いのテーブルを整えていた。やがて美雪先生、絵梨子、愛がやってきた。

「ユカ、どうだった……？」

処女喪失儀式のことをあらかじめ知らされていたたった一人の親友は、そうっと訊いた。

「うん、めでたしめでたしよ。万事とどこおりなくあいすませ申した」

「痛かった？」

「ちょっとね」

「勇気あるなあ、ユカは」

「だって、同じあげるなら、つまんない男になんかあげたくないもん」

「そりゃそうだけどさ……」

テーブルにつくと、愛が囁いてきた。

「ユカ、いったいどうしたのよ？　すごく輝いて見えるよ」

「そう？　やっぱり十四になったという自覚かな」

バースデーケーキの上にかがみこんで、十四本の蠟燭《ろうそく》の火を消すユカ。母親は娘のヒップを眺めて、

（なんとまあ、女らしく張りだしてきて……。もう一人前だわ）

そこまで育ててあげた感慨にしみじみ耽ったものだ。もちろん、夫が彼女の初々しい女の器官へ牡のエキスを二度も注ぎこんだばかりだとは、夢にも思っていない。

シャンパンで乾杯するとき、父親と娘は目を見合わせた。娘のパンティはまだ溢れでてくる父親の精液でジットリ濡れており、妖しいまでに官能的にきらめく瞳を見つめて、父親のペニスはブリーフの下でまた勃起した——。

＊

ユカの姉、ミカがお仕置きされたのは、それから数日後のことだ。

ユカがグッスリ眠っていると、突然階下から怒鳴り声がした。姉の悲鳴。

（な、なんの騒ぎ⁉　こんな朝早くから……？）

ねぼけ眼をこすりながらユカは時計を見た。朝の四時だ。ドスン、バタンとすごい物音。

ユカは部屋を出て階段のところから玄関ホールを見おろした。

「やめてよ、パパ！　なにすんの⁉」

かなり酒に酔っているミカが暴れながら父親に引きずられてゆく。

「おれもいいかげん、頭にきた。おまえが毎晩、ドラ息子たちと遊びまくってるのを見すごすわけにはゆかん！　お仕置してやる！」

パジャマ姿の達男は憤然としている。

「なによお。悪いことなんか、してないわよっ」

「無断で朝帰りするのが、いいことだと思ってんのか。このバカ娘！」

「なにがバカ娘よ。自分はどっかの女優と遊びあるいてたくせに」

「うるさいっ」

達男は、おもしろそうに見ている妻の織絵に命じた。

「ママ。なにか縛るもの」

「はいはい。用意してますよ」

前に自分がお仕置きされたとき、ミカが夫に加勢したのを恨んでいたらしい織絵は、その復讐もあるのか、かいがいしく達男に協力して、長女を居間の柱に縛りつけてしまう。

「やめてっ。なにすんの⁉　自分の娘を縛ったりして。サディスト、変態！」

ミカは悪態をついて暴れるが、とうとう母親がされたのと同じように、柱を抱く形にしっかり縛られてしまった。

（とうとう、パパも勘忍袋の緒が切れたか。フレーフレー、パパ！）

ミカのご乱行に呆れていた妹は、内心、快哉を叫んでいる。

「だいたい、親をなめきったその態度が許せない。親がかりの学生だという立場をわからせてやる」

達男は娘のパーティドレスの裾をまくりあげた。

「きゃっ。なにすんの⁉」

パンティとパンティストッキングをひきおろされたミカが、さすがに悲鳴をあげた。織絵がもう、スリッパを用意している。

「こうしてやるのさ」

そうとう腹をたてている。妻が渡したスリッパの底でビシビシと娘の尻をうち叩いた。

「きゃっ、痛い。いたーいっ！　やめてよ、もう……。あーっ！」

まる出しのお尻を叩かれて、お仕置きを受ける大学生の娘は絶叫した。

「うるさい子ね。近所の人がびっくりするじゃない」

織絵が、ミカのはいていたパンティを足首から引き抜き、まるめて娘の口のなかに突っこんでしまう。まるで自分にされたことのお返しである。

「むー、うぐく、くくくうー」

猿ぐつわをされて、ミカは目を白黒させる。父親はスパンキングをやめない。景気のよい音をたてうち叩かれるミカのお尻は、もうお猿さんみたいに真っ赤だ。彼女の目から苦痛と屈辱の涙が溢れて頬をぬらす。

「どうだ。この淫乱ドラ猫娘！　思いしったか！」

さらに激しくぶっ叩かれ、
ジャーッ。

ミカはおしっこを洩らした。洩らしたというものではない。勢いよく放水してしまったのだ。

「まぁ、この子は。絨毯をこんなに汚して頭にくるわ。あなた、もっと叩いてやって！」

自分もここでお仕置きされたとき、おしっこで汚したくせに、織絵はそんなことを言って夫をけしかける。ミカはプリプリ張りきったまるいお尻に、また一ダースぐらい強烈なスパンキングを浴びせられて悶絶した。白目をむいて、悶える気力さえ失う。

「よし、これだけ叩かれたら、すこしは身にしみて反省しただろう」

さすがに荒い息をしながら、それでも満足そうにスリッパで叩くのをやめた達男だ。

「朝まで、そこで反省してなさい」

夫は妻を促して寝室に入っていった。

ユカはそうっと階段を降りて、柱に縛りつけられたままグスグス泣きじゃくっている姉のそばに近づいた。

「む、ぐが、ふが……」

妹の姿を認めて、ミカは嬉しそうな顔をした。ユカは口に押しこめられていた猿ぐつわをとってやる。

「うー、きたねー。私のはいたパンティを突っこんだりするんだから……」

ペッペッと唾をはくミカ。

「なに言ってんの。ママのお仕置きのとき、同じことしたでしょう？」

「だって今夜は、ホテルが混んでたもんだから駐車場のなかで待ってるあいだ、熱烈にいちゃついたからねー、このパンティ、ぐっちゃぐっちゃに濡れたんだよ。うえー、気持ち悪い」

「全然、反省してない。どうしてパパが怒ってお仕置きしたのか、わかってんの？」

「あんた、まだ中学生のくせに私にお説教する気？」

ミカが睨む。

「そうよ。パパはああ見えても、ミカ姉さんのこと愛して心配してるんだから」

「愛してるにしては手荒いよ。見て、私のお尻」

「これぐらい、当然よ。出かけたきりウンもスンもなくて、朝まで帰ってこない娘の帰りを待つ親の身にもなってみたら？」

「うーん、今日は特別なんだよね。ホテルでノッちゃって、三発もやったもんだから二人ともノビちゃって、つい寝すごしたんだ。どうでもいいからユカ、この縄ほどいてよ」

「まったく……。そんなこと聞いたら、パパ、あのドラ息子殺しちゃうよ」

ユカも腹がたってきた。手にしたパンティをまた姉の口のなかに押しこむ。

「なにをす……、む、ぐぐ」

「全然、懲りてないようだから、私がパパにかわってお仕置きしてやる！」

平手でバンバン撲ってやる。

「むー、うっ！　ぐっ！」

妹にぶたれて目を白黒させ、むきだしの尻をうちゆするミカ。

「平手じゃ叩くほうが痛い。なんてすごいお尻なの」

洗面所にゆき、ヘアブラシを持ってくる。美雪先生のお尻を責めたりするときに、ユカはヘアブラシの背を愛用している。

「さあ、もすこし反省しなさい……」

ビシバシ叩く。叩きながらパンティが濡れてくるのが自分でもわかる。

（私って、サドの気があるのかなぁ……。美雪先生をいじめるときも、すっごく昂奮しちゃうし……）

「わー、ぐが、がはあっ。ががぐふげふごほ！」

猿ぐつわの下から盛大にわめき声をあげ、またジャーッとおしっこをもらしてしまう姉だ。

「あれ」

まる出しのお尻を叩くのをやめ、ユカはしゃがんで姉の秘部をのぞいてみた。おしっことは別の液体がぬるぬる内腿まで濡らしている。プーンと鼻をつく甘い匂い。

「ミカ姉さん。いったいどうなってんの、お尻ぶたれて感じてるんじゃないの」

涙で濡れた頬が真っ赤に染まった。妹に尻を打たれる屈辱のなかで、姉はたしかに性的昂奮を覚えていたのだ。

「うーん、姉さんもママと同じで、マゾの気があるみたいだね」

母親の織絵は、達男にお尻をぶたれて折檻されてから、すっかり従順になってしまった。

好奇心の強いユカがこっそり両親の寝室を探索したとき、ベッドサイドの小机のなかに避妊具やバイブレーターのほかに、鞭だの革手錠だの縄だの、そのほかなんに使うのかわからないものがいろいろしまってあるので、真っ赤になってしまったことがある。どうやら達男と織絵の夫婦はＳＭ趣味に目覚めたらしい。

「まー、こうやってみるとかわいそうだね。あそこがひくひくいって涎垂らして、なにか入れてもらいたがってるみたい……。うーん、淫らな眺めじゃ。ユカもなんだかヘンな気持ち……」

ユカはキッチンにゆき、冷蔵庫を開けた。キュウリを一本とりだす。

「……！」

よく水で洗ったキュウリを手にした妹が近づくと、姉は目を丸くして、暴れだした。

「ぐー、げかあ、がぼほ、ぐはは」

「ほらほら、これが欲しいんでしょう。食べなさい、かわいそーなプッシーちゃん……」

姉の背後にしゃがみこんだユカが青物野菜をねじこむと、

「がー、ぐが、がぎげごご」

猿ぐつわの奥からまた絶叫が噴きだす。

「すっごーい。姉さんって感じやすいんだ。うわ、キュウリがくわえこまれて動かなくなっちゃった」

ユカが驚異の声をあげる。

「肛門も愛してあげるね」

人さし指が菊襞の中心にねじこまれた。

「むが、がーっ、ぐげげ」

とうとうミカは透明な液体を尿道口からほとばしらせながら自失してしまう。壮大なオルガスムスだ。

「姉さんがこれだもんなぁ。私が淫乱オニャン子娘になるのも無理はないよ」

愛液でぬらぬらするキュウリを捨て、やおら姉の秘部に吸いついてゆくユカだった……。

4

絵梨子が処女を捧げる日がきた。

兄の圭介が、一浪して受験勉強にうちこんだ成果を発揮した。見事に第一志望のT──大学医学部の入学試験に合格したのだ。

発表のあと、圭介は新宿に出、大きなシティホテルのロビーでユカと会った。

春先のホテルはまだ地方から上京した受験生が多く出入りし、二人の姿はさほど目立つものではない。

「おめでとう」

「ありがとう、ユカちゃん。みんなきみのおかげだよ」

「なに言ってんの、実力ですよ」

「だけど、ユカちゃんがいなければ、オレ、毎日のように悶々として気が散って、今年もダメだったような気がするな……」

「まあ、その点でお役にたったのなら嬉しいわ。でも私だって楽しませてもらったんだから、おあいこですよ」

　圭介はフロントにゆき、デイ・ユースのチェック・インをして鍵をもらってきた。そういうシステムがあるということは、ユカが教えたのだ。

　エレベーターで上り、ツインルームの部屋に入る。合格が判明するとすぐにこのホテルのディ・ユースを予約したのだが、ダブルの部屋はさすがに抵抗があって、圭介は頼めなかったのだ。合格祝いだから豪華にやろう、と提案したのはユカのほうだ。

　二人は裸になってシャワーを浴びた。ユカのますます女らしい成熟をみせていく裸を見ると、どうしても圭介は言わずにいられない。

「ユカちゃん。どうしてもダメかな、これからも会うのは……」

「ダメ」

圭介に体を洗ってもらいながら、少女はキッパリと言う。

「試験に合格するまでという約束だったでしょう。圭介兄さんはこれから楽しい大学生活が待ってるのよ。ガールフレンドだって、その気になればじゃんじゃん作れる。なにも私みたいな中学生の女の子に執心する必要はないの」

どっちが年上かわからない、ハッキリした言い方だ。

「私も、これからいろんな人と出会って、恋をしたり愛したりすると思う。だから、束縛しないほうがいいのよ。もし、圭介兄さんとユカが赤い糸でつながってるとしたら、そのときはまたきっと結ばれるわ」

「そうだね。じゃ、名残り惜しいけど、今日でいったん最後にしよう」

「うん。だから、めいっぱい楽しんじゃおうよ……」

浴室を出ると二人はベッドにもぐりこみ、抱き合った。ユカがクスクス笑う。

「いつもベンツのリアシートだったから、ちょっと勝手がちがうね……」

二人は接吻し愛撫しあい、やがて圭介のほうがユカの下腹に顔を埋めた。甘く呻く少女。甘酸っぱい汗の匂いがたちのぼる。

今度はユカが圭介の股間にひざまずいた。熱心に唇と舌で奉仕し、最初の噴射を喉で受けとめた。

しばらく休んでから、圭介はユカを四つん這いにさせ、後ろから舌で攻撃した。かわいいアヌスの蕾までなめられて、少女は甲高い泣き声をあげた。

圭介は昂り、ふたたび唇と舌の愛撫を要求し、その間、ベビーオイルでユカの肛門を念入りに潤滑にした。

ユカは仰臥した。ヒップの下に枕を重ねたので腰が宙に浮いている。自分で自分の腿を抱えこむようにすると、秘部から肛門までの地帯が完全に露出される。

「いくよ」

「いいわ」

シーツに膝をついた圭介がヒップをかかえあげて、これまで数回しか突き入れていない菊襞のすぼまりへペニスをあてがい、

「えい」

一気にぶち抜く。

「あ、あっ。う、ああ……」

肛門を親友の兄貴に捧げて、美少女は甘い悲鳴をあげた。

＊

圭介が夕方家に帰ると、母親の信子が赤飯を炊いて待っていた。

「今年はいい年だわ。春からパパは東京に戻ってくることになったし、圭介は大学に受かったし……」

食事のあと、圭介は早目にベッドに入った。ユカと愛しあった疲れのせいで、すぐに眠りこんでしまう。

どれほど眠ったろうか。

「兄貴……」

そっと耳元で囁かれて、圭介は目をさました。自分のベッドなのに傍にあたたかい生き物が横たわっている。闇のなかにぼうっと白い顔が浮かぶ。魅惑的な肌の匂いがした。親密な子猫のような体臭。

「絵梨子……」

驚いた。妹が自分の寝床に潜りこんできている。あたたかい肌が触れる。圭介は手をのばしてさぐってみた。乳房のふくらみ。プチンと勃起した乳首。ふっくらしたヒップ。そして下腹のやわらかい草の感触。十四歳の妹はパンティもはいていない。真っ裸なのだ。

「どうしたんだい、いったい……」

ようやく頭がハッキリしてきた。どうして妹が真夜中に兄の寝室に……？

「兄貴、合格おめでとう。絵梨子のプレゼント、受けとってくれる？」

あたたかく湿っていて、いい匂いのするやわらかい体をすりつけてくる。いつも引っこみ思案の妹が、どうしてこのように大胆になれるのだろうか。まさかユカがそそのかしているとは、夢にも思わない。

「……」

かわいい妹が真っ裸で自分にすりついてくる。圭介は激しく欲情した。

無言で妹の重たげな肉体を抱きよせた。ふくよかな唇に唇を重ねて吸ってやると舌が喜ばしげに迎えてきた。甘い唾液を吸う。コリッとまるい乳房をつかむ。

「う……」

絵梨子が呻き、兄の頬に頬をおしつけた。涙が溢れているのがわかった。

「絵梨子。どうして泣いているんだ」

「わかんないよ。どうしてだか……」

甘えて拗ねるように言い、下腹の繁みをパジャマの下で強張っているものにすりつけてくる。昼間、ユカの口に一度、肛門に一度、精液を注いだ圭介だが、彼の若く逞しい器官は隆々と膨張し、ドキッドキッと力強く脈うっている。かわいい妹の体のなかなら、何度でも精液を注ぎこめそうだ。

「絵梨子。ぼくは童貞だよ」

「ほんとう？」

「ほんとうさ」

絵梨子は今日の午後、そのことでユカから報告を受けたばかりだ。

「約束どおり、圭介兄さんにはサヨナラを言ったわ」

「兄貴、悲しがったんじゃない？」

「ちょっぴり寂しそうだったけど、わかってくれた。童貞はきっと、一番好きな人にあげるんじゃないかしら。圭介兄さんのそばにいるかわいい子に……」

意味ありげなふくみ笑い。見すかされて絵梨子はひとりで赤くなった。

「くれるといいけど……」

「そうよ。だから頑張りなさい。そのためにユカは童貞を奪わなかったんだから。欲しかったけど……。感謝してほしいわね」

「うん。感謝する」

そう言って電話を切ったのだ。妹は熱っぽく兄にささやく。

「私も処女よ。兄さんにあげる……」

「後悔しないか」

「しない」

「もっと好きな男が現れたらどうする」

「そのときはそのとき」

抱擁し接吻し愛撫しあっているうちに、十四歳の少女の秘部は濡れ、潤みきった。圭介は指でさぐり、それを確かめた。

「ああ」

妹も裸になった兄の股間に手をのばし、怒張しきったものをさわって嬉しそうな声をあげた。

「こんなに硬い……」

「これで絵梨子の処女膜を破って、一緒になるんだよ」

柔らかな肉体に戦慄が走った。それでも健気に答え、すがってきた。

「破って。思いっきり」

「ああ」

圭介は妹の上に覆いかぶさった。

（ぼくたちは、こうなる運命で生まれてきたのかもしれない……）

「あっ、兄貴っ！」

逞しい牡の器官を突きたてられ、絵梨子は悲鳴をあげ、兄にしがみついた――。

絵梨子はほんとうによく泣く。

この作品は一九八六年十二月マドンナ社より刊行された
『セーラー服恥じらい日記』を改題、加筆修正しました。

GENTOSHA OUTLAW BUNKO

# 耳《みみ》の端《はし》まで赤《あか》くして

館淳一《たてじゅんいち》

平成26年6月10日　初版発行

発行人――石原正康
編集人――永島賞二
発行所――株式会社幻冬舎
〒151-0051東京都渋谷区千駄ヶ谷4-9-7
電話　03(5411)6222(営業)
　　　03(5411)6211(編集)
振替00120-8-767643
印刷・製本―図書印刷株式会社
装丁者――高橋雅之



幻冬舎アウトロー文庫

ISBN978-4-344-42217-9　C0193　　O-44-21

幻冬舎ホームページアドレス　http://www.gentosha.co.jp/
この本に関するご意見・ご感想をメールでお寄せいただく場合は、
comment@gentosha.co.jpまで。